鄭柏彥 著

明代辨體觀念析論

臺灣學生書局印行

目 次

緒論

（一）

明朝——一個文學批評風起雲湧的年代。當此時，文體論也正蓬勃發展，如吳訥《文章辨體》、徐師曾《文體明辨》、王世貞《藝苑卮言》、胡應麟《詩藪》、許學夷《詩源辨體》、宋公傳《元詩體要》、李之用《詩家全體》、賀復徵《文章辨體匯選》……等等專著，或以文體論為主要進路，或以文體論為關鍵觀念。至於筆記、散論等非專著的書寫中，也常可察覺文體觀念隱含其中。在綜覽相關文獻資料後，發現仍有許多可深入研究的地方，尤其是「辨體」。在文體論中，最核心的議題就是「辨體」。所謂「辨體」是指：批評者所提出一文體應有特徵，以與其他文體進行區辨之論述。而此特徵有實然與應然之不同，批評者或因文體實然特徵進行辨明（如「體製」[1]之外在特徵）；或因個人文學觀念進行應然特徵之規創（如對文體應有「體式」[2]之認定）。

我在博士就讀期間時，就開始進行了古典文學批評論著中與文體、辨體相關的研究。博士論文《中國古典戲曲文體論》針對古典戲曲批評文獻資料進行文體論研究，在分析研究的過程中，發現其中多隱含「宗詩」的論調，甚至在風格判斷上亦以「清麗」、「典雅」、「委婉」這些古典詩歌的體式為尚，而不是僅有「本色」一論。這是以詩學觀點來詮解戲曲，由此現象可以進一步理解到這些古代文人是在詩學脈絡中進行戲曲批評的，其文體、辨體之觀念顯有值得深究的豐富內涵。

於後，順此進路規劃出明確的主軸，開始了以明代文學批評文獻資料為主要研究對象、以辨體論為主題的「明代辨體論」系列研究。此系列研究的思考步驟為：以單一文論或專題單元為研究範圍，再漸次由單元發展為整體性、系統性架構，由點至面的探究「明代辨體論」這一個研究主題。在研究的過程中，分別以《藝苑卮言》、《文章辨體》、《詩藪》、《詩家全體》、《元詩體要》、《列朝詩集小傳》及古典曲論等文學批評文獻資料為研究對象，探討隱含其中的辨體意義。這個系列研究於101至106年間獲得科技部專題計畫多次補

1 徐復觀教授在〈文心雕龍的文體論〉一文中將「體製」定義為：「由語言文字之多少所排列而成的形相」。而顏崑陽教授於〈論「文體」與「文類」的涵義及其關係〉一文中則定義為：「在文體論述上，『體裁』或『體製』所指涉的應該是文章可分析的『形構性之體』。」由兩位教授之說，本書將「體製」一詞定義為：「語言文字所構成的外在形相」。詳見徐復觀：《中國文學論集》（臺北：臺灣學生書局，1985年，6版），頁19；顏崑陽，〈論「文體」與「文類」的涵義及其關係〉，收於《清華中文學報》第1期（2008年9月），頁26。另參見鄭柏彥：《中國古典戲曲文體論》，頁15-16。

2 關於「體式」一詞，本書挪借顏崑陽教授從《文心雕龍》中歸結出的兩層意義：其一，為超越個別作品相應於某一文類之「體式」；其二，為超越個別文類之「體式」，乃一普遍之美的範疇。過從顏教授的「體式」概念中，還可以察覺出第三層意義：即在一群詩人之中具有「範型性」之「風格」者。以下亦皆將歸之於「體式」的概念範圍內。詳見顏崑陽：《六朝文學觀念叢論》（臺北：正中書局，1993年），頁140。另參見鄭柏彥：《中國古典戲曲文體論》（臺北：花木蘭文化出版社，2012年9月），頁17。

助，相關成果亦多已發表於期刊或學術會議中。本書即是將這幾年的研究加以節選、整理、改編，並加以體系化。[3]

本書是以「內造建構」為原則進行研究，「內造建構」為顏崑陽教授提出之觀念，指的是：

> 直接理解中國古代既存經典或散落在個別文本中的論述，洞觀其內在所隱涵有關文學知識之本質論與方法論意義，從而提舉之，進行精密之意義詮釋與體系之重構，以建立可做為「典範」（paradigm）的基礎理論，轉而應用於對其他文本的詮釋。[4]

即本書是就文本自身蘊含之意義進行探討，進而提舉出詮釋視域、方法系統、術語組構、分類架構、論述模式、準則建構等六個不同面向，分立為六個章節，以之架構出「明代辨體論」這個論題。這並非說本書就已經完全詮解明代所有的辨體議題，而是通過揭明此六面向，來掌握研究明代辨體相關著作的論述焦點；由之為進路進一步探究研究眾多的批評論著，將可依個別文本之不同內涵而獲致更豐富的意義。

除以上六章節外，本書尚附錄一篇論文，為〈古代曲學文獻資料中「樂府」一詞的概念義涵及其隱含在辨體論與文學史論中之意義〉一文，此篇文章雖亦以辨體為題，又以明代曲論為主，但旁涉至唐、宋、元、清等朝代史料亦多，不專於明代，然其與辨體相關，故附錄之。

（二）

在本書中設定一個重要的基本假定：「明代辨體論著中的『辨體』觀念須以中國古典之文體論述及其相關研究成果做為理解預設」。意即本書預設從劉勰（465-521）《文心雕龍》總結其前代文體論述之後，雖少見體系嚴密之文體論專著，但仍相延承襲為一套文體批評傳統。[5]明代批評者身處於此一論述傳統之中，其文體意識與主張應與此論述傳統關係密

3 本書主論六章節中，第貳、參、伍章已於 Thci Core 等級期刊發表，後於此次集結出版時修飾潤改；第壹、陸章曾於學術會議發表，依與會學者評論意見修正後，方收錄於本書。關於各章節接受科技部專題研究計畫補助及發表情況，另附註於各章之中。

4 顏崑陽：〈《文心雕龍》做為一種「知識型」對當代文學研究所開啟知識本質論及方法論的意義〉，收於《詮釋的多向視域——中國古典美學與文學批評系論》（臺北：臺灣學生書局，2016 年），頁 41。

5 顏崑陽云：「『文體批評』興起於魏晉文體觀念醒覺之時，至六朝已蔚然成風，取代了漢朝所發展完成的『情志批評』，而為魏晉六朝文學批評的主流。」顏崑陽，《李商隱詩箋釋方法論》（臺北：里仁書局，2005 年），頁 3。在六朝以後「文體批評」逐漸受到重視，成為一種批評傳統，但卻少見如《文心雕龍》這種體系完密的文體批評專著，而是多在隻言片語或選集選法、選集序中展現出「文體批評」的意識。

切。也就是本書所針對的這些不同研究對象，各有在辨體論述上的特色，但卻又具備共同思維基礎，因為他們身處同一個文學、文化傳統中，後因成長、學習、交遊、社群……等不同際遇而展現各自不同的批評思維。

故本書的基本思考為：將《文心雕龍》以降的文體批評傳統及既有的研究成果做為閱讀理解的基礎，以之析離出與文體相關的論述；然後再運用現代研究方法，深入分析散落於各典籍中之辨體論述，並建構出系統化之架構，故此理論系統雖以既有的文體論為基礎，但經由文獻資料的具體內容與研究者自身的思維脈絡結合，將可揭示出與既有文體論研究不同的意義。

然而，為何會產生「辨體」論述呢？顏崑陽教授已對批評者提出辨體之動機做出理論性的界定，其云：

> 從「原因動機」（because motive）而言，往往是起因於前行的文學實際創作，已不斷發生混淆文體的經驗現象；若從「目的動機」（in-order-to motive）而言，則其批評目的往往是企圖糾正這種現象，促使創作者能遵守各文類不同的體要，以展現合乎「本色」的創作。6

也就是當文體混淆後，批評者以己身之文學觀提出文體應有特徵，即為「辨體」。而「辨體論」即是針對「辨體」論述所進行的後設研究，目的在探究批評者所提出之文體應有特徵為何，並進一步追問其提出論述之動機、持用之「文學觀」、在文學史發展脈絡及社會文化脈絡中所具涵之意義，此即本書亟欲追求的研究目標。

（三）

「辨體」為「文體論」的重要議題，亦為古典詩文論述中的重要觀念，但在臺灣學界直接以「辨體」為題或做為關鍵概念之論文相對於其他領域而言並不多，故此一領域仍有相當之發展空間。

雖然相關研究的數量較少，但卻有不乏質重的論文，如顏崑陽教授〈論宋代「以詩為詞」現象及其在中國文學史論上的意義〉、〈宋代「詩詞辨體」之論述衝突所顯示詞體構成的社會文化性流變現象〉[7]，又如黃雅莉教授〈「辨體」與「破體」兩種尊詞指向的交融

6　顏崑陽：〈論宋代「以詩為詞」現象及其在中國文學史論上的意義〉，收於《東華人文學報》第 2 期（2000 年 7 月），頁 35-36。

7　顏崑陽：〈論宋代「以詩為詞」現象及其在中國文學史論上的意義〉，《東華人文學報》第 2 期（2000.07），頁 33-67；〈宋代「詩詞辨體」之論述衝突所顯示詞體構成的社會文化性流變現象〉，《中正大學中文學術年刊》第 15 期（2010.06），頁 71-98。

——宋代詞體觀的建構〉、〈「辨體」與「破體」異流同歸於「尊體」——論清代詞體觀的建構歷程〉[8]，以上四篇論文皆為辨體研究之重要著作，詳細分析了「以詩為詞」、「詩詞辨體」之理論內涵。顏教授從文學史研究進一步深化至社會文化對於文學發展之影響，揭示文學社會學之研究途徑，黃雅莉教授則從宋代詞體觀念進一步拓展至清代。無論是縱向拓展或橫向深化之研究，都指出辨體研究之方向。

又詹杭倫教授〈宋代辭賦辨體論〉[9]，辨析了宋代辭賦分析混亂的現象，將騷體賦、文體賦、駢體賦、律體賦及其次文類依細部體製差異進行辨體，對賦這個單一文體，進行深入的分析。故辨體亦是賦學研究的亮點，但不僅止於賦體本身之研究，而是進而與詩、文結合。如何錫光教授〈韓愈以賦為詩論〉[10]，即是將「詩賦」辨體顯題化，通過進行韓愈詩作的第一序研究，分析其中所使用如「賦」般的創作方法。吳淑鈿教授〈以文為詩的觀念嬗變〉，將「詩文辨體」之觀念史進行深入剖析。還有張高評教授〈破體與宋詩特色之形成——以「以文為詩」、「以議論為詩」、「以賦為詩」為例〉、〈破體與創造性思維——宋代文體學之新詮釋〉[11]兩文，則是橫跨眾體，從創作論的角度提出「破體」的深層意義，從美感生發到形式、修辭的變化，對宋代文學「破體」現象進行了深入的分析。而「破體」的前提，即是文體之辨，通過辨體意識的具在，方有可能進而破之。而陳國球教授《唐詩的傳承——明代復古詩論研究》中有〈從辨體的角度論「古詩」與「唐古」〉一節[12]，探究明代復古詩論中對於宗唐五古、宗漢魏五古之分歧意見，其所言主要從各家論述對於詩史建構的差異處說，唯篇幅不大，但已點出明代這一個重要辨體論題。

無論是「辨體」或「破體」，都是從文體體製或風格為入路，尤重於辨別文體的應然體式。而直接論文學風格者也不少，如詹鍈的《文心雕龍的風格學》[13]、吳承學《中國古典文學風格學》[14]等。《文心雕龍的風格學》以《文心雕龍》為主要研究對象，論「才思與風格」、「時代風格」、「文體風格」與「風格論之影響」。其說為《文心雕龍》的早期重要研究成果之一，該書對《文心雕龍》的風格論系統有全面的描述，相當值得參考。雖然本書

8 黃雅莉：〈「辨體」與「破體」兩種尊詞指向的交融——宋代詞體觀的建構〉，《國文學誌》第 12 期（2006.06），頁 1-42；〈「辨體」與「破體」異流同歸於「尊體」——論清代詞體觀的建構歷程〉，《國立中央大學人文學報》第 40 期（2009.10），頁 55-117。

9 詹杭倫：〈宋代辭賦辨體論〉，《逢甲人文社會學報》第 7 期（2003.11），頁 1-16。

10 何錫光：〈韓愈以賦為詩論（上）〉，《周口師範學院學報》第 23 卷第 4 期（2006.07），頁 5-8；〈韓愈以賦為詩論（下）〉，《周口師範學院學報》第 23 卷第 6 期（2006.11），頁 6-8。

11 張高評：〈破體與宋詩特色之形成——以「以文為詩」、「以議論為詩」、「以賦為詩」為例〉，《成大中文學報》第 2 期（1994.02），頁 73-111；〈破體與創造性思維——宋代文體學之新詮釋〉，《中山大學學報（社會科學版）》第 3 期 49 卷（2009），頁 20-31。

12 陳國球：《唐詩的傳承——明代復古詩論研究》（臺北：臺灣學生書局，1990 年），頁 184-198。

13 詹鍈：《文心雕龍的風格學》（臺北：木鐸出版社，1988 年）。

14 吳承學：《中國古典文學風格學》（北京：北京大學出版社，2011 年）。

是以明代辨體論述為對象，但仍然可以借鏡其論述脈絡。《中國古典文學風格學》從文學總體來看，從理論淵源、體系、特色、批評方法等角度分析古典文學風格，其中就含括辨體、破體，但因是書研究範圍較大、論題較繁，故多為概論性論述。龔鵬程教授於〈論本色〉一文中探討了「本色」問題，而辨「本色」本是辨體論中重要的議題，其文列「本色與家數正變」一節探討「辨家數」中關於文學正變判讀所隱含的價值判斷。[15]其說討論範圍從詩至曲，是「本色」議題中的重要研究成果，也是探析明代辨體觀念時的重要參照。以上為辨體相關研究舉要，與本書各主題相關者，將於各章中分別論之。

15 龔鵬程：《詩史的本色與妙悟》（臺北：臺灣學生書局，1993 年，增訂版），頁 93-135。

第一章　辨體詮釋視域——《詩藪》中的辨體論思維[1]

1　本章為科技部計畫「《詩藪》辨體觀念析論」（104-2410-H-152-029-）成果之一，原發表於淡江大學中文系主辦：第十五屆文學與美學國際學術研討會（2017.01），原題為「《詩藪》研究史評述及辨體論詮釋視域析論」，於 2018.06 潤改。

本書將「辨體詮釋視域」立為第一個主題，主要是為了探討以辨體論為詮釋視域來研究古典批評文獻資料的意義與價值。而以胡應麟（1551-1602）《詩藪》為研究對象，是因為這部著作褒貶參半，卻又隱含著豐富的辨體論內涵。王世懋在比較其兄王世貞的《藝苑卮言》與《詩藪》時云：

自鍾嶸《詩品》以來，譚藝者無慮數百十家，前則嚴滄浪、徐迪功二錄，近則余兄《藝苑卮言》最稱篤論。然嚴、徐精而未備，《卮言》備而不專。論詩若夫集諸家之長，窮眾體之變，敲宮扣角，兼總條貫，其在胡元瑞之《詩測》乎。[2]

王世懋相當推崇《詩藪》，甚至推舉在嚴滄浪、徐迪功與《藝苑卮言》之上。認為《詩藪》專於詩，且集諸論詩家之長，論述時又能夠條貫井然。更重要的是，其從文體角度標舉之，認為《詩藪》能「窮眾體之變」，可以盡彰顯詩體及其下各次類的特色。不單是王世懋對之讚譽有加，如王世貞也稱胡應麟著《詩藪》為「不啻遷史之上下千古，而周密無漏勝之」[3]，汪道昆稱其「心操獨見」[4]，許學夷《詩源辨體》亦多處引用《詩藪》之說。不過錢謙益於《列朝詩集小傳》對之進行強烈批評，甚至貶為「詞壇之行乞，藝苑之輿台也」[5]。受到錢謙益評騭的影響，《詩藪》在明末清初以來的地位並不高。

直到近代學者撇開「反復古」的文學意識型態進而深掘其內含之意義後，方提高了《詩藪》的地位。如陳國球教授即直言：「大多數文學史家都被錢謙益蒙騙了」[6]，陳教授從時代語境重新定位復古主義思潮，因此賦予了和錢謙益不同的評價，故其續云：

> 要理解我國文學傳統的傳承，明代復古主義實在是一個重要關鍵，而胡應麟這個集復古主義大成的詩論家，更不應為我們冷落。[7]

此處隱含了一個重要觀念，即須從復古與反復古的論爭中抽離出來，方能真正洞見《詩藪》的價值。

事實上，胡應麟不僅是「集復古主義大成的詩論家」，《詩藪》更是一部具代表性的文體批評作品，因為其辨體觀念已相當成熟，並有其內造的論述體系。如簡錦松教授即認為

2 王世懋在此序題下即稱《詩藪》「亦名《詩測》」，此處《詩測》即指《詩藪》。明・胡應麟：《詩藪》（臺北：廣文書局，1973年，影國家圖書館藏明崇禎五年本），冊1，頁21。

3 明・王世貞：〈胡元瑞傳〉，收於《弇州山人續稿》（北京：商務印書館，景印文淵閣四庫全書，2005年），冊1283（集部222），頁25。

4 明・胡應麟：《詩藪》，頁18。

5 清・錢謙益，《列朝詩集小傳》（上海：上海古籍出版社，2008年），上冊，頁447。

6 陳國球：《胡應麟詩論研究》（香港：華風書局有限公司，1986年），頁iv。

7 陳國球：《胡應麟詩論研究》，頁v。

《詩藪》是「相當有體系的辨體論」。[8]自《文心雕龍》總結魏晉六朝文體論以後，雖然文體論述仍持續不斷，然直至明代方在質與量上有了重大的提升，為文體論大盛之期。如緒論中所列，除《詩藪》外，尚有《藝苑巵言》、《文章辨體》、《元詩體要》、《詩家全體》……等。然《詩藪》有別於《藝苑巵言》與《文章辨體》等綜論各體之作，全書乃以論詩體為主。不但論述對象明確，亦隱含系統性，因此具有相當之代表性。又辨體論雖為古典文學批評，但經由現代學術的論述，已逐漸形成一套完整的體系。從《詩藪》中析論辨體論，將有助於「內造建構」原生於古典文學中的批評系統，在西方理論大量引入學術研究的今日學界中更呈顯其價值。

不過，即便《詩藪》具備豐富的辨體論內涵，可是綜觀相關前行研究後，會發現以辨體論乃至於古典文體論為主題或主要進路的論文僅數篇，或僅為書中之部分章節。本章之問題意識即由此觸發：《詩藪》的前行研究史有哪些進路？為什麼缺少文體學的視角？是否可以以辨體論為詮釋視域？依以上之問題，以下將先評述既有《詩藪》之前行研究，探討其研究成果。再進一步分析隱含於《詩藪》內之辨體論特徵，進而說明以辨體論作為《詩藪》研究的詮釋視域之意義與價值。

第一節 《詩藪》辨體論的詮釋進路

《詩藪》為明代重要文學批評論著，不過如前所述，因為受到錢謙益貶抑的影響，所以在學術研究史中有著翻案式的發展脈絡。已有前行學者針對《詩藪》這個特殊學術研究史進行考察，如李慶立、崔建利〈胡應麟詩論研究述評〉[9]、周效杜〈《詩藪》的詩學研究述評〉[10]等論文，李、崔之作發表於 2005 年，周文於 2008 年，兩篇內容差異不大，又以李、崔文更為詳盡，除此二文外，又陳國球教授《胡應麟詩論研究》中有以「胡應麟詩論的研究」為專節進行討論，其出版於 1986 年，較前二文為早。此章節中簡要敘述了學界研究胡應麟的源起過程，其大意為：1931 年吳晗完成《胡應麟年譜》，後又撰寫《胡應麟傳》；1947 年郭紹虞出版《中國文學批評史》，是書開始介紹胡應麟的詩論，點出了胡應麟由格調轉向神韻之文學觀點，此為胡應麟研究之開端；後續朱東潤也於批評史專著及相關論文中提及胡應麟，但真正將胡應麟詩論作獨立研究對象的則是日人橫田俊輝，其於 1968 年發表

8 簡錦松：〈胡應麟詩藪的辨體論〉，收於中國古典文學研究會主編：《古典文學》第 1 集（臺北：臺灣學生書局，1979 年），頁 328。

9 李慶立、崔建利：〈胡應麟詩論研究述評〉，收於《中國文化研究》冬之卷（2005），頁 113-123。

10 周效杜：〈《詩藪》的詩學研究述評〉，收於《湖北社會科學》第 1 期（2008），頁 148-150。

〈胡應麟の詩論〉，但論述內容不出郭紹虞的範圍。[11]陳國球、周效柱、李慶立與崔建利等學者皆對此一學術史進行過追索分析，指出了《詩藪》受到貶抑與再獲重視的過程，並列舉相關研究書目，可為後繼研究之參考。

郭紹虞與朱東潤等早期研究雖已開始對胡應麟詩論進行探討，但並不深入、篇幅也不多，後橫田俊輝於 1975 年出版了《詩藪》一書，此書可算是〈胡應麟の詩論〉的延伸，進行《詩藪》一書的翻譯和注解工作，另外針對作者生平背景、版本及編寫體例進行界說，附於書前。[12]這些相關研究主要泛論《詩藪》的重要文學觀念，或為作者、版本、體例等部分的基礎研究。

在這些研究之後，《詩藪》開始逐漸受到關注，以胡應麟詩論或《詩藪》為主要研究對象者，有 1977 年鄭亞薇以《胡應麟詩藪之研究》為碩士論文[13]、1979 年簡錦松教授發表〈胡應麟詩藪的辨體論〉[14]，以及 1983 年陳國球教授以《胡應麟詩論之研究》為碩士論文，三年後於香港華風書局修正出版。其後迄今，胡應麟的相關研究便如雨後春筍，多元而豐富。

大致說來，《詩藪》的相關研究除放入文學史、文學批評史的考索與介述外，尚可分為「作者生平研究」、「成書刊行研究」、「詩學研究」等三方面。[15]

「作者生平研究」指探究胡應麟之生平背景。如上述吳晗《胡應麟年譜》、《胡應麟傳》已奠定胡應麟生平研究的紮實基礎，後鄭亞薇與陳國球的論文中亦有述及，至 2005 年王嘉川《布衣與學術——胡應麟與中國學術史研究》中以專章討論胡應麟之生平[16]，這些研究已掌握胡應麟生平背景之大要。此外，1990 年謝鶯興於碩士論文《胡應麟及其圖書目錄學研究》中亦以專章探討胡應麟的家世、年譜與交遊[17]，更為詳細地探討胡應麟之生平，也注意到其交遊狀況。胡應麟的交遊中，又以與王世貞之間的關係特別引起學者重視，如前述王嘉川論胡應麟生平時，即以專節論胡、王交誼，2006 年王明輝、劉儉合著〈胡應麟與王世貞的關係考論〉，同年王明輝於《胡應麟詩學研究》中也專節討論胡與王之關係，另

11 陳國球：《胡應麟詩論研究》，頁 16-17。後陳衛星、呂斌有針對《胡應麟年譜》一書進行補正，詳見陳衛星：〈《胡應麟年譜》補正〉，收於《浙江師範大學學報（哲學社會科學版）》第 2 期（2006），頁 80；呂斌：〈吳晗《胡應麟年譜》補正舉隅〉，收於《古典文學研究》第 00 期（2004），頁 189-198。

12 詳見日・橫田俊輝：《詩藪》（東京：明德出版社，1975 年），頁 5-22。

13 鄭亞薇：《胡應麟詩藪之研究》，政治大學中國文學系碩士論文（1977）。

14 簡錦松：〈胡應麟詩藪的辨體論〉，收於《古典文學》第 1 集，頁 327-353。

15 除此四方面外，胡應麟在目錄版本學上之成就，也受到部分學者關注，但此與本章節之論點無關，故不加以評述，如王嘉川：《布衣與學術——胡應麟與中國學術史研究》（北京：商務印書館，2005 年）；又呂斌：《布衣與學術——胡應麟文獻學研究》（北京：中國社會科學出版社，2006 年）。

16 王嘉川：《布衣與學術——胡應麟與中國學術史研究》，頁 1-65。

17 此論文為 1990 年東海大學中國文學學系碩士論文，2007 年再行出版。詳見謝鶯興：《胡應麟及其圖書目錄學研究》（臺北：花木蘭文化出版社，2007 年），頁 5-40。

2011 年陳育寧的〈論胡應麟與王世貞之交誼〉等。然這些相關論文中，所敘內容大同小異，而以王嘉川之說為早為備，他從史料論證王世貞對胡有提攜之誼，且由於兩人關係深厚之故，胡應麟之文學觀念便多承襲自於王世貞。參閱胡應麟相關的交誼考辨研究，將有助於探索《詩藪》文學觀、文體觀的發展脈絡。

「成書刊行研究」指探討《詩藪》成書過程與版本考索。由於《詩藪》成書歷時多年、刊刻多次，版本流傳情況較為複雜，然已有多位學者對此進行研究。《詩藪》現存通行版本為二十卷，分內編六卷、外編六卷、雜編六卷、續編二卷。其版本流傳略有所異，根據王明輝的考察，《詩藪》約有十七種不同版本，除胡應麟初刊本之外（今不存），這十餘種版本主要可分為明萬曆三十七年張養正刊本、明萬曆江湛然刊本等兩大系統。[18]另依謝鶯興的考察，《詩藪》版本差異主要在卷數有十八卷本與二十卷兩種不同，《四庫全書總目》、《崇雅堂書錄》中皆記載為十八卷，王世貞〈胡元瑞傳〉、《明史・藝文志》等書中皆記載為二十卷，所差兩卷在《續編》之有無。[19]會有卷數上的差異，謝鶯興認為乃由於《詩藪》是隨作隨刻，王明輝也支持這項論點，但進一步推斷應是內、外編都完成才刊刻，後再增補刊刻雜、續兩編。[20]另陳衛星則認為卷數差異之主因是由於《詩藪》成書於 1583 年，不過付刊在 1590 年，胡應麟在成書到付刊間仍不斷進行修改。[21]關於成書過程，陳國球教授亦認為正式刊成於萬曆十八年（1590）[22]，不過由於其全書重心不在於此，因此並未再行深究。後王明輝有〈《詩藪》撰年考〉一文考察《詩藪》的成書過程與刊行年[23]，陳衛星則撰〈《詩藪》撰年新證〉針對王文之論點進行駁正[24]，後王明輝於《胡應麟詩學研究》中以專章討論《詩藪》撰年與版本[25]，並再撰〈關於《詩藪》創作過程中的幾個問題〉[26]回應陳衛星的質疑。究其二人之爭議主要集中在「雜編」與「續編」創作先後、是否為隨作隨刻、全書完成時間等三個問題。上述說法雖略有所異，但《詩藪》刊年與寫定年的些微差別，並不會對文

18 王明輝：《胡應麟詩學研究》（北京：學苑出版社，2006年），頁22-37。

19 詳見謝鶯興：〈胡應麟《詩藪》板本述略〉，《東海圖書館館訊》第65期（2007.02），頁31-45。陳國球教授於《胡應麟詩論研究》中亦有對《詩藪》版本進行考究，但以謝鶯興與王明輝的考辨更為詳密。陳國球：《胡應麟詩論研究》，頁15-16。

20 詳見王明輝：〈關於《詩藪》創作過程中的幾個問題〉，《北京科技大學學報（社會科學版）》第24卷3期（2008.09），頁97。

21 詳見陳衛星：〈《詩藪》撰年新證〉，《中國韻文學刊》第20卷3期（2006.09），頁106。

22 陳國球：《胡應麟詩論研究》，頁13。

23 王明輝：〈《詩藪》撰年考〉，收於《江漢大學學報（人文科學版）》第24卷4期（2005.08），頁32-34。

24 陳衛星：〈《詩藪》撰年新證〉，收於《中國韻文學刊》第20卷3期，頁104-106。

25 王明輝：《胡應麟詩學研究》，頁16-44。

26 王明輝：〈關於《詩藪》創作過程中的幾個問題〉，收於《北京科技大學學報（社會科學版）》第24卷3期，頁98-107。

體學或文學批評的進路有所影響。關於版本考校，陳國球教授之論文中僅簡述之[27]，在橫田俊輝所譯注之《詩藪》中，則以東京內閣文庫與靜嘉堂文庫所藏明刊本為依據進行版本考校[28]，不過其所見版本有限。2006 年王明輝於《胡應麟詩學研究》中詳考《詩藪》版本流傳狀況；謝鶯興又於 2007 年撰〈胡應麟《詩藪》板本述略〉一文，深入考察《詩藪》現存版本之差異，為其學位論文之延伸。除謝、王兩文外，上述關於撰年考證之論文中也有涉及，但以王明輝於《胡應麟詩學研究》、謝鶯興〈胡應麟《詩藪》板本述略〉兩文較為詳密。至於現存可見的刊本主要有九種，如前所引王明輝與謝鶯興之論文中，都已針對這些刊本的版式、行款進行過分析。同樣的，這些版本間的大同小異，也不會對本章的研究議題產生影響。不過，由此可以看出《詩藪》版本問題一直以來都受到學者關注。

至於「詩學研究」是《詩藪》研究的主要領域，前行研究成果最為豐碩，在詩學研究中須先探討詩歌本質觀，因為這是創作論與辨體論的研究基礎。而詩歌本質觀的研究又有兩個不同取徑：其一，分析《詩藪》的詩歌本質觀，如劉德重〈格調、風神、神韻——胡應麟《詩藪》的理論特色〉[29]、周效柱〈略論《詩藪》之詩學思想〉[30]與〈《詩藪》中的神韻論〉[31]、李依晴〈胡應麟《詩藪》的格調論〉[32]、李慶立與崔建利合著之〈《詩藪》文論視野新探〉[33]等。周效柱兩文一是探討《詩藪》中格調說與神韻說的關係，另一是專論神韻說，李依晴則是專論格調說。這四篇文章所論之內容並不出劉德重的論述範圍。劉德重認為《詩藪》繼承前後七子的格調說，並繼續倡導復古，另一方面又以風神、神韻論詩，體現出從格調說向神韻說演變的軌跡。[34]此說雖已早見於郭紹虞《中國文學批評史》，但當時仍僅於觀點的提出，劉德重則有更詳細的論證與詮釋。在復古與反復古論爭外，從格調轉向神韻的角度論之，是探討《詩藪》詩歌本質觀的重要進路。至於李、崔之文雖名為「新探」，但其內容分別論《詩藪》中的「以禪喻詩」、「復古論」、「審美境界」、「詩史觀」等觀點，皆屬泛論，且未能有出前人之異見。

除了從格調、神韻等角度論《詩藪》之詩歌本質觀外，前行研究者尚從詩史觀切入。簡錦松教授在探討辨體論前，即先分析胡應麟隱含的詩史觀念，他認為：胡應麟對唐及唐以前是採代變觀，即主變；唐以後因詩體以窮備無遺，故不主變，而主張工擬議而備眾體。[35]陳

---

27 陳國球：《胡應麟詩論研究》，頁 15。

28 詳見日・橫田俊輝：《詩藪》，頁 10-19。

29 劉德重〈格調、風神、神韻——胡應麟《詩藪》的理論特色〉，收於《上海大學學報（社會科學版）》第 8 卷 1 期（2001），頁 11-15。

30 周效柱：〈略論《詩藪》之詩學思想〉，收於《江蘇廣播電視大學學報》第 18 期（2007.06），頁 43-46。

31 周效柱：〈《詩藪》中的神韻論〉，收於《求索》第 4 期（2008），頁 180-182。

32 李依晴：〈胡應麟《詩藪》的格調論，收於《時代文學》第 1 期，總第 178 期（2004），頁 19-23。

33 李慶立、崔建利：〈《詩藪》文論視野新探〉，收於《齊魯學刊》第 8 期（2011），頁 181-182。

34 劉德重：〈格調、風神、神韻——胡應麟《詩藪》的理論特色〉，頁 11。

35 簡錦松：〈胡應麟詩藪的辨體論〉，《古典文學》第 1 集，頁 333-342。

國球教授也立專章探討胡應麟的詩史觀，如前所言，他提出以漢詩、唐詩為基準的「波浪式演化觀」來統攝胡應麟的史觀及明詩復古論。簡、陳兩位教授之說雖不相同，但並非對立不相容，簡錦松教授之說宏觀地提舉出《詩藪》變與不變的要旨，陳國球教授則進一步在變與不變中細論《詩藪》對各朝的評價，並由之建構系統性史觀。兩人之說已經揭明《詩藪》詩史觀的內涵，其後尚有如楊燦〈胡應麟《詩藪》的詩史體系〉[36]、周效柱〈《詩藪》的詩歌發展觀〉[37]、鄧富華〈胡應麟詩史觀之檢討〉[38]等論文，楊燦與周效柱之文皆沒有超出簡、陳兩位教授所論，楊文僅為概論，周文雖論述有據，但從其參考書目可知他們沒有參閱簡、陳兩位教授之作，其說也未能另闢新旨。至於鄧富華之文則將詩史觀與創作論加以結合，認為《詩藪》提出「格以代降」等詩史論述的目的在於設立典型指導創作，其論文雖引用陳國球教授之著作，但論述內容仍未出其說。

除了本質觀與詩史觀外，另一個詩學研究的核心議題就是創作論。創作論與文體論密切相關，因為文體論的重要目的動機之一即是指導創作。在《詩藪》的創作論研究中，陳國球從「由法至悟」與「興象風神」立論。「由法至悟」為探討「悟」、「法」的內涵與關係，認為「法而須悟」、「法所當先，悟不容強」等觀點；「興象風神」則是探討「興象」與「風神」兩種美感經驗概念，並提舉為創作詩歌的終極目標，「興象」指引起美感聯想之象、「風神」指一種「可感而不易捉摸的美的性質」；最後建立由「法」至「悟」再到「興象風神的超邁」的理論架構。此外，如周效柱〈「法」、「悟」、「化」——《詩藪》的創作論〉[39]、孫琴安〈論《詩藪》對古詩創作原則和審美標準的確立〉[40]等論文亦是討論《詩藪》的創作論，又王明輝於《胡應麟詩學研究》中以專節論「法、悟、化」與「興象、風神」。[41]這些論文與上述本質觀、詩史觀之相關研究有著相同的問題，即沒有切實掌握前行研究成果。因此所言者儘管論證有據，但在皆以《詩藪》為對象且取徑又相類的情況下，僅能在細節處偶發陳國球教授未及之處；然若就大旨而言，並無法提出與陳國球教授不同的新見論點。[42]

36 楊燦：〈胡應麟《詩藪》的詩史體系〉，收於《才智》第 35 期（2009），頁 179-180。

37 周效柱：〈《詩藪》的詩歌發展觀〉，收於《浙江萬里學院學報》第 21 卷 1 期（2008.01），頁 74-77。

38 鄧富華：〈胡應麟詩史觀之檢討〉，收於《浙江學刊》第 1 期（2012），頁 57-63。

39 周效柱：〈「法」、「悟」、「化」——《詩藪》的創作論〉，收於《益城工學院學報（社會科學版）》第 1 期（2008），頁 38-42。

40 孫琴安：〈論《詩藪》對古詩創作原則和審美標準的確立〉，收於《上海財經大學學報》第 8 卷 3 期（2006），頁 3-7。

41 王明輝：《胡應麟詩學研究》，頁 120-218。

42 在上述關於詩歌本質觀、詩史觀、創作論的研究成果外，還可以檢索到數篇學位論文，如楊燦《胡應麟詩歌理論探微》（山東大學碩士論文，2006 年）、金光《胡應麟詩學研究》（江西師範大學碩士論文，2007 年）等，其內容即以《詩藪》為主，針對詩史觀、興象、風神、格調、神韻等內涵進行分析，其述也幾乎不出簡錦松、陳國球之說，在徵引資料上也幾近同，只有金光之論文別立一章討論詩歌中的敘事因素，但也非《詩藪》之重要觀點，故皆略而不論。

以上為目前《詩藪》的幾個不同研究面向，在作者生平與版本兩個進路中，若無新史料，實不易有新見。而在詩學研究中，仍以陳國球教授之說最具代表性，點出並詮釋了許多重要內涵，如：「興象風神」、「悟」、「本色」等概念。可以看出後續研究者，並不易翻出新意，主要還是在既有成果上進行更細緻的分析。

由於《詩藪》前行研究成果豐碩，因此須有別具一格的詮釋視域，方可發有別於前人之見。《詩藪》雖涵具系統性的辨體論，但以辨體論為主題的專門研究卻不多。最早以辨體論角度進行探討的是簡錦松教授〈胡應麟詩藪的辨體論〉一文。此文先分析辨體論的動機，認為《詩藪》之辨體是為了指導創作；然後從詩史論分析辨體理論根據，最後歸納出「辨正、偏格」、「須合本色」與「去雜」等三項辨體方法。[43]陳國球教授在《胡應麟詩論研究》第四章「本色的探求與應用」一樣是先進行詩體溯源，從詩史建構論辨體根據，然後也提舉出「本色」觀念作為辨體之標準。但陳國球教授更細緻地探討《詩藪》中的「本色」概念，並分析其如何辨詩與其他文體及辨各詩體，最後分論各詩體的創作學習過程。這兩篇論文已經將《詩藪》中的「本色」概念，以及如何通過「本色」區辨各詩體之特徵釐析清楚。後2006 年王明輝《胡應麟詩學研究》中也以「本色」論辨體[44]，又 2009 年周效柱有〈《詩藪》中的辨體論〉一文，從「本色」、「嚴別體製」等角度論《詩藪》之辨體[45]，由上評述王明輝與周效柱之相關論文，可知其雖對《詩藪》進行系列研究，但由於其並未以陳國球、簡錦松等諸位教授的重要前行研究為基礎來進行再創，因此其主要論點多為前人已發，只是多舉例證、更為詳細。

雖然簡錦松與陳國球等學者已釐清《詩藪》中的幾個重要辨體概念，但在深入細讀《詩藪》後，會發現其豐富的辨體論述尚有可開發的空間。主要是因為簡、陳兩位教授在撰述時，「古典文體學」的知識體系正在建構，因此兩人雖已有辨體之觀念，但仍不是明確以「古典文體學知識」為研究基礎。

「古典文體學」指涉的是以《文心雕龍》及往後之古代文學批評論述中隱含的文體觀念為研究對象，所形成的一門知識體系。如前所述，本書乃是以此體系為知識基礎與詮釋視域，重新審視包含《詩藪》在內的相關文獻資料，以發掘其辨體論內涵。

第二節　「體製辨體」與「體式辨體」及其隱含的文體規範思維

文體論為古典文學批評中的一個重要傳統[46]，相關前行研究亦取得很好的成果。辨體論

43 簡錦松：〈胡應麟詩藪的辨體論〉，《古典文學》第1集，頁327-349。

44 王明輝：《胡應麟詩學研究》，頁45-119。

45 周效柱：〈《詩藪》中的辨體論〉，收於《蘭州學刊》第3期總186期（2009），頁196-199。

46 如顏崑陽教授提出了「情志批評」與「文體批評」兩大中國古典文學批評型態。詳見顏崑陽：《李商隱詩箋釋方法論——中國古典詮釋學例說》（臺北：里仁書局，2005年，修訂1版），頁1-3。

則是以文體論為基礎上所進行的研究，辨體論的重要議題為：從文體的角度探討作品應然之形式、構成要素或藝術規範。如顏教授所言：當文體混淆後，批評者提出文體應有特徵之「辨體」論述。[47]要進行應然、應有之判斷，除了從作品本身特徵進行分析之外，更會結合源流發展脈絡進行討論。因此，辨體論的範圍相當廣泛，也會涉及既有之研究，然其區別即在辨體意識之有無。通過對《詩藪》辨體論述的總體把握，可以提舉出其「遵循文體規範」與「文體規範下的美學評斷」等兩個層次的文體規範思維。

「遵循文體規範」以進行辨體，是辨體論的基礎。如《詩藪》云：

> 今欲擬樂府，當先辨其世代、覈其體裁，郊祀不可為鐃歌，鐃歌不可為相和，相和不可為清商。擬漢不可涉魏，擬魏不可涉六朝，擬六朝不可涉唐。使形神酷肖，格調相當，即於本題乖迕辨別。然不失為漢魏六朝詩，不失為樂府，自足傳遠。苟不能精其格調，幻其形神，即於題面無毫髮遺憾，焉能有亡哉！[48]

在這段引文中，用了六個「不可」就是要創作者在創作時「辨覈」文體應具之「體裁」與「世代」。「體裁」則指體製，「世代」當指時代之體式表現。此即「體製辨體」與「體式辨體」。「體製辨體」在《詩藪》中已成熟運用，指《詩藪》通過外在文字形式區辨詩歌之體製。如〈內編〉編排方式即以體製編排，分為古體、近體兩大類，古體下又分雜言、五言、七言；近體下分五言、七言、絕句。「體製辨體」是辨體論的基礎，通過文字的外在形式區分出不同詩類，再去辨詩類應有之體製特徵，或於不同詩體間辨、或於不同時代間辨、或與其他文體辨，都是建立在「體製辨體」上。如其云：

> 四言簡質，句短而調未舒；七言浮靡，文繁而聲易雜。折繁簡之衷，居文質之要，蓋莫尚於五言。49

此處便是從四、五、七言不同句長立說，由不同的句長體製可區分出不同詩類，而這些詩類因為不同的體製形式，展現出相異有別的表現功能及其藝術形相特徵，《詩藪》亦由此給予評價，也就是「體式辨體」。

「體式辨體」指以體式為特徵辨別文體，而體式為批評者所認定文體應有之藝術形

47 顏崑陽：〈論宋代「以詩為詞」現象及其在中國文學史論上的意義〉，收於《東華人文學報》第 2 期（2000 年 7 月），頁 35-36。

48 明・胡應麟：《詩藪》，冊 1，頁 66。

49 明・胡應麟：《詩藪》，冊 1，頁 83。

相。[50]經由總體閱讀可以歸納出辨詩類體式、次類體式等兩種「體式辨體」論述。辨詩類體式指對詩這個共類的體式判斷，如其云：

> 詩與文體迥不類：文尚典實，詩貴清空；詩主風神，文先道理。[51]

此處辨別詩與文在體式上之差異，並舉出「清空」、「風神」兩種文類的藝術形相特徵，這即是詩類體式。至於次類體式則是指對於詩下不同次類的體式判斷，如論七律時云：

> 高、岑明淨整齊，所乏神韻，王、李精華秀朗，時覺小疵。學者步高、岑之格調，含王、李之風神，加以工部之雄深變幻，七言能事極矣。[52]

《詩藪》以一家之體貌來辨正體式，如從高適、岑參、王維、李頎、杜甫等人之體貌論起，乃列舉個別之體貌，並直陳這些體貌有「小疵」，故須融會諸家之長，以之建構七律的應有之藝術形相特徵，即七律之體式。另外，值得注意的是，《詩藪》論體式時，會從不同角度來論之，如論七言律時，又云：

> 七言律壯偉者易粗豪，和平者易卑弱，深厚者易晦澀，濃麗者易繁蕪。寓古雅於精

工，發神奇於典則，鎔天然於百鍊，操獨得於千鈞。古今名家，罕有兼備此者。[53]

此處列舉七言律中各種不同的體貌，從不同體貌中提舉出七律之體式為：精工亦古雅、典則出神奇、百鍊復天然、千鈞獨得。由這種次類體式衍生出的判斷，又不同於上述之詩類體式。由上可以觀察出：欲達到「體式辨體」，需通過辨一家之體貌，也就是「辨家體」；或者辨一時代之體貌，也就是「辨時體」。《詩藪》亦會在一「時體」中進一步細評該時代中的各家「家體」，如論高廷禮《唐詩正聲》時即云：

---

50 「體式」一詞為中國古典文體論中的專有名詞，根據顏崑陽教授的分析，《文心雕龍》中「體式」之概念指：作品整體之美感印象涵蓋一文類者，或超越到成為普遍之美的層次者。而除此二層外，根據其他文體批評文獻可以區分出第三層：即超越個別作品相應於某一群詩人作品之風格，而一群人可是派別，或為一時代的代表。本書中「體式」一詞即包含此三層義。詳見顏崑陽：〈論文心雕龍「辯證性的文體觀念架構」〉，收於《六朝文學觀念叢論》（臺北：正中書局，1993 年），頁 180。鄭柏彥：〈論「韓孟詩派」在文學史論述中的建構方法及其意義〉，《東華人文學報》第 14 期（2009.01），頁 69。

51 明・胡應麟：《詩藪》，冊 2，頁 375。

52 明・胡應麟：《詩藪》，冊 1，頁 285-286。

53 明・胡應麟：《詩藪》，冊 1，頁 256。

《正聲》於初唐不取王、楊四子，於盛唐特取李、杜二公，於中唐不取韓、柳、元、白，於晚唐不取用晦、義山，非淩駕千古膽、超越千古識不能。[54]

又云：

楊伯謙《唐音》頗具隻眼，然遺杜李，詳晚唐，尚未盡善。[55]

《詩藪》雖以唐之時體為體式，然亦進一步辨其高低，推尊李白、杜甫，而輕晚唐。「家體」、「時體」的形成是由批評者歸納作家一篇篇之體貌或提舉代表作之體貌，也就是「篇體」而來。[56]然而，「體式」、「家體」與「時體」間，或往往存在著互為詮釋的現象，也就是通過一類之「體式」來辨一家之「家體」、一時之「時體」，也會通過一家之「家體」、一時之「時體」來辨一類之「體式」。如《詩藪》論七言歌行時云：

太白、少陵大而化矣，能事畢矣。[57]

李、杜一振古今，七言幾於盡廢。然東、西京古質典刑，邈不可覩矣。[58]

李、杜歌行，擴漢、魏而大之，而古質不及。59

在第一則引文中，論兩家之「家體」，並推崇至七言歌行的「體式」地位，也就是「次類體式」；但若從「時體」角度觀之，則李、杜僅為唐代歌行之「時體」，與漢、魏歌行之「時體」不同，漢、魏歌行之「時體」自成一種歌行「體式」，也就是「古質」。於此可看出《詩藪》在「體式辨體」時，的確隱含著通過「家體」、「時體」、「次類體式」、「詩類體式」等進行辨詩歌體式的論述。

然在辨體式、辨體製的論述中隱含著一個重要關鍵，那就是「辨其世代、覈其體裁」中的「辨覈」思維，「覈」除檢驗、查核外，亦有詳實、嚴謹之意，從「辨覈」、「不可」等字眼中即顯見批評者對於遵守文體規範的堅持。在《詩藪》中多可見隱含此種思維之論述，

54 明・胡應麟：《詩藪》，冊 3，頁 559。
55 明・胡應麟：《詩藪》，冊 3，頁 558。
56 關於一篇之體、一家之體、一類之體等之文體論意義，可詳見顏崑陽：〈論「文體」與「文類」的涵義及其關係〉，收於《清華中文學報》第 1 期（2008.09），頁 31-42。以及顏崑陽：〈文學創作在文體規範下的經緯結構歷程關係〉，收於《文與哲》第 22 期（2013.06），頁 545-596。
57 明・胡應麟：《詩藪》，冊 1，頁 163-164。
58 明・胡應麟：《詩藪》，冊 1，頁 142。
59 明・胡應麟：《詩藪》，冊 1，頁 156。

如「樂府大篇必倣漢魏」[60]、「凡詩體皆有繩墨」[61]……等等，「必倣」、「繩墨」也都是在標舉遵守文體規範。

於此可以進一步思考的是：為何創作者「必」遵守文體規範？也就是遵循文體規範的文化意識是如何形成的？徐師曾有云：

> 夫文章之有體裁，猶宮室之有制度，器皿之有法式。為堂必敞，為室必奧，為臺必四方而高，為樓必陝而修曲，為筥必圜，為篚必方，為簠必外方而內圜，為簋必外圜而內方，夫固各有當也。苟捨制度法式，而率意為之，其不見笑於識者鮮矣，況文章乎？[62]

徐氏從宮室建築、器皿製作原則，來比附文章之體裁，因此文章亦須有制度法式，不可率意為之。由此類推的思考邏輯中，可以看到其遵守制度法則的文化思維模式。中國古代一直存在著制度化思維的文化傳統，從正名、制禮開始，無不是將制度內化於心靈之中，成為一種集體無意識。而這種遵守制度的思維，展現在各種文化表現上：建築、書法、飲食、倫理關係……等等，皆要求法度、規矩。可以說：遵循法度、制度，在其中求發揮，是中國古典文化的常性。在文學上亦然，文體即為制度化思維的著力處，也就是對「格」的依循，尤以近體詩最為顯著。辨體論者隱含著制度化思維，須在文體規範中追求美典。

然而，制度化雖將疆域分野，使人各安其份，不外於份。但制度化思維往往存在著一個困難，就是：僵化、缺少變化。因此，如何在制度規範之中，維持穩定與變化之間的關係，就成了制度思維中的核心關竅。在倫理、政治中有經／權論述，那麼辨體論呢？這就是辨體論亟需面對的問題，《文心雕龍》說：「設文之體有常，變文之數無方」[63]，是從體製的角度來回應此問題，認為體製為常、文辭氣力為變無方，試圖在制度中找尋創作空間。可是如《詩藪》不但將體製視為常，更建構出體式概念，如上引「不失為漢魏六朝詩，不失為樂府，自足傳遠」，又如「世謂三代無文人，六經無文法。吾以為文人無出三代，文法無大六經。」[64]將漢魏六朝詩、六經視為文學體式，也就是指出了藝術典範。由是，無方之變就有了依歸，可是如此一來文之變就非無方之數了，而是須遵循某個固定目標。那麼文體新變以突破制度、規範的可能性在何處呢？

---

60 明．胡應麟：《詩藪》，冊 1，頁 67。

61 明．胡應麟：《詩藪》，冊 1，頁 158。

62 明．徐師曾：《文體明辨序》，收於《文體序說三種》（臺北：大安出版社，1998 年），頁 15。

63 梁．劉勰著，周振甫譯注：《文心雕龍譯注》（臺北：五南圖書，1993 年），頁 368。

64 明．胡應麟：《詩藪》，冊 1，頁 30。

第三節　「源流辨體」及其新變思維

由上所言，推想可知在制度規範與新變之間必然有著彈性與流動，但關竅處就在這個規律應該如何設定呢？首先，《詩藪》肯認歷史既存的體製變化，如其云：「四言不能不變，而五言古風不能不變，而近體勢也，亦時也。」[65]此處強調文體變化為時、勢，不能不變。可知在胡應麟的文學觀念中，文學雖有「必」遵守文體規範，但亦有不能不變者。故如其云：

國風雅頌竝列聖經，第風人所賦，多本家室、行旅、悲歡、聚散、感嘆、憶贈之詞。故其遺響，後世獨傳楚一變而為騷，漢再變而為選，唐三變而為律，體格日卑，其用於室家、行旅、悲歡、聚散、感嘆、憶贈則一也。[66]

此處雖將《詩》提高至聖經的位置，然亦無法忽視文體變化的歷史事實，因此把騷、古詩樂府、選體、近體等體製提舉出來，辨明其體製之變，再以「用」這項特質將之與《詩》進行連結，這就是「源流辨體」——通過建立文體間的源流關係來進行辨體。又如《詩藪》開章所云：

> 四言變而離騷，離騷變而五言，五言變而七言，七言變而律詩，律詩變而絕句，詩之體以代變也。[67]

這段引文為《詩藪》所提出詩體源流的主要架構，此即建立在「體製辨體」基礎上的立說。此處「詩之體」的「體」，當指體製，也就是從文字形構處論源流，故《詩經》在此為「歷史時程的起點」[68]，這種論述方式為「擇實描構」的「源流辨體」。[69]又論唐代詩學發展時云：

> 太白幻語，為長吉之濫觴，少陵拙句，實玉川之前導。[70]

---

65 明・胡應麟：《詩藪》，冊1，頁85。

66 明・胡應麟：《詩藪》，冊1，頁32。

67 明・胡應麟：《詩藪》，冊1，頁25。

68 源流一詞中的起源概念就顏崑陽教授所言，至少應有三層不同指涉義，包括「歷史時程的起點」、「發生原因」、「價值之所本」等。詳見顏崑陽：〈六朝文學「體源批評」的取向與效用〉，《東華人文學報》第3期（2001年7月），頁7。

69 「擇實描構」指以歷史考察的方式探討起源，表現出追索實然發展、描述歷史發展的取向。詳見鄭柏彥：《中國古典戲曲文體論》（新北市：花木蘭文化出版社，2012年），頁120。

70 明・胡應麟：《詩藪》，冊1，頁162。

此處亦是通過建立源流的方式辨李賀與盧仝的「家體」，將李賀體貌繫於李白，盧仝繫於杜甫。這不是李賀、盧仝藝術形相的「歷史時程的起點」，而是「價值之所本」的建構方式，將李、杜的藝術形相建立為李賀與盧仝的藝術本源，在缺乏前後文學發展關係證明的情況下，這種論述當為「應然創構」[71]的源流建構方式。又如辨五絕、七絕異同時云：

> 五言絕尚真切，質多勝文。七言絕尚高華，文多勝質。五言絕昉於兩漢，七言絕起自六朝，源流迥別，體製自殊，至意當含蓄，語務舂容，則二者一律也。[72]

此處先分論五絕、七絕的「次類體式」特徵與差異，也就是先進行「體式辨體」以辨兩者之異。後論其起源一立於兩漢、一立於六朝，據此辨兩者體製差異之原因，此即是經由源流來辨體，而其所辨者為體製。又由此論兩者皆應意含蓄、語雅致，則是從「體式辨體」辨兩者之同。若將此段文字整體觀之，則可說其從體源論兩者之體式，故為「應然創構」之「源流辨體」。

在「應然創構」的源流辨體中，可以提舉出《詩藪》在文體規範下進行美學評斷的兩層次思維特徵。其一是以《詩》為宗，而《騷》並之，肯認《詩》、《騷》在詩體發展上的地位，如其云：「五言古先熟讀〈國風〉、〈離騷〉，源流洞徹」。[73]這是古典詩家皆有之觀念。然而，若體式僅限於《詩》、《騷》，則無法含括後世文學歷史的佳作變化，如前引五七言、李賀、盧仝等之辨體，皆沒有溯至《詩》、《騷》。因此，除了立《詩》、《騷》為宗外，還需要建構其他體式典範。《詩藪》在此展現出第二層思維特徵，就是以「代變」觀念來看待各代之文體，以拓展典範體式的不同型態，而這些不同型態又是根源於《詩》、《騷》。如辨李、杜時云：

> 少陵不效四言，不倣離騷，不用樂府舊題，是此老胷中壁立處。然風、騷、樂府遺意往往得之。太白以百憂等篇擬風雅，鳴皐等作擬離騷，俱相去懸遠。樂府奇偉，高出六朝，古質不如兩漢，較輸杜一籌也。[74]

此段引文雖將《詩》、《騷》設為辨體標竿，更值得注意的是樂府也被立為標準之一。在此可看到典範體式型態的拓展，已從《詩》、《騷》等先秦典籍延伸至漢魏六朝詩，即漢魏樂

---

71 「應然創構」指以理論方式探討起源，表現出通過自身文學觀念創構歷史發展的應然取向。鄭柏彥：《中國古典戲曲文體論》，頁137。

72 明・胡應麟：《詩藪》，冊2，頁340。

73 明・胡應麟：《詩藪》，冊1，頁89。

74 明・胡應麟：《詩藪》，冊1，頁127。

府體製相較於《詩》、《騷》雖為變，但仍是詩歌體式之一。[75]這是一套以先秦、漢魏同為體式的詩學準則。

但至此仍未說明從「苟捨制度法式，而率意為之，其不見笑於識者鮮矣」到「變之善」之間的轉換過程，因為若每個作家都遵守制度規範，又何來「變」，更罔論「變之善者」？由此可見辨體思維上的難點，即：既想獨尊《詩》、《騷》，又須承認代變。故當《詩藪》把《詩》、《騷》視為典範時，亦不得不同時肯認其他文體體製、美典的存在，也須由此提出各體體式。如其云：

> 四言盛於周漢，一變而為五言，離騷盛於楚漢，一變而為樂府。體雖不同，詞時竝駕，皆變之善者。[76]

此處清楚地提出「變之善者」的觀念，漢魏樂府、古詩雖為文體之變，但其變是好的，便足以為一體式。「變之善」便是「代變觀」的基礎。同樣地，如前提及李、杜所呈現的唐代歌行體式與漢、魏歌行體式之間，也可以相同角度觀之，所謂「李、杜歌行，擴漢、魏而大之，而古質不及」之論，就是既尊漢、魏又肯認唐變之善。此正如陳國球教授所說：《詩藪》並非一味尊古的退化史觀，而是「波浪式演化觀」，漢與唐都是它標舉的波峰。[77]

但如何方能稱得上是「變之善者」呢？《詩藪》有「同工」之說，如面對文體之時代推移云：

上下千年，雖氣運推移，文質迭尚，而異曲同工，咸臻厥美。[78]

將「氣運推移，文質迭尚」、「異曲同工，咸臻厥美」作為基本假定，也就是詩體雖變但從「工」處論則同，由之進一步提出其「美」之所在：

〈國風〉、〈雅〉、〈頌〉，溫厚和平；〈離騷〉、〈九章〉，愴惻濃至；東西二京，神奇渾璞；建安諸子，雄贍高華；六朝俳偶，靡曼精工；唐人律調，清圓秀朗；此聲歌之各擅也。[79]

75 漢魏古詩、樂府在明代以前的詩歌發展史中就已經典範化，如鄭柏彥云：「『典範化』現象指的是『樂府』成為一種具有價值優先性、值得模習的典範文體。這個現象不是從曲論才開始出現，在《文心雕龍》中就已經有了端倪。」鄭柏彥：〈古代曲學文獻資料中「樂府」一詞的概念義涵及其隱含在辨體論與文學史論中之意義〉，《應華學報》第16期（2015.12），頁136。

76 明・胡應麟：《詩藪》，冊1，頁40-41。

77 陳國球：《胡應麟詩論研究》，頁24-30。

78 明・胡應麟：《詩藪》，冊1，頁26。

79 明・胡應麟：《詩藪》，冊1，頁26。

將《詩》、《騷》提舉至最高，又拓展至漢魏六朝詩，這是面對文學歷史必然之結果。而《詩藪》成書於明朝，前代文學歷史的變化已成為事實，因此須將文體體式下放到各個既成的文體歷史中，故提出了「神奇渾璞」、「雄贍高華」、「靡曼精工」、「清圓秀朗」等不同體式，由此構成了如上引陳國球所言的「波浪式演化觀」。

然值得注意的是，詩體體製之變乃止於唐，因此《詩藪》論詩體體式時，亦止於唐，鮮少立元明詩家為體式。《詩藪》即建構唐及唐以前之詩體體式為美學評斷基礎，進而分論各詩家體貌。如論元人詩時云：

> 元人絕句莫過於虞范諸家，雖於盛唐邈絕，尚不墮晚唐窟中。至樂府體絕少，惟元好問〈塞上曲〉、〈梁園春〉、〈征人怨〉差有唐味。80

論元人絕句時舉虞集、范梈兩家家體為代表，而以盛唐為體式，進行美學評斷。論樂府時，亦是以唐為體式。故所謂「波浪式演化觀」乃建立在體製的變異上，一旦如唐後詩體體製不再變化，被建構為體式者也就不多了。故陳國球教授所言的「波浪式演化觀」僅應為《詩藪》文學史觀之一端，而另一端即是從評斷元明詩體時可見之尊古現象。

第四節 結 語

本章從既有之《詩藪》研究評析中，標舉出以「古典文體學」為知識基礎與詮釋視域來重新審視《詩藪》的學術價值。當以「古典文體學」為基礎重新審視《詩藪》時，可從中耙梳出「體製辨體」、「體式辨體」與「源流辨體」等辨體論內涵，並探討其隱含的「遵循文體規範」與「文體規範下的美學評斷」等兩個層次的文體規範思維。

《詩藪》辨體以體製為基礎，對「格」的重視隱含著制度化思維，其美典體式即在此規範中追求。《詩藪》以《詩》為宗、《騷》並之，肯認《詩》、《騷》在詩體發展上的地位，但又進一步以新變的思維來看待各代之文體，拓展美典範體式的不同型態。將《詩》、《騷》提舉至最高，又拓展至漢魏六朝詩，這是面對文學歷史必然之結果。在漫長的詩史發展歷程中，僅以漢魏為典仍有不足，因此《詩藪》又在各個既成的詩體中，提出了「神奇渾璞」、「雄贍高華」、「靡曼精工」、「清圓秀朗」等不同體式，在變與不變中建立出「異曲同工，咸臻厥美」的辨體思維架構。

80 明・胡應麟：《詩藪》，冊 3，頁 689-690。

第二章　辨體方法系統——《藝苑卮言》中的辨體方法論[1]

1 本章節為科技部計畫「《藝苑卮言》辨體觀念析論」（101-2410-H-032-001）成果之一，原發表於《文與哲》第24期（2014.06），題名為「《藝苑卮言》『辨體』方法論」，於2018.06潤改。

在第一章探討辨體思維架構時，看到《詩藪》內蘊「體製辨體」、「體式辨體」與「源流辨體」等概念，而這些概念不僅在其他辨體論著中也可見；更可從中發現隱含著辨體的方法意識。本章將進一步深入探討、分析辨體論述中隱含的方法意識、揭明其內涵。

本章以王世貞（1526-1590）《藝苑巵言》[2]為主要研究對象，探討辨體論述中的方法論。所謂的「方法論」（Methodology）指的是：「對於方法，採取一個更源頭、更追本溯源地去察看各種方法背後所依據的是什麼樣的原理原則。」[3]不過本章進一步將「方法論」的概念含括「方法」，也就是將具體實踐的操作步驟、細則也納入在「方法論」的討論中。故本章之目的在探討王世貞使用何種「方法」進行文章之「辨體」，發掘其方法的運用，背後之原理、原則，並將之綰合成一個系統。

以《藝苑巵言》為研究對象，乃是因為王世貞為明代後七子的領袖人物之一，在明代復古理論的詩壇中具有重要地位。羅仲鼎曾針對王世貞的文壇地位以及《藝苑巵言》的歷史評價、批評之價值與特點等進行扼要說明。[4]除其所言，《藝苑巵言》的文體論價值亦相當重要，它雖為《弇州山人四部稿》中的其中一本專著，但卻集合了王世貞對於各種文體的批評意見，屠隆稱：「《藝苑巵言》辨博哉，如涉太湖雲夢焉。」毛先舒則將之與劉勰《文心雕龍》、鍾嶸《詩品》、皎然《詩式》、嚴羽《滄浪吟卷》、徐禎卿《談藝錄》等書並列為論詩六大家，其價值與重要性可見一斑。其論及詩、詞、曲、文、賦……等等各類文體，不僅有跨文體之論述，亦有針對同一文體之下之不同次文體，或同一文體於不同時代的特徵進行辨析，所探討之內容兼具深度及廣度，故為「文體論」的重要研究對象。

魯茜、姚紅衛有〈20 世紀以來王世貞研究述評〉一文，已針對王世貞相關之重要研究進行列目與簡明評述，可作為基礎研究之認識，唯其並未從文體論角度進行評述，故仍須先進行前行研究之回顧；此外唐玉雄亦針對王世貞詞、曲理論之研究進行評述，然與魯、姚一文相同，並未聚焦於文體論，且較為疏略。[5]綜觀既有之前行研究成果，以《藝苑卮言》為主要研究對象的學術論著甚為少見，主要是仍在王世貞的相關研究中述及。[6]又雖有以「辨

---

2 《藝苑卮言》收於《弇山堂四部稿》，本章所引用者為今可得見之中央研究院歷史語言研究所藏明萬曆五年吳郡王氏世經堂刊本，由偉文圖書出版社影印刊行。另參校陸潔棟、周明初批注：《藝苑卮言》（南京：鳳凰出版社，2009 年）。

3 關於「方法論」與「方法」的定義與差異，詳見林安梧：《人文學方法論》（臺北：讀冊文化，2003 年），頁 53。

4 詳見羅仲鼎：〈王世貞的作家評論——《藝苑卮言》研究之三〉，《杭州師範學院學報》第 5 期（1989 年 10 月），頁 59-63。

5 詳見魯茜、姚紅衛：〈20 世紀以來王世貞研究述評〉，《湖南第一師範學院學報》第 12 卷第 2 期（2012 年 04 月），頁 86-89。詳見唐玉雄：〈王世貞詞、曲理論研究評述〉，《劍南文學》第 1 期（2013 年），頁 86-87。

6 以《藝苑卮言》為主要研究對象者雖然不多，但仍有一篇碩士論文：卓福安著《熟讀涵泳以合神境：論藝苑卮言的復古主張》（淡江大學中文系碩士論文，1997 年）。此論文以「復古」理論為主，與本章取徑不同。

體」、「文體」為題之論文，但為數不多。僅如大陸學者鄧新躍〈王世貞對前七子詩學辨體理論之發展〉、李樹軍〈王世貞「才、思、調、格」的文體意義〉。[7]鄧新躍之說雖言「辨體」但仍是將焦點集中於王世貞的創作論，如「格調根於情實」、「捃拾宜博」等說法；李樹軍則是將「才、思、調、格」與「復古」進行連結，探討其意義。故兩文雖以「辨體」、「文體」為題，但所論者並不外黃志民、許建崑與卓福安三位教授之說。黃志民教授於1976年的博士論文《王世貞研究提要——以其生平及學術為中心》即以專章進行討論，探討王氏之詩論、文論、詞論與曲論；同年，許建崑教授完成碩士論文《王世貞評傳》，探討復古理論與其他文學主張，此二者屬國內早期王世貞的文學理論研究之代表，亦為此研究領域的重要開山作品，其文中有許多簡要的瞻見之思，已有後進學者進行深入探討。[8]例如，卓福安在博士論文《王世貞詩文論研究》中對王世貞詩論與文論中「文學本質」、「典範建構」、「創作工夫」等議題進行系統性建構，其論文乃由碩士論文《熟讀涵泳以合神境——論《藝苑卮言》的復古主張》延伸而來。唯碩士論文集中於「復古」議題，博士論文則將探討範圍擴大。卓福安之論述是以駁正既有陳說為主要思考進路之一，如「由文從秦漢詩必盛唐到宋代詩文之閱讀設定」、「由復古模擬到師心獨造」、「由形式學習到主情」等觀點的提出，乃站在前行研究成果上進一步辨析相關議題。[9]除卓福安外，另有黃慧禎《王世貞詞學研究》、朴均雨《王世貞詩文論研究》等論文，分別針對詩、文、詞論進行探究，但均非以文體論為主要論述焦點，而是就黃志民教授等人建立之研究方向，進行更細密的解讀。[10]

除上述諸位學者外，尚有以分體論述（如詩、文、賦、詞、曲……等等）或文學觀念為題（或總論之，或以「復古」、「格調」、「調劑」……等等個別觀念論之）或分期論述（將王世貞文學觀念分為前期與晚期，並總論其特殊性）之王世貞文學觀念研究。然綜觀之，在詩、文一類之論述，多不外於上述黃、許與卓三位教授之說；能有外於三位教授之說者，主要在於以詞、曲為對象之研究，因為三位教授之說之研究重心並不在此。在詞論研究方面，如以〈王世貞的詞學觀〉為題之論文便有兩篇[11]，其論述內容主要在描述王世貞的詞論觀點，如風格評價以及「詩為詞餘」、「正變說」等論點。在曲論研究方面，如李延賀〈王世貞及其反對者：關於晚明戲曲批評範式的建立〉提出王世貞「以詩為曲」、「強調才

7 鄧新躍：〈王世貞對前七子詩學辨體理論之發展〉，《船山學刊》第 3 期（2006 年），頁 118-120；李樹軍：〈王世貞「才、思、調、格」的文體意義〉，《江漢論壇》第 3 期（2008 年），頁 110-112。

8 黃志民：《王世貞研究提要——以其生平及學術為中心》（政治大學中國文學系博士論文，1976）；許建崑：《王世貞評傳》（東海大學中國文學系碩士論文，1976）。

9 卓福安：《王世貞詩文論研究》（東海大學中文系博士論文，2002 年）、《熟讀涵泳以合神境——論《藝苑卮言》的復古主張》。

10 黃慧禎：《王世貞詞學研究》（東吳大學中文系碩士論文，1996 年）與朴均雨：《王世貞詩文論研究》（政治大學中文系碩士論文，1989 年）。

11 歐明俊、陳堃：〈論王世貞的詞學觀〉，《中文自學指導》第 6 期（2007 年），頁 12-17；薛蕾：〈王世貞的詞學觀〉，《中文自學指導》第 5 期（1997 年），頁 47-49。

情學問」、「重駢綺風格」等。[12]關於詞論、曲論之研究，主要是統整王世貞論點，並進行詳細說明，雖有涉及「詩為詞餘」、「以詩為曲」等「辨體」概念，但未能深入探討深層之「文體」意義，也並未系統化。在王世貞針對各項文體之「辨體」論中，應有一套「隱性系統」[13]，作為他在論述時的依據，本章便是欲在前行研究基礎上，進而探討其文學觀念之深層意義及其所隱含之系統性。

除以中國古典之文體論述及其相關研究成果做為理解預設外，本章預設王世貞的批評觀點具有隱性系統。預設王世貞以一組或多組彼此相關的文學觀點進行「辨體」，通過考察這些批評觀點的關係可以釐清理論內部的一致性，而建構出其系統結構。立基於以上假定，使用分析、歸納、分類、綜合等四種一般方法為主要研究方法。分析步驟如下：首先，提舉出《藝苑卮言》中的「辨體」相關論述；其次，分析隱含於其中的方法意識、內涵；第三，就分析結果加以歸納、分類，並進行系統化之綜合。以下將把《藝苑卮言》的古典批評語言轉譯成現代學術語言，賦予準確的義涵，並依以上三步驟所得進行論述架構。首先，先說明《藝苑卮言》中對於「辨體」之批評原則，再探討其論證與詮釋方法，接著探討其所運用之特殊方法，最後將以上成果系統化，呈現《藝苑卮言》中「辨體」方法之隱性系統。

第一節　《藝苑卮言》辨體論述之批評原則

經過鳥瞰閱讀《藝苑卮言》後，可以觀察到其辨體論述中隱含著「經典重估」、「分體建構」、「文體遷變」等三個原則，此三者為《藝苑卮言》在不同層面進行辨體論述時所依循之原則。

一、經典重估原則

「經典重估原則」指的是：「《藝苑卮言》雖將《詩》、《書》等經典視為文學典範，但並非一味的尊崇，而是進一步分析其優劣，選擇可學習並立為典範的部分，將經典加以分

12 李延賀：〈王世貞及其反對者：關於晚明戲曲批評範式的建立〉，《中華戲曲》第 00 期（2000 年），頁 105-119。

13 所謂「隱性系統」，引自顏崑陽教授之說，其云：「古人往往即事言理，其言語皆直觀綜合之陳述，而不在表達形式上採取概念分析、系統綜合的論述，故多片語隻字，散在各殊的文本中或隱涵在意象性的符碼外。從觀念的內涵而言，它自有其系統；只是從語言表述的形式觀之，卻隱而不顯，可謂之『隱性系統』」，詳見顏崑陽：〈中國古代原生性「源流文學史觀」詮釋模型之重構初論〉，《政大中文學報》第 15 期（2011 年 6 月），頁 245。

解、取捨，重新估量其地位。」[14]

以《詩》、《書》做為文學典範是古代文學批評常見的現象，而這種典範建構模式經常繫連著「尊古」思維與「儒系詩學」觀念。[15]然前後七子的「復古」是反對「宋人主理」，故以「文必秦漢，詩必盛唐」為宗旨，立出了有別於尊《詩》的批評典範，論點著重在唐詩的傳承。[16]「復古」理論本身就具有批判性、帶有理性思維，當以這種理性思維回觀《詩》時，其針砭褒貶之意識，便時而見之，兼之其典範已轉移，故對既有之文學典範，便非一味尊之。

在《藝苑卮言》中有「詩不能無疵，雖《三百篇》亦有之」之語[17]，可見他不是純然重《詩》尊古。已有學者注意此一現象，如汪正章引此一段文字並說道：

> 王世貞既倡「復古」、崇尚古典詩文，卻又不迷信古代經典，頗能於繼承中尚其精華而又能識其瑕疵，絕不盲目崇拜。[18]

這個說法為王世貞文學觀的通說，然本章的要點並不在重複此一觀點或批判之，而是探討隱於其中方法意識。王世貞的論斷乃是經由理性判斷推導而得，故其於後摘出《詩》中句法之「太直」、「太促」、「太累」、「太庸」、「太鄙」、「太迫」、「太粗」的句例為證。因此《詩》需要進行優劣甄別，如其云：

《三百篇》刪自對手，然旨別淺深，詞有至未。今人正如目滄海，便謂無底，不知湛珊瑚者何處。[19]

14 此處「典範」一詞乃指其藝術形相特徵足可為準則的文學作品、或文學作家。顏崑陽在文體學論述中，給予「典範」明確之定義：「『典範』則是眾所揀選、同尊的『正典性範型』，在『文體』概念的限定下，指的就是一時、一家、一篇作品所實現之『樣態』，而可為此一文類之『範型』的『體式』。」本章節的論述以預設基本假定在文體論的脈絡下書寫，故以此定義為準。詳見顏崑陽：〈文學創作與文體規範文學歷史的經緯結構歷程關係〉，《文與哲》第 22 期（2013 年 6 月），頁 552-553。

15 「儒系詩學觀念」指以先秦儒家為根本所傳承發展出的一種統系，此說為顏崑陽所提出，指「必關乎政教的『情志』為內涵的先秦兩漢儒系『詩言志』觀念」。詳見顏崑陽，〈從〈詩大序〉論儒系詩學的「體用」觀——建構「中國詩用學」三論〉，收於政治大學中文系主編：《第四屆漢代文學與思想會議論文集》（臺北：新文豐出版股份有限公司，2003 年），頁 2、28-29。

16 關於明代「復古派」反對「宋人主理」，以及其復古詩學觀念，可詳見陳國球：《唐詩的傳承：明代復古詩論研究》（臺北：臺灣學生書局，1990 年）。

17 明・王世貞：《藝苑巵言》，收於《弇州山人四部稿》（臺北：偉文圖書出版社，1976 年），第 13 冊，頁 6615。

18 詳見汪正章：〈王世貞文學思想論析〉，《廣西大學學報（哲學社會科學版）》第 4 期總第 61 期（1995 年），頁 65。

19 《弇州山人四部稿》，第 13 冊，頁 6615。

王世貞直接提出《詩》有「淺深」、「至末」，而一般人無法分辨，因此需要指出其「深」與「至」之處，也指出在《詩》中有他「斷不敢以為法而擬之者」。[20]由此可知，在王世貞的系統中，《詩》是需要甄別汰選的。但不僅是《詩》，《書》也有相同問題，如其云：

> 《尚書》稱聖經，然而吾斷不敢以為法而擬之者，〈盤庚〉諸篇是也。[21]

又云：

> 聖人之文，亦寧無差等乎哉？〈禹貢〉，千古敘事之祖。如〈盤庚〉，吾未之敢言也。[22]

此處從《書》中舉出〈盤庚〉為例，這雖然只是《書》中的一篇，但已指出《書》非完美無缺。從「聖人之文，亦寧無差等乎哉？」就反映出王世貞對於既有典範重新評價之觀點。他仍將《詩》、《書》在典範的位置上，但進行重新斟酌，以自身所認為的客觀事實進行評價，這不單會重新建構經典，更是對經典的典範特質進行新的詮釋。

「經典重估原則」是針對典範的思考，從辨體的角度來說，這個原則會讓《藝苑卮言》中辨體體式與既有文學典範相異。也就是它雖承襲既有文學批評傳統的典範，可是不會完全以其藝術形相特徵為體式，而會去蕪存菁，並以不同的體式來評論後起之文體與作品。

二、分體建構原則

「分體建構原則」指的是：「《藝苑巵言》先明辨文章之體製，後依照所辨明體製之文體類型進行辨體。」如一開篇便將「藝海」分為「賦」、「詩」、「文」三者，尤以「詩」為重，「詩」下再分「四言詩」、「擬古樂府」、「古樂府」、「七言歌行」、「五言律」、「七言律」、「絕句」、「和韻聯句」等；「賦」下再分「騷賦」、「擬騷賦」；文則以「史」為首，再由「史之言理」、「史之變文」、「史之用」、「史之華」等四者，含括「文」之次類。[23]

又如「卷二」論《詩經》語言特徵時，便更細分「逸詩」、「謠」、「歌」、「操」、「銘」、「辭」、「繇」、「諺」等文體。[24]也就是細數各文體與《詩》之類似體式體式特徵。故從開篇的分類，就可以看出《藝苑巵言》具備明確的文體分類概念，從大類到次類的

20 《弇州山人四部稿》，第13冊，頁6616。
21 《弇州山人四部稿》，第13冊，頁6616。
22 《弇州山人四部稿》，第13冊，頁6616。
23 《弇州山人四部稿》，第13冊，頁6603-6612。
24 《弇州山人四部稿》，第13冊，頁6633-6634。

系統建立，是分體建構的基礎，其後論述也秉持此原則進行探討。全書便以「分體建構原則」為依歸，分論各類文體。故如其云：

屈氏之〈騷〉，騷之聖也。長卿之賦，賦之聖也。一以〈風〉，一以〈頌〉，造體極玄，故自作者，毋輕優劣。[25]

古代文學批評向有「騷賦一體」的觀念，此一觀點在後世或同意、或反對，如胡應麟《詩藪・雜編一・遺逸上》中即云：

世率稱楚騷漢賦，昭明《文選》分騷、賦為二，歷代因之，名義既殊，體裁亦別。然屈原諸作，當時皆謂之賦。《漢書・藝文志》所列詩賦一種，凡百六家，千三百一十八篇，而無所謂騷者。首冠屈原賦二十五篇，序稱楚臣屈原離讒憂國，作賦以風，則二十五篇之目，即今〈九歌〉、〈九章〉、〈天問〉、〈遠遊〉等作，明矣。所謂〈離騷〉，自是諸賦一篇之名。太史傳原，末舉〈離騷〉而與〈哀郢〉等篇竝列，其義可見。自荀卿、宋玉，指事詠物，別為賦體。楊、馬而下，大演波流，屈氏諸作，遂俱係〈離騷〉為名，實皆賦一體也。[26]

此段引文包含《文選》、《漢書・藝文志》以及《詩藪》說法，可以看出對於「騷賦一體」的兩種意見。其一為騷賦二體，以《文選》為主；而將騷賦合一則有《漢書・藝文志》與《詩藪》。雖然「騷賦一體」的說法已經被許多研究者批判[27]，但是這在古代文學批評論述中，仍是主流之一。在《藝苑巵言》中，則將賦、騷分為二體，雖然仍將之繫於《詩經》之〈風〉、〈頌〉，但已可明確見到分體論述的基本原則。

從辨體的角度來看，「分體建構原則」表示《藝苑巵言》已有明確之文體分類觀念，由此可以針對同一文體或兩個文體間進行辨體，所論之文體也會更具有系統性。

三、文體遷變原則

「文體遷變原則」指的是：「《藝苑巵言》雖然分體建構辨體論，但並非每一文體獨尊單一體製或體式，而是認為盛衰為文學發展之必然，隱含著循環的文學發展史觀，故有文體

25 《弇州山人四部稿》，第 13 冊，頁 6641。

26 明・胡應麟：《詩藪》，收於蔡鎮楚編，《中國詩話珍本叢書》第 11 冊（北京：北京圖書館，2004 年影印明刻本），頁 602-603。

27 如徐志嘯云：「騷與賦既有聯繫也有區別。所謂聯繫，騷可謂賦源之一，兩者創作時期相近，所謂區別，這是兩種不同的文體。」徐志嘯的說法簡明地道出這兩者差異。徐志嘯：〈論明代詩話《詩藪》之品評楚騷〉，《漳州師範學院學報（哲學社會科學版）》第 67 期（2008 年），頁 86。

遷變之觀念。」通過上述「典範重估」的分析，可知王世貞並非將「尊古重經」視為唯一準則，因為在他的預理解[28]中隱含著文學「遷變」之必然的觀念。

「遷變之必然」雖為基本的文學史發展觀念，然在《藝苑巵言》中可進一步分析出「循環」史觀與「代變」史觀。從理論的角度來看，「循環」與「代變」應是衝突不可共容的兩個史觀，不過此處的「循環」，並非「循環進化」或「循環退化」，而是「循環新變」，正可與「代變」相連結。文體起而盛、盛而衰、衰而起，一代文體盛衰後，繼之起一代新文體。

「循環」是從自然界春夏秋冬、生老病死所類比的文學史觀，如其云：

> 吾故曰：「衰中有盛，盛中有衰，各含機藏隙。盛者得衰而變之，功在創始；衰者自盛而沿之，弊繇趨下。」又曰：「勝國之敗材，乃興邦之隆幹；熙朝之佚事，即衰世之危端。此雖人力，自是天地間陰陽剝復之妙。」[29]

「衰中有盛，盛中有衰」為道家循環之概念，轉用於建立文學史觀，便是認為文學發展是一種循環變化的過程，文學之盛由衰者來，並創始一代風氣，而盛者變衰亦為必然。此由天道循環變化，印證文學變化發展。又其云：

六朝之末，衰颯甚矣。然其偶儷頗切，音響稍諧，一變而雄，遂為唐始，再加整栗，便成沈宋。人知沈宋律家正宗，不知其權輿于三謝，櫜鑰于陳隋也。[30]

此段引文認為論六朝之衰颯中，隱藏雄變之可能，故唐初沈宋創體成律家正宗，乃是根源於六朝與隋，這便是衰而變而新始的論點。據此預設之文學觀，便可察覺其間之「循環」史觀。

「代變」為中國古代文論中常見的文學史觀，認為「一代有一代之文學」、「各文體有各文體的體式」。[31]在《藝苑卮言》中除五經外，如四言詩舉〈風〉、〈雅〉，擬古樂府舉

28 此處「預理解」一詞之概念乃從姚斯（Hans Robert Jauss）論述之「前理解」轉化而來，姚斯認為：「對文學作品某種類型和標準的熟識和掌握，如對小說或詩歌的特徵、尺度、標準等已經有一種經驗性的把握，雖不一定講得出一整套理論，但遇到作品便能分辨出該作品屬於何種類型，是否符合該類型的基本要求等。這樣一種內在尺度做為讀者閱讀作品的『前理解』而起作用。」本書由之將「預理解」定義為：「批評者具某種場域的文化傳統、時代背景，並由之形成閱讀、批評時的基本立場與觀點。」詳見（德）H. R. 姚斯著，周寧、金元浦譯：《走向接受美學》，收於周寧、金元浦編譯：《接受美學與接受理論》（瀋陽：遼寧人民出版社，1987年），頁28。

29 《弇州山人四部稿》，第13冊，頁6717。

30 《弇州山人四部稿》，第13冊，頁6716。

31 王國維《宋元戲曲考》即以「代變」論元曲之地位，為運用「代變」史觀之典型範例。其云：「凡一

〈郊祀〉、〈房中〉，七言歌行舉唐人之作，五言詩取〈行行重行行〉十四首，騷體取〈騷〉，賦取長卿之賦，這都是在辨詩體中結合「體式」與「代變」之觀念。歐明俊、陳堃則是詞學角度論王世貞的「代變」觀，其云：

王世貞論文學史，堅持「一代之文學」觀念，……，他認同金、元以來流行的「宋詞元曲」說，認為一代文學有一代之所勝，每一代都有代表當代文學特色和成就的文體。[32]

可見王世貞具涵明確的「代變」觀念。而《藝苑卮言》在典範建構時，即並非以古為尊或以既有典範為依歸。如其論七言絕句時，便不溯回《詩》，而說道：

七言絕句，盛唐主氣，氣完而意不盡工；中晚唐主意，意工而氣不甚完。然各有至者，未可以時代優劣也。[33]

此處明白指出「各有至者，未可以時代優劣也」，即認為七言絕句的體式並非決定於時代先後，而是每個時代各有其優劣。故陳穎聰即從此段文字提出王世貞「不以時代論詩」的特徵，其云：

盛唐與中、晚唐的區別主要是「氣」與「意」偏重的不同，它們是各有特色的，不能因為詩人生於盛唐，就說他的詩必然優於中、晚唐。[34]

陳穎聰指出了文字的表層義，但是隱於文字深處的即是「代變」之文學史觀。因此雖然此處是論同一文體，但仍可見到其「文體遷變原則」的展現。

從辨體的角度來看，「文體遷變原則」隱含著循環史觀與代變史觀，不會以「古」、以《詩》、《騷》為唯一典範，這是前兩個原則的進一步延伸。

通過探討《藝苑巵言》辨體論述的批評原則，便可進一步釐清該書論述之基本假定。所謂基本假定乃指《藝苑巵言》在進行文體論述時，隱含於其文學觀念中的預理解。要釐清《藝苑巵言》中的基本假定並不容易，因為王世貞並沒有直書於字面，而是需要從文字深層

代有一代之文學：楚之騷，漢之賦，六代之駢語，唐之詩、宋之詞，元之曲，皆所謂一代之文學，而後世莫能繼焉者。」王國維：《王國維戲曲論文集：〈宋元戲曲考〉及其他》（臺北：里仁書局，1993年），頁3。

32 詳見歐明俊、陳堃：〈論王世貞的詞學觀〉，《中文自學指導》，頁14。

33 《弇州山人四部稿》，第13冊，頁6715-6716。

34 詳見陳穎聰：〈論王世貞對唐宋詩的態度〉，《陰山學刊》第25卷第2期（2012年4月），頁31-32。

處進一步分析。且《藝苑卮言》的辨體論述相當複雜，如前所述，《藝苑卮言》批評諸文體、橫跨多個朝代，因此批評對象極多，其論述也相當細瑣。解析《藝苑卮言》的基本假定時，除了可由文體相關論述中進行考掘外，也可從其典範的建構過程中進行分析。通過前述三原則，可以看出「分體建構原則」反映出其文體分類的觀念，而「經典重估原則」與「文體遷變原則」則反映出其重新詮釋體式的企圖，所以文體規範與藝術表現之間的關係便成為其重新建構的部分。而重新建構需要通過對文體、作品的典範重估與藝術性評價的詮釋來完成，而此二者往往又扣合於文體、文學史發展脈絡上進行討論，故可綜合出《藝苑卮言》基本假定為：「從文體規範與藝術表現之應然關係，進行典範建構、藝術性評價與文學史評價」。此基本假定除為進行論述的基本立場外，也顯露出《藝苑卮言》的批評目的。

第二節 《藝苑卮言》辨體之論證方法

分析《藝苑卮言》的辨體原則與基本假定後，以下進一步從現代方法論的角度解析其在「辨體」論述中所使用的推論方式與詮釋方法。然而，《藝苑卮言》並非現代學術論著，而是條列、片段的詩話式作品，因此探討其方法，只能從其語言表層進行發掘、分析其隱含之意義。

通過文本的閱讀，可以發現《藝苑卮言》雖為古典文學批評作品，但著作中卻隱含著現代學術方法意識。如其〈卷一〉各文體總論時云：

> 已上諸家語，雖深淺不同，或志在揚扢，或寄切誨誘，擷而觀之，其於秇文思過半矣。[35]

此處乃分析各文論家的批評動機，故其云「志」、「寄」，但這非本章焦點；就此段引文而言，我們關注的是「已上諸家語」、「其於藝文思過半矣」兩語中隱透的方法意識。在此段引文前，王世貞將文體論述先區分為「賦」、「詩」、「文」三體，再將所蒐集之眾說加以「分類」，最後進行判斷。「已上諸家語」則是分類後的總結用語，故可說此段引文為「歸納」眾說後的思考判斷，並具備蒐集、分類、歸納後的理性思維。因為這些「諸家語」之間雖有著「深淺不同」的差異，但已經是「其於藝文思過半矣」，以此加強其文上引述賦、詩、文三體批評論述的周延度與代表性。由此可見《藝苑巵言》卻隱含著有如現代學術的方法意識；然而，「分析」、「歸納」、「分類」為一般方法的運用，屬普遍性的邏輯理性思維，為人類從事理性思維工作時皆可能出現之共同面向。因此在本章將焦點集中於其論證方法。

35　《弇州山人四部稿》，第13冊，頁6603。

在《藝苑巵言》中，可以觀察到「主觀判斷式」、「引證推斷式」、「對舉比較式」等三種論證方式。然此三者並非單獨存在，而可能會結合運用。以下之探討，為分別就此三者分述之。

一、主觀判斷式

「主觀判斷式」指的是「推論過程並無佐證，而是以個人主觀的藝術、價值標準進行批評，即未經論證的綜合見解。」這在古典文學批評中為常見的論述方式。如其云：

> 長卿〈子虛〉諸賦，本從〈高唐〉物色諸體，而辭勝之。〈長門〉從〈騷〉來，毋論勝屈，故高於宋也。[36]

「長卿〈子虛〉諸賦，本從〈高唐〉物色諸體」、「〈長門〉從〈騷〉來」是敘述作品體貌源流，但無論證，為獨斷的文學史判斷。[37]又如其云：

> 騷覽之，須令人裴回循咀，且感且疑；再反之，沉吟歔欷；又三復之，涕淚俱下，情事欲絕。賦覽之，初如張樂洞庭，褰帷錦官，耳目搖眩；已徐閱之，如文錦千尺，絲理秩然；歌亂甫畢，肅然斂容；掩卷之餘，徬徨追賞。[38]

騷在此與賦相同，指的都是文體，而非〈離騷〉或《楚辭》。此處對於騷體與賦體的評價是否正確並非重點，而是著重於觀察其批評方法。《藝苑卮言》通過直觀批評提出了騷體與賦體應有的體式，雖然可以察覺出這是從〈離騷〉、《楚辭》與漢賦經典作品的觀覽經驗而來，可是缺乏分析引證，仍屬「主觀判斷式」的論證法。

「主觀判斷式」的批評斷語在《藝苑卮言》中相當常見，如「沈詹事七言律，高華勝於宋員外」、「高、岑一時，不易上下。岑氣骨不如達夫遒上，而婉縟過之」、「十首以前，少陵較難入；百首以後，青蓮較亦厭」[39]……等等皆是主觀判斷，其前後並無加以深入分析與論斷。除「主觀判斷式」外，在《藝苑卮言》中「引證推斷式」的論法亦不少見。

二、引證推斷式

「引證推斷式」指的是：「推論過程引用文本作品為證，或引用前人說法做為輔證，使

36 《弇州山人四部稿》，第13冊，頁6653。

37 顏崑陽教授從《文心雕龍》中定義出「體貌」一詞為：「一篇作品或一家之作的整體『樣態』」，本書即採此定義。詳見顏崑陽，〈論「文體」與「文類」的涵義及其關係〉，收於《清華中文學報》第一期，頁26。

38 《弇州山人四部稿》，第13冊，頁6610。

39 《弇州山人四部稿》，第13冊，頁6708、6713。

個人的批評意見能夠清楚有證的表達。」這個論證方式在《藝苑卮言》中相當常見。如前述及其論《詩經》之「太直」、「太拙」……等等瑕疵時，便皆有引證。[40]另如論漢魏詩歌中得《詩經》之「二〈雅〉、〈周頌〉和平之流韻」、「〈國風〉清婉之微旨」、「〈秦〉、〈齊〉變風奇峭」之「遺意」時，亦舉多詩句為證。[41]又如論唐詩時，言「唐皇藻黼不過文皇，而骨氣勝之」、言王維詩「間有失點檢者」[42]等，於其後便多舉詩句，以為前述論點之證明。

不過值得注意的是，「引證推斷式」易與「主觀推斷式」結合使用，如其論蘇、李古詩時云：

> 錄蘇李雜詩十二首，雖總雜寡緒，而渾樸可詠，固不必二君手筆，要亦非晉人所能辨也。如「人生一世間，貴與願同俱」，「紅塵蔽天地，白日何冥冥」，「招搖西北指，天漢東南傾」，「短褐中無緒，帶斷續以繩」，「瀉水置瓶中，焉辨淄與澠」，「仰視雲間星，忽若割長帷」，彷彿河梁間語。[43]

此處為辨別蘇、李古詩之真偽，其節錄多句，如「人生一世間，貴與願同俱」……等等，最後給予斷語謂「彷彿河梁間語」，評斷這些句子具有蘇武、李陵之詩風。此做為體貌評論，仍屬直觀無分析的論述，但是其基本思考還是引證作品，以之證成己身論見。故可屬引證推斷，唯其中包含著「主觀推斷式」。

三、對舉比較式

「對舉比較式」指的是：「通過兩個以上的論述對象進行比較，以辨別其文體特徵之差異。」例如《藝苑巵言》辨別散文體貌時云：

〈檀弓〉簡，〈考工記〉煩。〈檀弓〉明，〈考工記〉奧。各極其妙。雖非聖筆，未是漢武以後人語。[44]

從「極其妙」可知此為論散文之體式，同時對舉〈檀弓〉與〈考工記〉做為比較，以表明「簡明」、「煩奧」的兩個體式特徵。其續云：

---

40 《弇州山人四部稿》，第13冊，頁6615-6616。

41 如其引〈安世房中歌〉、〈迢迢牽牛星〉、〈去者日以疏〉、〈短歌行〉……等等數十篇漢魏詩作。《弇州山人四部稿》，第13冊，頁6638、6639。

42 《弇州山人四部稿》，第13冊，頁6706、6713-6714。

43 《弇州山人四部稿》，第13冊，頁6648。

44 《弇州山人四部稿》，第13冊，頁6665。

孟軻氏，理之辨而經者。莊周氏，理之辨而不經者。公孫僑，事之辨而經者。蘇秦，事之辨而不經者。然材皆不可及。[45]

此處則舉孟子、莊子與子產、蘇秦等進行比較，從對舉理之辨者中之經與不經，以及事之辨者中之經與不經。另如：

六經也，四子也，理而辭者也。兩漢也，事而辭者也，錯以理而已。[46]

此處比較先秦散文與兩漢散文之別，「理而辭」、「事而辭」便是王世貞從中觀察的差異。除了對舉比較差異之外，亦會舉相反例證以對比所欲推闡之理。如其論賦時云：

太史公千秋軼才，而不曉作賦。其載〈子虛〉、〈上林〉，亦以文辭宏麗，為世所珍而已，非真能賞咏之也。觀其推重賈生諸賦可知。賈暢達用世之才耳，所為賦自是一家。太史公亦自有〈士不遇賦〉，絕不成文理。荀卿〈成相〉諸篇，便是千古惡道。[47]

此處從反面起論，論司馬遷不曉作賦一事，故舉〈子虛〉、〈上林〉與賈誼之賦為反向論證，對比司馬遷在賦的創作上絕不成文理。此處隱含著王世貞對於賦體體式的預理解，所以以此預理解做為批評準則，然就方法而言，則是「反向論證式」。

第三節　《藝苑卮言》之特殊辨體方法

除了「主觀判斷式」、「引證推斷式」、「對舉比較式」三種邏輯推論上的一般方法外，在《藝苑卮言》還可以觀察到具理論性意義的特殊「辨體」方法，主要有「體式辨體法」、「體製辨體法」等兩類，並進一步結合源流論述，作為「源流辨體法」，以下分論之。

一、體式辨體法

「體式辨體法」指的是「提出文體之體式，並以之進行辨體」。這種辨體方式為古典文學批評中經常使用之方式。如其云：

45 《弇州山人四部稿》，第 13 冊，頁 6665-6666。

46 《弇州山人四部稿》，第 13 冊，頁 6612。

47 《弇州山人四部稿》，第 13 冊，頁 6653-6654。

〈孔雀東南飛〉質而不俚，亂而能整，敘事如畫，敘情若訴，長篇之聖也。人不易曉，至以〈木蘭〉並稱。〈木蘭〉不必用「可汗」為疑，「朔氣」、「寒光」致貶，要其本色，自是梁陳及唐人手段。〈胡笳十八拍〉軟語似出閨襜，而中雜唐調，非文姬筆也，與〈木蘭〉頗類。[48]

在《藝苑巵言》的脈絡中，〈孔雀東南飛〉屬古詩，此處「長篇之聖」乃指為長篇古詩的典範之作。而所謂「質而不俚，亂而能整，敘事如畫，敘情若訴」雖是論〈孔雀東南飛〉，但也正是對這個文體體式的認定，也是辨別該文體的標準。故其後便以之判讀〈木蘭〉，所謂「要其本色」即是預設梁、陳、唐人有其在古詩上的體貌特徵，而此特徵便與典範體式不同。同樣的，對〈胡笳十八拍〉的辨別也是基於此，所謂「中雜唐調」也是與判讀〈木蘭〉詩相類。

以上可見其辨體方法乃是先立出文體體式，再以之進行其他作品的辨體工作。又如論騷體、賦體時云：

宋玉深至不如屈，宏麗不如司馬，而兼撮二家之勝。[49]

屈之〈離騷〉為騷體代表作品，司馬相如的〈子虛〉、〈上林〉則是賦體典範。然如前所述，在《藝苑巵言》中有「相如，騷家流也」的觀念，也就是將騷體與賦體以源流加以繫連，而此處則是通過體式特徵來區別兩者。此處雖言二家之勝，但也是論騷體與賦體的體式。屈〈離騷〉有「深至」的體貌特徵，而此體貌即是騷體之體式；同樣的，司馬相如之賦有「宏麗」的體貌特徵，此體貌即屬賦體之體式。由是，可以看出通過辨宋玉的體貌進而辨騷、賦之體式，此即是體式辨體。

《藝苑巵言》除了辨騷體與賦體外，也針對騷體與詩文之別進行詮說，如其云：

騷賦雖有韻之言，其於詩文，自是竹之與草木，魚之與鳥獸，別為一類，不可偏屬。騷辭所以總雜重複，興寄不一者，大抵忠臣怨夫惻怛深至，不暇致詮，亦故亂其敘，使同聲者自尋，修隙者難摘耳。今若明白條易，便乖厥體。50

此處雖言「騷賦」，但從前述「分體建構原則」中，可知《藝苑巵言》已具備騷、賦二體之觀念，此處言「騷賦」乃是立基於騷、賦有源流關係處說，不過從上下文脈仍可明確理解此

48 《弇州山人四部稿》，第13冊，頁6651。
49 《弇州山人四部稿》，第13冊，頁6641。
50 《弇州山人四部稿》，第13冊，頁6609。

處「騷賦」即指「騷體」。他認為騷、詩、文三體各有其體，為完全不同的文類。而「騷體」為「有韻之言」為體製特徵，但在王世貞的眼中這個體製特徵並不是騷體與詩、文兩個文體間的主要差異。因此從騷體的體式特徵進行辨體說明，提出「總雜重複」、「興寄不一」、「亂其敘」的特點，其這些特點源自於「忠臣怨夫惻怛深至」，深至之怨也會成為創作基底。因此，在敘寫時的亂敘總雜，深至之怨的興寄，綜合為騷賦的體式特徵；由此，辨別騷體與詩、文之差異。

又如辨賦體、散文時云：

長卿以賦為文，故〈難蜀〉、〈封禪〉綿麗而少骨；賈傳以文為賦，故〈弔屈〉、〈鵬鳥〉率直而少致。51

從這段引文中，可見王世貞對於賦、文之藝術特徵判斷，「綿麗而少骨」的體貌特徵如賦，「率直而少致」的體貌特徵如文，下此論斷之前，已預設賦、文之體式。

又如論擬古樂府體時云：

擬古樂府，如〈郊祀〉、〈房中〉，須極古雅，發以峭峻。〈鐃歌〉諸曲，勿便可解，勿遂不可解，須斟酌淺深質文之間。漢魏之辭，務尋古色。52

此處論擬古樂府體，先舉〈郊祀〉、〈房中〉為代表，並舉出「古雅」、「峭峻」為體貌特徵，其後更進一步提出「古色」。「須極古雅」、「務尋古色」雖為缺少論證的「主觀判斷式」論法，但已明確指出這種「古」的藝術特徵即為「擬古樂府」的體式特徵。因為是擬古樂府體，所以藝術特徵仍應以古樂府之體式為辨體依歸。53而其最後論「漢魏之辭，務尋古色」，為擬古樂府體設定了斷代，「務」字則是表達出該體式之規範義。

二、體製辨體法

「體製辨體法」指的是「以體製特徵進行辨體」。如論絕句時云：

絕句固自難，五言尤甚：離首即尾，離尾即首，而腰腹亦自不可少，妙在愈小而大，

51 《弇州山人四部稿》，第13冊，頁6653。

52 《弇州山人四部稿》，第13冊，頁6603。

53 至於〈鐃歌〉，向有「可解不可解」之說，如清代費錫璜所云：「漢詩有絕不可解者，如〈聖人制禮樂〉篇之類。惟〈鐃歌〉在可解不可解之間，似不純是聲詞雜寫？偶思得近似者附註於下，非敢云必是也。曹子建云：『漢曲訛不可辨。』在魏且然，況今日哉？」清・費錫璜：《漢詩總說》，收於《四庫全書存目叢書》集部第409冊（山東：齊魯書社，1997年），頁6。

愈促而緩。[54]

此處從短小的體製特點論五言絕句，認為五絕在文字形式上短小，但仍不可粗略，故言「腰腹亦自不可少」，也從其體製短小進而論「愈小而大，愈促而緩」的體式特徵。論律詩時云：

律為音律法律，天下無嚴於是者，知虛實平仄不得任情而度明矣。[55]

此段引文明確指出律詩之特徵，有至嚴之格律規範，不可隨意更改，這就是辨明律詩的主要特徵，而這個特徵就是由外在文字形式的體製形構而來。

在辨詩體中，《藝苑巵言》不單論絕、律之體製特徵，也進一步論及五、七言之別，其云：

五言律差易得雄渾，加之二字，便覺費力。雖曼聲可聽，而古色漸稀。七字為句，字皆調美。八句為篇，句皆穩暢。雖復盛唐，代不數人，人不數者。古惟子美，今或于鱗，驟似駭耳，久當論定。[56]

此處從體製處辨五言律詩與七言律詩之別，也就是以文字形式上的增減，論其文體藝術形象特徵。五言詩因五言的形式，所以文字表現上相對容易達到「雄渾」的藝術特徵，但若是七字則非「雄渾」而是「調美」；而以八句來論，其特徵便是「句皆穩暢」。從其所後言「雖復盛唐，代不數人，人不數者。古惟子美，今或于鱗」數語，由體製特徵到構成藝術特徵，更可以進一步推得《藝苑巵言》認為能夠做到「字皆調美」、「句皆穩暢」的詩人並不多，其以杜甫、李攀龍為代表詩人，更說明了這便是體製上的完美表現，也從體製處辨明七律應有之表現。這樣的辨體觀念，其實已經隱含《藝苑巵言》對於七律體製的預理解，它也從這個預理解進行了個別詩人的批評，如其云：

> 摩詰七言律，自〈應制〉、〈早朝〉諸篇外，往往不拘常調。至「酌酒與君」一篇，四聯皆用仄法，此是初盛唐所無，尤不可學。57

此處舉王維七言律為例，認為他「不拘常調」，所謂「常調」便是已隱含「常」與「不常」

---

54 《弇州山人四部稿》，第13冊，頁6608。
55 《弇州山人四部稿》，第13冊，頁6707。
56 《弇州山人四部稿》，第13冊，頁6606。
57 《弇州山人四部稿》，第13冊，頁6720。

之辨，也隱含著正變之別的觀念。又此處「調」並不是從文字藝術形相處說，而是從體製處論。其言「四聯皆用仄法」，即是說四聯起字皆為仄聲[58]，但這種聲律格法雖不違格律譜式，但卻不合「常調」之預設辨體判準，因此認為「此是初盛唐所無，尤不可學」。

三、源流辨體法

「源流辨體法」指的是「將辨體對象置於文學史源流發展脈絡中進行辨體批評」。如：

> 四言詩須本〈風〉、〈雅〉、韋、曹，然勿相雜也。世有白首鉛槧，以訓故求之，不解作詩壇赤幟。亦有專習潘、陸，忘其鼻祖。[59]

此處辨四言詩體，先提出四言詩之源流，其以〈風〉、〈雅〉為源，不僅有歷史時程之先，更具備藝術價值之典範意義。[60]並認為漢魏之韋孟、曹操、曹植等人之作，則無法與〈風〉、〈雅〉相比；再至太康之潘岳、陸機則是體貌迥異，另為一端。但是世之學者或困於詁訓、或習於華麗詩風，這些都是「忘其鼻祖」之學習。因此此處所辨四言詩體，乃是依四言詩體起源流變的發展脈絡，先建立起源典範，從而論流變發展，進而辨明流與源，以辨明四言體之典範體式。

論散文時亦然，先提出「聖於文者」、「賢於文者」、「鬼神於文者」三者，而三者之中除《史記》、《漢書》外，多為先秦散文，有歷史時程之先，亦有體式之典範，舉出前述三者之「敘事如化工之肖物」、「人巧極，天工錯」、「其達見，峽決而河潰也，窈冥變幻，而莫知其端倪也」的藝術特徵。接著後面論述西漢、東漢以降之散文體貌，其云：

> 西京之文實，東京之文弱，猶未離實也。六朝之文浮，離實矣。唐之文庸，猶未離浮也。宋之文陋，離浮矣，愈下矣。元無文。[61]

58 在清代秦武城《聞見辮香錄》己卷《七律雜格》，即舉此詩，並有「四柱格」之稱；又陳增傑《唐人律詩箋註集評》中更清楚說道：「此篇為拗體七律，王世貞所謂『四聯皆用仄法』，即各聯並以仄聲起調，如『酌酒』、『白首』、『草色』、『世事』均仄音，互不相粘，前人稱為『四柱格』，謂四柱之並立也。」詳見清・秦武城：《聞見辮香錄》，收於《叢書集成續編》第24冊（臺北：新文豐出版社，1989年），頁527。又陳增傑：《唐人律詩箋註集評》（杭州：浙江古籍出版社，2003年），頁229。

59 《弇州山人四部稿》，第13冊，頁6603。

60 此為「以文論文」者常見之起源建構法，即追索體貌或體式起源，並常將歷史時程之先，融入藝術典範的價值判斷。詳見鄭柏彥：〈中國古代文學史論述中的文統與道統〉，《興大人文學報》第45期（2010年12月），頁7-8。

61 《弇州山人四部稿》，第13冊，頁6664。

此段引文即是散文的流變發展脈絡，先以先秦諸散文為典範，再從西漢之文實、東漢之弱未離實為論述散文之源，接著敘述各流變之特徵，以之對舉比較辨明散文文體之體式特徵。在其「實」、「弱」、「浮」、「庸」、「陋」的批評中，隱含著散文發展一代不如一代。但這並非指王世貞有著退化論的觀點，如前所云，《藝苑卮言》有「經典重估原則」，並非一味崇古。此處主要在探討其將文學作品置於文學史源流發展脈絡中進行辨體。故其另外一段文字中說道：

> 秦以前為子家，人一體也，語有方言而字多假借，是故雜而易晦也。左馬而至西京，洗之矣。相如，騷家流也。子雲，子家流也。故不儘然也。六朝而前，材不能高，而厭其常，故易字，易字是以贅也。材不能高，故其格下也。五季而後，學不能博，而苦其變，故去字，去字是以率也。學不能博，故其直賤也。62

此處亦是論文，從先秦子家散文的「雜而易晦」之體貌特徵進行詮說，認為這個體貌乃是源於各地方言不一所造成的現象。而這種文體特徵至左丘明、司馬遷乃至於西漢賦家時，便有所改變。並將司馬相如與揚雄分別繫於騷家之流與子家之流，對其文體源流進行界定，而此界定乃基於文體文字藝術形相特徵的類同性，也就是從體式辨體進而源流辨體。此處主要是從源流辨體角度來看，《藝苑卮言》將散文體貌扣合源流發展進行立論，故論「六朝而前」、「五季而後」。

「體式辨體法」也會與「源流辨體法」結合。如：

> 世人選體，往往談西京建安，便薄陶謝，此似曉不曉者。毋論彼時諸公，即齊梁纖調，李杜變風，亦自可采，貞元而後，方足覆瓿。大抵詩以專詣為境，以饒美為材，師匠宜高，捃拾宜博。[63]

此處之「選體」應指五言古詩，雖然《滄浪詩話》認為選體不同於五古[64]，但以「選體」稱五古至宋已然，明代亦有以「選體」稱五古者。[65]且綜觀文脈，此條目置於「擬古樂府」、「古樂府」之下「七言歌行」之上，當指五言古詩無疑。《藝苑卮言》於此處先書寫五古的

---

62 《弇州山人四部稿》，第13冊，頁6621。

63 《弇州山人四部稿》，第13冊，頁6604-6605。

64 嚴羽認為：「又有所謂選體，選詩時代不同，體製隨異，今人例謂五言古詩為選體，非也。」關於「選體」與五古之關係，另於第四章說明之，此處暫不贅述。見宋・嚴羽著，黃景進撰述：《滄浪詩話》（臺北：金楓出版社，1999年），頁51。

65 如陳國球便云：「所謂『選體』，是五言古詩的代稱。此體以『西京』、『建安』（或說『漢魏』）為宗，是時人都首肯的。」陳國球：《唐詩的傳承：明代復古詩論研究》，頁169。

源流，並對各朝代表作家進行批評，西京建安正是五古起源，從起源論至唐德宗貞元年間。並對批評者論五古時多以漢魏五古為宗，但卻輕視謝靈運與陶淵明的現象提出不同看法。其提舉出詩體的體式標準：「以專詣為境，以饒美為材，師匠宜高，捃拾宜博」，此處雖言詩體，但因為五古本就為詩體之次文類，所以此也可以視為五古的體式標準。無論王世貞的評價是否恰當，但是他的批評方法就是結合了「體式辨體法」與「源流辨體法」。

《藝苑巵言》通過體式辨體、體製辨體，並將辨體對象置於文學史發展脈絡中立論，其隱含的便是「經典重估原則」、「分體建構原則」與「文體遷變原則」。由於文體遷變與經典重估，故可重新依照自身文學觀念進行文學史的定位與評價，而依照不同的文體可以建構出不同的文學發展脈絡，突出所辨之文體。

第四節　結語——隱性系統建構

本章目的在揭櫫《藝苑巵言》中隱含的辨體方法，由今日學術眼光來看，也許有錯誤、也許並不新異。但若將時空溯回到數百年前，這樣思維模式仍有其在文學批評上的價值。

通過以上的分析，可以重新建構《藝苑巵言》的辨體系統。繪製圖式如下：

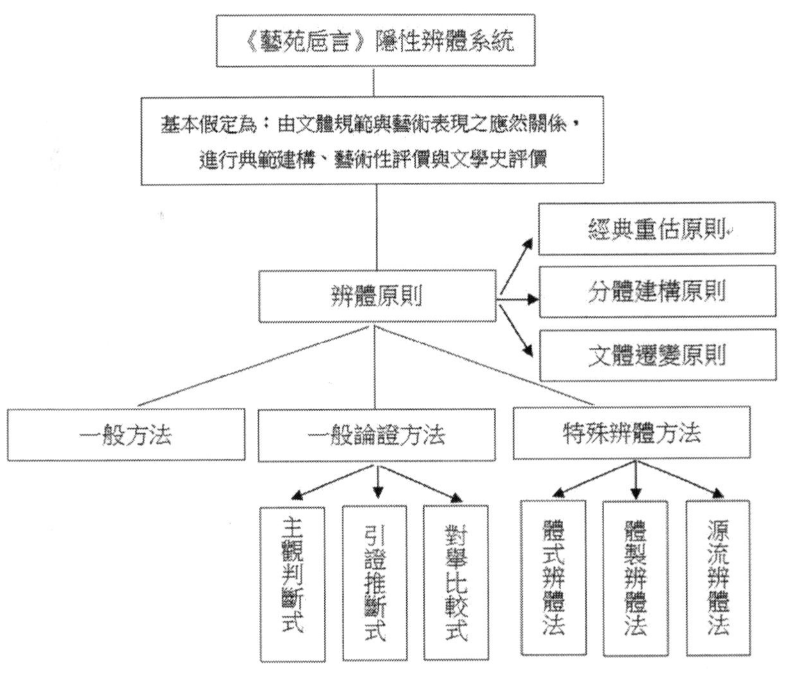
《藝苑卮言》隱性辨體系統
基本假定為：由文體規範與藝術表現之應然關係，
進行典範建構、藝術性評價與文學史評價
辨體原則
經典重估原則
分體建構原則
文體遷變原則
一般方法
一般論證方法
特殊辨體方法
主觀判斷式
引證推斷式
對舉比較式
體式辨體法
體製辨體法
源流辨體法

以上圖式之意義為：首先，《藝苑卮言》在辨體論述時的基本假定為「由文體規範與藝術表現之應然關係，進行典範建構、藝術性評價與文學史評價」。也就是它通過文體的形式特徵、藝術特徵重新建構文體與作家、作品的典範，並給予它們藝術評價以及在文學史上的定位。

基於此基本假定以及此基本假定所透顯的辨體目的，其辨體時依循著「經典重估」、「分體建構」與「文體遷變」等三大原則，重新看待既有之文學經典，肯認文學發展變遷之必然，將其所重新認定之體式、典範之繫入不同文體下作為辨體標準。而在辨體時，除運用一般方法外，所採行論證方法另有「主觀判斷式」、「引證推斷式」、「對舉比較式」等三者。此三方法為辨體時的一般方法，也就是為了讓所論之內容有所依據，而採行的論證方法。此外，在《藝苑卮言》中另可分析出「體式辨體法」、「體製辨體法」與「源流辨體法」等三種特殊辨體方法，從藝術形相、形式特徵進行辨體，並由文體發展、文學史定位來辨體。

值得注意的是，這些原則與論證方法、特殊辨體方法雖然是從《藝苑卮言》中分析得之，但在以下章節分析明代其他辨體論述時，也能看得到這些觀念隱含其中。這一方面顯示出《藝苑卮言》具有代表性，另一方面則是可回應本章開頭所言，明代的文學批評論述的確相延承襲為一套文體批評傳統。

第三章　辨體術語組構——古典曲論中「體」、「格」、「法」、「式」的構詞[1]

1 本章節原發表於《淡江中文學報》第 24 期（2015.12），於 2018.06 潤改。

在探討辨體詮釋視域、辨體方法系統之後，關於辨體論還有一個重要的基礎性議題——術語的組構，也就是探討辨體論述中使用哪些關鍵性術語。在文體論研究中，已可見到分析批評術語的相關研究，如顏崑陽教授於〈論文心雕龍「辯證性的文體架構」〉一文中，以徐復觀與龔鵬程的論見歧異為起點，分析《文心雕龍》中「文體」、「文類」、「體要」、「體貌」、「體式」等概念內涵及其關係，已指出文體論中的重要概念。[2]其後又於〈論「文體」與「文類」的涵義及其關係〉一文中，拓展研究範圍至古典詩、文論，分析「文體」與「文類」相關術語，其論述步驟為：先釐清「體」、「類」的「辭典性涵義」及「一般概念性涵義」，然後針對「文體」、「文類」、「體式」、「體貌」、「體製」、「體裁」、「體格」等概念術語進行分析，其分析是以「物身」、「形構」、「樣態」三義為基礎，通過文本語脈中上下文句的限定，對術語進行「理論性涵義」的界說。[3]此處顏教授雖已清楚析論文體相關概念術語，但本章以古典曲論為研究對象，就範圍而言，與之不同，故詮解所得之概念，也會因文體對象不同而有獨特性及意義。在顏教授兩篇論文中，已提舉出文體論重要概念乃以「文體」、「文類」、「體要」、「體式」、「體貌」、「體製」、「體裁」、「體格」等術語為主。除此外，還可以從這些概念術語的構詞進行拆解，以上相關概念術語乃以「體」、「類」兩個單詞為主要構詞要素，並可從「體式」中拆解出「式」，從「體格」中拆解出「格」字，「式」與「格」有範型與體製格律之義，亦為古典文體論中經常出現之概念術語。由上可歸納出文體論中之重要術語除「文體」、「文類」

外，當及「體」、「類」、「格」、「法」、「式」等單詞及以這些單詞為構詞要素之術語。拆解文體術語，將有助於詮解其文體概念，若不進行字詞之細部分析，而僅從字面籠統概述，將流於淺層分析。

大量地、全面地、細緻地進行語言組構分析，雖然需要耗費相當之心力，但卻是重要的文體論奠基工作。由是，在明代辨體論系列研究中，也不可迴避此一議題。在綜覽辨體相關文獻史料時，會發現其術語組構仍有可深入探討的地方。以下將以明代曲論為主的古典曲論

2 〈論文心雕龍「辯證性的文體架構」〉一文中，對徐復觀、龔鵬程等前行研究成果進行批判，並以《文心雕龍》隱含之文體論述為依準重新建構之，其論點已有相當之效力與代表性；又《文心雕龍》之文體論述，為中國古典文體論中最重要的作品，其相關文體術語概念足可資藉，故本書襲用做為論述之基礎。詳見顏崑陽：《六朝文學觀念叢論》（臺北：正中書局，1993年），頁94-187；詳見徐復觀〈文心雕龍的文體論〉，收於《中國文學論集》（臺北：臺灣學生書局，1985年，6版），頁1-77；詳見龔鵬程：〈文心雕龍的文體論〉，收於中央日報副刊（1987年12月11-13日）。

3 此一文章以《文心雕龍》所揭示的文體概念為基礎，進一步審視其他文獻史料中與文體相關術語並探討其意義。因其是通過文本語脈的分析，故其所界說之概念術語具有具體性，又其研究範圍甚廣，且從字源分析出「物身」、「形構」、「樣態」三義以之為統攝原則，故具有普遍性與系統性。「物身」、「形構」、「樣態」三義在分析文體概念術語時，可充分解析概念術語之理論層級，故本論文於分析時襲用之。詳見顏崑陽：〈論「文體」與「文類」的涵義及其關係〉，收於《清華中文學報》第1期（2008.09），頁1-67。

為研究對象，古典曲論在本章中主要是指古代曲學論著，廣義而言包括專書、單篇、筆記、編纂體例、書名……等等，凡論及曲者皆視之為曲論，由於本書是以明代辨體論為研究主題，故本章以明代曲論為主要研究對象，兼及元、清。相關文獻資料以《中國古典戲曲論著集成》所收為主，並以《新曲苑》補之，兩叢書雖未能含括所有古典曲論，但重要者多已含納其中，因此無論於質、量上皆具有代表性。

會選擇古典曲論為研究對象，是因為「文體批評」在中國古典文學論述中，一直是相當重要的批評傳統。[4]在現代學術研究中，文體論也成為探討詩、詞、文等文類重要的詮釋視域與研究進路之一；可是在既有的戲曲學研究中，卻相對欠缺文體論的相關研究。而戲曲卻又是明代的重要文類之一，若在辨體論的研究中缺席，甚為可惜。因此，亟欲通過古典曲論的蒐羅，提舉出其中和「文體論」相關的重要術語，並詮解其內涵，以揭明隱含其中的「文體論」意義。如此將可做為戲曲文體論的基礎性研究，有助於進一步探究古典曲論與詩、詞、文論之間的差異，以及其與古典文體論之間的關係；此外，又可作為認識辨體論術語組構之基礎。

由是，本章另預設了一項基本假定，即：「古典曲論與古典詩文批評密切相關，故可從文體批評角度詮釋之。」因為無論是古典曲論中的體源批評、批評視角以及批評者，都與詩文批評尤其是詩學密切相關。如王世貞即是後七子的領袖，《藝苑卮言》雖為詩文辨體批評中的重要著作，但他也論及曲，如直接將曲源推至《詩》[5]；又如胡應麟是詩學大家，然論及曲處亦多。因此，雖然目前學界少從詩文批評的角度來檢視曲論，但戲曲批評者身在古典詩學傳統中，其自覺或不自覺地融會詩學觀念於曲學批評中，是一個不爭的事實。所以，曲學研究當可從詩學角度進入，如此將可詮釋曲論的不同面向。本章即從文體、辨體角度析之。

綜覽古典曲論後，可觀察到其中使用與「文體」相關的重要概念術語有兩項特徵：其一，鮮少使用「文體」與「文類」等兩概念術語。其二，主要以「體」字進行複合構詞，以「格」、「法」、「式」等三字進行複合構詞較「體」字為少，以「類」字進行複合構詞最少，具文體論意義者亦少。「體」、「類」二詞雖在文體論中同為重要的基本概念，但在戲曲理論文獻史料中，可以觀察到使用「類」或以「類」構詞的概念術語並不多，其意義內涵

4 顏崑陽將「文體批評」與「情志批評」並舉為中國古典文學批評的兩大傳統。關於「文體批評」與「情志批評」之內容於本書第四章第二節有深入討論，此暫不贅述，可詳見顏崑陽：《李商隱詩箋釋方法論——中國古典詮釋學例說》（臺北：里仁書局，2005年，修訂一版），頁1-3。

5 《藝苑卮言》云：「《三百篇》亡而後有騷、賦，騷、賦難入樂而後有古樂府，古樂府不入俗而後以唐絕句為樂府，絕句少宛轉而後有詞，詞不快北耳而後有北曲，北曲不諧南耳而後有南曲。」參見《曲藻》，收入於《中國古典戲曲論著集成》第3冊（北京：中國戲劇出版社，1982年），頁27。因為本章主要引用曲論多為《中國古典戲曲論著集成》，引證資料亦多，為求簡潔明暢，故以下若引自此叢書，則僅於引文後標明出處，不再贅註。如第3冊的第27頁，註為（3-27）。若引自其他古籍、叢書，方另行加註標明。

也多為分類或相似的一般性義涵，如《南詞敘錄》云：

> 如〔黃鶯兒〕則繼之以〔簇御林〕，〔畫眉序〕則繼之以〔滴溜子〕之**類**，自有一定之序。（3-241）

又《今樂考證》在談楊升菴《蘭亭會》劇時云：

> 《也是園書目》入院本**類**，《曲考》入雜劇**類**，從《曲考》為的。（10-152）

又如《遠山堂曲品》評《藍田》一劇時云：

> 記楊伯雍種玉事，氣味古朴，與《戾痑》相**類**。（6-97）

又李調元《劇話》中引胡應麟語云：

> 或以中事跡相**類**，後人取為戲劇張本，因展轉為此稱耳。（8-37）

在這四條史料中之「類」，皆為一般性涵義，前兩則中的「類」為分類概念，而後兩則為相似概念，並沒有具備特殊的理論意義。而「文類」一詞，如胡應麟《少室山房曲考》中云：

> 裴（按：裴鉶）晚唐人，高駢幕客，以駢好神仙，故撰此以惑之。其書頗事藻繪，而體氣俳弱，蓋晚唐**文類**爾。[6]

此處雖言唐傳奇，但仍可做為運用「文類」一詞之比較例證。此處「文類」為「樣態義」，因其從裴鉶《傳奇》文字修辭之「藻繪」與直觀之「體氣俳弱」，認為其「蓋晚唐文類爾」，此時「文類」一詞用以指涉晚唐文學作品之樣態。不過使用「類」、或「文類」、或以「類」組構複合詞而具有理論性涵義如胡應麟者，在古典曲論中相當少見。故以下並不再進行討論，而將焦點鎖定在「體」、「格」、「法」、「式」等四者。即本章的目的在於通過文獻史料的全面耙梳，整理出相關批評條目，分析其中以「體」、「格」、「式」、「法」四字及以之複合構詞者，從這些與「文體」相關之概念術語中，分析隱含的理論性涵義。

以下主要從兩階段進行分析：其一，提舉出古典曲論中之「文體」相關概念術語，並探

6 參見任訥編：《新曲苑．第1冊》（臺北：臺灣中華書局，1970年），頁105。

究其構詞模式及進行分類，如此將可清楚呈現曲論中文體相關術語的組構情況；其二，就分類所得進行歸納，並提舉出隱含其中之「文體論」意識。

第一節　古典曲論中文體相關概念術語的構詞模式

「體」、「格」、「式」、「法」四字有單詞使用，亦有組成合義複詞。在顏崑陽教授〈論「文體」與「文類」的涵義及其關係〉一文中，即從文法學的角度分析詩、文論中「體」字之組合式合義複詞，「體」可為加詞，亦可為端詞。[7]本節循此一分析方式，分析古典曲論中以「體」、「格」、「式」、「法」的構詞模式。就此四者構詞模式而言，有單詞、聯合關係、結合關係、組合關係等四種形式。其中較為重要者為組合關係，多數概念術語是以此種方式構詞，故獨立探討，另三者併而論之。

一、單詞、聯合關係、結合關係

單詞是組構詞句的基本單位，其構詞形式亦甚為簡明，如《曲律》中云：「各人唱則**格**有所拘，律有所限，即有才者，不能恣肆於三尺之外也。」（4-137）句中之「格」即是單詞。又如呂天成《曲品》評《博笑》時云：「**體**與《十笑》**類**。」（6-230）又《曲律》中云：「元人雜劇，其**體**變幻者故多，……。」（4-148）此處「體」之義涵雖不同，然就其形式而言都是單詞。如上之例，在單詞的形式中「體」、「格」等皆可獨立成詞，其概念義涵需要依靠前後文脈方能顯義，而此時亦因無加詞之限定，故其概念層級較高，外延較大，如指涉為體製、體式時，是就其總體概念立義，不會指涉個別、單一之體製或體式。「式」與「法」亦可同理相推。

聯合關係指：兩個或兩個以上同詞類的詞，聯繫起來，上一個詞與下一個詞的關係是平行的。如「格式」與「規格」等，「格式」如《樂府傳聲》中云：

> 世之作此調者，遂隨筆寫去，絕無**格式**，真乃笑談。（7-173）

又如《顧誤錄》中云：

> 度曲不顧文義，刪落字句，遵依尾聲**格式**，則兩失之矣。（9-70）

「規格」如焦循《劇說》引《書影》云：

7 顏崑陽：〈論「文體」與「文類」的涵義及其關係〉，《清華中文學報》第1期（2008.09），頁21。

《書影》云：「元人作劇，專尚**規格**，長短既有定數，牌名亦有次第。」（8-129）

「格」與「式」、「規」與「格」詞義相當，皆為形構義，具格式之一般性涵義，合為一詞時其關係為聯合關係，又其關係密切，故「格式」、「規格」為聯合式合義複詞，又如「格調」（芝菴《唱論》：1-159）亦是。

結合關係指：詞與詞之間具備構成句子之形式。[8]如「得體」、「得法」、「定格」等，「得體」如《南詞敘錄》中云：

夫曲本取於感發人心，歌之使奴童婦女皆喻，乃為**得體**，……。（3-243）

又如《曲律》中云：

落詩，亦惟《琵琶》**得體**。（4-142）

又如《閒情偶寄》中云：

一出用一韻到底，半字不容出入，此為**定格**。（7-37）

「得法」如《遠山堂曲品》評《雙鏡》時云：

> 此記簡淨得法。（6-92）

「定格」如《樂府傳聲》中云：

> 凡曲七調，自有**定格**。（7-185）

《續詞餘叢話》中云：

> 余嘗謂：曲之**定格**，人籟也；曲之務頭，天籟也。陶令不求甚解，神於解矣。（9-294）

「得」與「定」為動詞，「體」、「法」與「格」為賓語，為動詞跟賓語結合之謂語形式。

8 關於「結合關係」之定義，詳見許世瑛：《中國文法講話》（臺北：臺灣開明書店，1998 年，24 版），頁 44。

然而其關係密切結合，「得體」、「得法」、「定格」成為結合式合義複詞。

二、組合關係

在組合關係中，又可分成詞組與組合式合義複詞。當兩詞之間的關係是組合關係時，此一組合後之新詞便稱為詞組，而當詞組進一步形成專有名詞時，便可稱為組合式合義複詞。以下便分述「體」、「格」、「式」、「法」四者。

1.「體」

「體」與其他詞語之組合關係有詞組與組合式合義複詞，詞組是可在詞與詞間可以加入關係詞，由此如「古樂府之體」（《譚曲雜箚》：4-255）、「古風之體」（《閒情偶寄》：7-56）、「生旦之體」（《閒情偶寄》：7-26）、「傳奇之體」（徐復祚《曲論》：4-238）、「南曲之體」（《藝概》：9-116）等等，是較為明顯的詞組形式。而有些詞組則與組合式合義複詞難以區辨，如「今體」（《碧雞漫志》：1-142）、「古體」（《曲律》：4-59、徐復祚《曲論》：4-246）、「古格」（《度曲須知》：5-199）、「古法」（《看山閣集閒筆》：7-144、《樂府傳聲》：7-153）等，因其是否有專指義涵，須視上下文脈而定。經由對古典曲論的總體把握，可知確有組合式合義複詞之形式，因為這些詞語多具理論性義涵，為曲家用以專指某些概念，並非僅指今之體或古之體，而是另具新義，下節會就其具體義涵進行探討，此處暫就其構詞模式進行說明。通過以上之初步分析，我們暫將

「古樂府之體」、「古風之體」等這些插入關係詞之詞語界定為詞組，而將「今體」、「古體」等界定為組合式合義複詞。

在詞組中，「體」多做為端詞，而其加詞如上所列有文類、風格、腳色等。而在組合式合義複詞中，「體」、「格」、「法」、「式」等詞或為加詞、或為端詞，其變化便甚為繁複。以下分述之。

(1)「體」為端詞

就「體」而言，依顏崑陽教授的分析：古典詩、文論中「體」字做為端詞時，其義涵不出「物身」、「形構」、「樣態」三義，其加詞分為「領屬性加詞」與「形容性加詞」。[9]「物身」、「形構」、「樣態」三義實已包含文體概念的最大外延，故在古典曲論中出現之概念術語，亦無法有出於此三義外，不過就其具體義涵而言，仍須需由加詞與上下文脈進行判定。而其加詞之性質亦可從「領屬性加詞」與「形容性加詞」進行分類。

A.「領屬性加詞」

「體」字之「領屬性加詞」有文類、體製、地域、時間、作家等等，其變化甚多。文類者如：「傳奇體」（呂天成《曲品》：6-249、李調元《劇話》：8-37）、「劇體」（《曲律》：4-179、《遠山堂劇品》：6-159、呂天成《曲品》：6-229）、「府體」

9 詳見顏崑陽：〈論「文體」與「文類」的涵義及其關係〉，收於《清華中文學報》第1期，頁21。

（《太和正音譜》：3-13）、「曲體」（徐復祚《曲論》：4-238）、「散體」（《閒情偶寄》：7-31）、「近體」（《閒情偶寄》：7-56）等，「散體」、「近體」為古典詩文論中固有之術語，故以下不再論之。

體製者如：「四節體」（呂天成《曲品》：6-232）、「全記體」（《遠山堂劇品》：6-159）、「拗體」（《閒情偶寄》：7-41）、「結體」（《遠山堂曲品》：6-17、6-101）、「犯體」（梁廷枏《曲話》：8-282）等。

地域者如：「江東體」（《太和正音譜》：3-13）、「西江體」（《太和正音譜》：3-13）、「東吳體」（《太和正音譜》：3-13）、「淮南體」（《太和正音譜》：3-14）、「北體」（4-179、239）、「南體」（4-179）、「楚江體」（《太和正音譜》：3-14）、「玉堂體」（《太和正音譜》：3-14）、「草堂體」（《太和正音譜》：3-14）等。

時間者如：「承安體」（《太和正音譜》：3-13）、「盛元體」（《太和正音譜》：3-13）、「古體」（《曲律》：4-59、徐復祚《曲論》：4-246）、「今體」（《碧雞漫志》：1-142）、「新體」（《曲藻》：4-25）等。

作家者如：「丹丘體」（《太和正音譜》：3-13）、「宗匠體」（《太和正音譜》：3-13）、「黃冠體」（《太和正音譜》：3-13）、「騷人體」（《太和正音譜》：3-14）、「俳優體」（《太和正音譜》：3-14）等。

B.「形容性加詞」

「體」字之「形容性加詞」可從「樣態形徵」與「形構正變」兩者進行分類。所謂「樣態形徵」指作品之藝術性形象特徵；「形構正變」指從體製形構中區辨其正次、或正變之地位。

「樣態形徵」如：「治體」（《碧雞漫志》：1-112）、「側艷體」（《碧雞漫志》：1-114）、「香奩體」（《太和正音譜》：3-14）、「風流體」（《中原音韻》：1-231）、「巧體」（《曲律》：4-136）、「澀體」（徐復祚《曲論》：4-238）等。

「形構正變」如：「正體」（《曲律》：4-122、《譚曲雜箚》：4-260、梁廷枏《曲話》：88-283）、「變體」（《詞謔》：3-326、《曲律》4-150）、「又一體」（梁廷枏《曲話》：8-283）、「第一體」（梁廷枏《曲話》：8-283）、「第二體」（梁廷枏《曲話》：8-283）等。

(2)「體」為加詞

顏崑陽教授認為：當「體」字做為加詞時通常為領屬性質，其下之端詞，則為領屬於「體」之某種事物。[10]此說已清楚描述此一構詞型態。在古典曲論中，可見到相關之複詞有：「體式」（《太和正音譜》：3-12、魏良輔《曲律》：5-6）、「體例」（《樂府傳聲》：7-158、梁廷枏《曲話》：8-278）、「體段」（《閒情偶寄》：7-35）、「體格」

10　顏崑陽：〈論「文體」與「文類」的涵義及其關係〉，收於《清華中文學報》第1期，頁21。

（《曲律》：4-187、《遠山堂曲品》：6-68、《顧誤錄》：9-61）、「體裁」（《曲律》：4-168、《遠山堂曲品》：6-34、呂天成《曲品》：6-232）、「體製」（《中原音韻》：1-173、《樂府傳聲》：7-151）、「體樣」（《閒情偶寄》：7-47）、「體調」（《曲律》：4-167）、「體質」（《閒情偶寄》：7-78、79）。其端詞受到「體」之限定，故其多指文體中的某一部份。

2. 格

就「格」而言，較少以詞組方式構詞，而是以組合式合義複詞較為普遍，其亦有端詞與加詞之不同。以下分述之。

(1)以格為端詞

以「格」為端詞者，其「領屬性加詞」有時間者如「古格」；有體製者如「字格」（《閒情偶寄》：7-34、35）、「調格」（《度曲須知》：5-197）、「體格」（同「體」中之例），「體格」等與「體」結合，意義受到「體」字之限制，已見前說；另有文體要素者如「風格」（徐復祚《曲論》：4-238）、「氣格」（《遠山堂曲品》：6-52、64）、「意格」（《遠山堂曲品》：6-28）等。另「形容性加詞」有「正格」（《曲律》：4-125、《顧誤錄》：9-69）等。

(2)以格為加詞

以「格」為加詞者有：「格局」（《遠山堂曲品》：6-30、《閒情偶寄》：7-64）、

「格法」（《樂府傳聲》：7-173）、「格度」（焦循《劇說》：8-96）、「格勢」（《太和正音譜》：3-12、16）。

3.「法」

「法」在古典曲論中之使用亦相當普遍，亦可見到其與其他詞複合為詞組或組合式合義複詞。詞組者中「法」多為端詞，以文類為加詞者如：「傳奇之法」（《遠山堂曲品》：6-96）；以唱曲或章法技巧為加詞者如「裁鍊之法」（《遠山堂曲品》：6-52）、「抗墜掩抑、頂疊關轉之法」（《遠山堂曲品》：6-54）、「科諢之法」（《遠山堂曲品》：6-101）、「可長可短之法」（《閒情偶寄》：7-77）、「緩急頓挫之法」（《閒情偶寄》：7-107）、「長唱之法」（《樂府傳聲》：7-152）、「短唱之法」（《樂府傳聲》：7-152）、「用筆之法」（《樂府傳聲》：7-159）、「參軍之法」（焦循《劇說》：8-84）、「連廂之法」（焦循《劇說》：8-97）、「本地風光之法」（梁廷枏《曲話》：8-265）、「聲務鏗鏘之法」（《閒情偶寄》：7-52）、「單押之法」（《南曲入聲客問》：7-130）；綜前兩者如「傳奇聯貫之法」（《遠山堂曲品》：6-38）、「史家附傳之法」（焦循《劇說》：8-172）、「謌詞之法」（梁廷枏《曲話》：8-278）等。

就組合式合義複詞而言，「法」較少做為加詞，亦多為端詞，其「領屬性加詞」者如「北曲法」（《南曲入聲客問》：7-130）、「曲法」（梁廷枏《曲話》：8-257）、「戲法」（呂天成《曲品》：6-239）、「傳奇法」（呂天成《曲品》：6-243）是以文類為端詞；「口法」（《樂府傳聲》：7-152、153）、「唱法」（《樂府傳聲》：7-157、171）、「指法」（《度曲須知》：5-202）等是以曲唱表演為加詞；「句法」（《顧誤錄》：9-57）、「章法」（《樂府傳聲》：7-177、《藝概》：9-118）、「篇法」（《藝概》：9-118）則是以章法為加詞；「格法」（《樂府傳聲》：7-173）是以體製為加詞；「古法」（《樂府傳聲》：7-153、梁廷枏《曲話》：8-285）則是為「形容性加詞」。

4.「式」

在戲曲理論文獻史料中，「式」的使用雖不如「體」、「格」、「法」為多，然其所蘊涵之概念卻是相當重要。就其構詞模式而言，亦可區別為詞組與組合式合義複詞。詞組如「傳奇之式」（焦循《劇說》：8-175）等，為較明顯之構詞形式，然如「古院本式」（《遠山堂曲品》：6-84）、「《會香衫》式」（《遠山堂劇品》：6-161），其亦可視為詞組，因其義即指為古院本之式、《會香衫》之式，並沒有另成新義。

就組合式合義複詞而言，「式」有做為加詞，如「式古」（《度曲須知》：5-197）、「式今」（《度曲須知》：5-241）者，視其文脈不同，可以歸之為詞結或結合式合義複詞，因為「式」在此有動詞性質。「式」亦有為端詞者，如「楷式」（《太和正音譜》：3-11）、「對式」（《太和正音譜》：3-13）、「譜式」（《度曲須知》：5-240）等。

從上述的討論中，可知曲論中除了使用「體」、「格」、「式」、「法」四字外，亦以此四字來鑄用文體術語，顯見曲家從文體角度論曲之意識已經成熟。以下便由這些相關術語分析其隱含之文體論意義。

第二節 「體」、「格」、「法」、「式」的體製形式義

經由對戲曲理論文獻史料的總體把握，可以歸結出「體」、「格」、「法」、「式」及以之為構詞元素之相關概念術語，其文本語脈所呈現意義內涵主要有二：體製形式與藝術形相。此處主要分析體製形式義；藝術形相義則於下節論之。

體製形式指涉的是文體的形式結構特徵，曲論中最相關的指涉術語當然便是「體製」與「體裁」，在戲曲理論文獻史料中亦見使用。「體製」如《中原音韻》中云：

> 魏、晉、隋、唐**體製**不一，音調亦異，往往於文雖工，於律則弊。……是書既行，於樂府之士豈無補哉！又自製樂府若干調，隨時**體製**不失法度。（1-173）

又如《樂府傳聲》中云：

> 又論元曲只四齣，猶有古者升歌笙入，間歌合樂之遺意。嘗欲編次史傳中忠孝廉節諸事，仿元人**體製**以授。（7-151）

《中原音韻》中以「體製」一詞主要是用以指稱樂府的格律，而《樂府傳聲》則是指稱元雜劇四折形式，無論是格律或分折都是包含在體製概念中。「體裁」如《曲律》在評董中峯時云：

> 在翰苑時，曾有應制《駕幸西湖》南北調詞一闋，今在集中，即限於**體裁**，亦勝楊南峰數等。（4-168）

又《顧誤錄》中云：

> 宮調既分，**體裁**各判，在仙呂調曰賺煞，在中呂調曰賣花聲煞，在大石角曰催拍煞，在越角曰收尾。（9-70）

又焦循《劇說》中引《書影》云：

> 元人作劇，專尚規格，長短既有定數，牌名亦有次第。今人任意增加，前後互換，多則連篇，少惟數闋，古法蕩然矣。惟余邗江門人王漢恭光魯所作《想當然》，猶有元人**體裁**。（8-129）

第一則引文之「體裁」著重於格律，第二則之「體裁」著重於樂律宮調，第三則則是更明確可以看出其「體裁」是指劇之長短、牌名之次第。

以上之「體製」、「體裁」各詞，雖然就其總體概念而言都是體製形式義，然而經由進一步的分析，可以看出其具體指涉又各自有所不同。由此，以下將其具涵之體製形式義進行次概念的類分，以更明確呈現相關概念術語在曲論中所隱含的理論性涵義。由上節所梳理出的單詞與複詞中，可將之具涵體製義者再區分為四類，其一為「音律體製」；其二為「曲唱體製」；其三為「結構體製」；其四為「章法體製」。

一、音律體製

「音律體製」指與樂律或格律、句式相關之文字形式規範，如曲牌、宮調、韻部、文字長短等。這些都是屬於體製形式概念中的不同層面，本章將之統稱為「音律體製」。以下分單詞、複詞進行說明。

1. 單詞

在單詞的「體」、「格」、「式」、「法」中皆可析離出此義。「體」者如《藝概》中云：

> 曲套中牌名，有名同而**體**異者，有**體**同而名異者。名同**體**異，以其宮異也；**體**同名

異，亦以其宮異也。（9-117）

又：

平、仄互叶，詞先於曲，如〔西江月〕、……、〔大聖樂〕亦俱有互叶之一**體**。（9-120）

又如《今樂考證》中云：

傳奇雖小道，凡詩、賦、詞、曲、四六，無**體**不備。（10-257）

第一則引文在論曲牌有同名異實或異名同實的情況，其中「體」便是指曲牌之譜式格律。在第二則引文中舉〔西江月〕等曲牌為例，說明其有平仄互叶的情況，亦為格律之義。而《今樂考證》主要在指出傳奇會援用各種文體於劇本中，故此處之「體」即是著重於文字形式長短、格律所區分出來之形式特徵。無論是曲牌譜式、平仄或文字格律、長短都屬於「音律體製」。

「格」字就其一般性涵義而言，已具有格式、規格之意，是已經較接近於格律之義。在

《製曲枝語》中云：

> 按**格**填詞，通身束縛，蓋無一字不由湊泊，無一語不由扭捏而能成者。（7-119）

又《曲律》中云：

> 〔風入松〕之每調繼以兩〔急三槍〕，與末調之單用本調，雖古有此**格**，然《琵琶》後八折耳，安在其必當而拘拘以此為法也，拈出與秉筆者商之。（4-161）

又《藝概》中云：

> 曲莫要於依**格**。同一宮調，而古來作者甚多，既選定一人之**格**，則牌名之先後，句之長短，韻之多寡、平仄，當盡用此人之**格**，未有可以張冠李戴、斷鶴續鳧者也。（9-117）

第一則引文中，「按格」之「格」即是指曲譜中之固定化格律；第二則引文中，「古有此格」之「格」，亦是指曲牌聯套之規律；第三則引文中，在區辨按律填詞之譜式，認為若同一宮調作者多時，依格律填詞時應該要依同一人之譜，而不可綜合各家。這些說法是否確當，非本章重點，但已可由此看出這三則引文中之「格」字皆指格律，故皆指「音律體製」義。

「法」字之「音律體製」義，如《樂府傳聲》在「入聲讀法」條對於字音演變情況有云：

> 又其派入三聲，有一定之**法**，與古音亦稍殊。（7-168）

又如梁廷枏《曲話》中云：

> 今人每一曲中疊用一字為韻腳，其**法**亦本元人。（8-261）

第一則引文中，「法」指曲韻入聲派入三聲之規律；第二則引文中，「法」指押韻之規律，故皆為格律義。

「式」字之「音律體製」義，如《遠山堂曲品》在論及《合劍》中南北合套的情況時云：

但其中以北〔朝天子〕配〔南二郎神〕，北〔倘秀才〕配南〔甘州歌〕，北〔醉太平〕配南〔宜春令〕，北〔駐馬聽〕配南〔駐馬聽〕，南北各配四五調，歌之頗叶，似可採以爲**式**。(6-55)

又如《曲律》中云：

〔商黃調〕，此係合犯，乃〔商調〕、〔黃鍾〕各半隻，或各一隻合成者，皆是也。但不許〔黃鍾〕居〔商調〕之前；曲無前高後低之理，古人無此**式**也。(4-83)

第一則引文中，《遠山堂曲品》認為《合劍》可以為「式」的地方，在於其南北曲配用之方式，故可視之為「音律體製」義。第二則引文中，在論〔商黃調〕之音樂體製，認為其由〔商調〕、〔黃鍾〕組成，並提出「不許〔黃鍾〕居〔商調〕之前」的規範，認為這種情況違反樂理，前人並無此種體製流傳，此處以「式」稱之，即是「音律體製」義。

2.複詞

經由以上的分析，可以看出「體」、「格」、「法」、「式」單詞皆具有「音律體製」義，而其複詞形式亦是如此。以下分述之。

就「體」而言，有「體裁」、「拗體」、「犯體」、「正體」、「又一體」、「第一體」、「第二體」等組合式合義複詞隱含「音律體製」義。「體裁」參見上文《顧誤錄》之例。「拗體」見《閒情偶寄》「拗句難好」條，其云：

如〈皂羅袍〉、〈醉扶歸〉……等曲，韻脚雖多，字句雖有長短，然讀者順口，作者自能隨筆。即有一二句宜作**拗體**，亦如詩內之古風，無才者處此，亦能勉力見才。（7-41）

又：

「懶能向前」、「事非偶然」二句，兩句四字，兩平兩仄，末字叶韻。……「懶能向前」、「事非偶然」二句，皆**拗體**也。（7-43）

由以上引文可以看出笠翁所謂「拗體」主要著眼於平仄上，當平仄安排使得填詞變得困難時，便可稱為「拗體」。「犯體」如《梁廷枏曲話》引《九宮譜定》中云：

犯曲只宜犯本宮。或偶犯別宮，則音調必稍異。如〈醉太師〉、〈貓兒出隊〉之類，只宜直作本曲之名，不必分作**犯體**。（8-282）

由此可以看出稱「犯體」乃為指稱犯曲之體製，而其義涵主要是指涉曲牌雜用的現象，而曲牌雜用即屬音律之範圍。至於「正體」、「又一體」、「第一體」、「第二體」為《梁廷枏曲話》中辨《嘯餘譜》時使用之（8-283）。因為《嘯餘譜》中所輯之詞譜，有「第一體」、「第二體」之說，因此多做臆測。故在《四庫全書總目提要》已提及：「所列詞譜第一體、第二體之類，以及平仄字數，皆出臆定，久為詞家所駁。」[11]故《梁廷枏曲話》認為《九宮大成南北宮譜》所辨明之「正體」、「又一體」較為正確。此四者為詞律中對於「正體」、「又一體」的稱呼，而「正」、「又一」、「第一」、「第二」指格律體製上之正次。然「正體」除體製義外，尚有體式義，將於下文另行討論。

就「格」而言，組合式合義複詞者如「字格」、「調格」、「正格」；結合式合義複詞者如「定格」。「字格」於《閒情偶寄》中云：

> 從來詞曲之旨，首嚴宮調，次及聲音，次及字格。……或彼曲與此曲牌名巧湊，其中但有一二句字數不符，如其可增可減，即增減就之，否則任其多寡，以解補湊不來之厄，此**字格**之不能盡符也。（7-34）

11　清・紀昀等，《欽定四庫全書總目・第 6 冊》（臺北：藝文印書館，1997 年），頁 4203。

此處「字格」指曲牌中之既定字數，為填曲時之規格，因其隨譜而定，故納入「音律體製」義之範圍。「調格」見《度曲須知》：

> 且辭章既夥，演唱尤工，凡偷吹、待拍諸節奏，頂疊、躲換、以及縈紆、牽繞諸**調格**，推敲罔不備至。（5-197）

此處「調格」指樂調之格，其所列出之「調格」雖是特殊之格，然就其概念仍是「音律體製」。「正格」在《曲律》中云：

> 至「金爐寶篆消」曲末句，「算人心不比往來潮」，此是**正格**，「心」字當疊。（4-125）

此處「正格」指譜中之字韻，王驥德認為「人心」二字須是疊韻方為「正格」，此亦是就格律上論。「定格」如《雨村曲話》中云：

> 致遠《黃梁夢》，周德清取〔鴈兒落〕爲**定格**。（8-13）

又如《閒情偶寄》中云：

一出用一韻到底，半字不容出入，此為**定格**。（7-37）

第一則引文中，指出周德清引馬致遠曲為「定格」，而此「定格」為格律之固定形式。第二則引文是從用韻方式論「格」。故此二者皆是從「音律體製」言之。

除此外，亦有將「體」與「格」中複合為「體格」者，如錢熙祚評《曲律》時云：

觀其辨別**體格**，研究聲韻，持論甚嚴，故不愧「律」之一字。（4-187）

此處錢熙祚已點明「律」之概念，「體格」與「聲律」都含攝在「律」中，故「體格」當指文字形式之格律。也是包含在「音律體製」的概念中。

「法」、「式」亦有「音律體製」之複詞，「北曲法」、「古法」、「譜式」等。「北曲法」見《南曲入聲客問》中云：

故混入三聲，則與北無別，且亦難於分派；如**北曲法**，竟廢卻入聲，又四聲不完；所以別出單押之法，而隨譜變腔為定論也。（7-130）

此處「北曲法」用以指北曲的入聲派入三聲，此屬音律體製義。而「古法」如焦循《劇說》中引《書影》云：

> 元人作劇，專尚規格，長短既有定數，牌名亦有次第。今人任意增加，前後互換，多則連篇，少惟數闋，**古法**蕩然矣。（8-129）

又如《詞餘叢話》中引《琴篴理數考》云：

> 隋、唐以來，惟奏黃鐘一均，而旋宮之法廢矣。**古法**盡亡，獨存於琴、篴。（9-239）

第一則引文中之「古法」之「古」指元人，「法」則是指劇之長短、聯套規律等，其中聯套規律即是「音律體製」。第二則引文中，「古法」則是指「旋宮之法」，宮調變化之規律亦是「音律體製」。「譜式」如《度曲須知》中云：

> 自元人以填詞制科，而科設十二，命題惟是韻腳以及平平仄仄**譜式**，又隱厥牌名。（5-197）

此處「譜式」指平仄譜，故為「音律體製」義。「體」、「格」、「法」、「式」單詞及以之構詞的複詞皆有用以指涉「音律體製」，可知「音律體製」為曲家論曲之文體概念的重要議題之一。此外，涵攝「音律體製」義的概念術語，有些會兼具文類概念，如「曲體」、「劇體」、「古體」、「今體」、「北體」、「南體」等。「曲體」一詞除體製義外另有體式義，此處僅就體製義言，體式義則在下文另行論述。在清初王正祥《新定十二律京腔譜》中多次使用「曲體」，也是使用「曲體」一詞最為明確者，如在其「凡例」中云：

> 況盛行于京都者，更為潤色，其腔又與弋陽迥異。予又不滿其腔板之無準繩也，故定為十二律，以為**曲體**唱法之範圍。[12]

又：

> 如有俚鄙之曲，而可以為**曲體**者，即當錄用；苟非然者，及字字珠璣、行行錦繡，而

12 參見《古典戲曲序跋彙編・第1冊》，頁103。

於**曲體**正格實為背謬，又何足取？。[13]

又：

> 今各律各調所敘**曲體**，先敘聯套，再敘兼用，更敘慢詞，終敘緊詞。[14]

從第一則引文可以看出王正祥所言之「曲體」之「曲」乃特指京腔，而京腔是流傳至京城經過變革之弋陽腔。而且是因為「腔板之無準繩」，所以定十二律，所以其「曲體」之「體」為體製義，尤其指格律中腔調音律的部分。然就「曲體」一詞觀之已有文類義，此「曲體」為京腔之體，而由京腔之體區別出京腔之類。「劇體」一詞在《曲律》、《遠山堂劇品》及呂天成《曲品》中頗見使用。《曲律》中云：

> 余昔譜男后劇，曲用北調，而白不純用**北體**，為南人設也。已為《離魂》，並用南調。鬱藍生謂：自爾作祖，當一變**劇體**。既遂有相繼以南詞作劇者。（4-179）

王驥德此處雖引呂天成語云，但並不妨礙此一「劇體」之概念內涵。「劇體」在此指「劇」之體製，其中「體」之體製義著重在宮調。不過在此段文脈中，仍無法判斷「劇」是曲之總稱，抑或特指北雜劇。然不論是指曲之總稱或指北雜劇，都是具涵文類概念。另外「劇體」

亦有指結構體製，由下文另行論述，此處暫不論之。此外又有「古體」、「今體」，其雖是以時間為端詞進行複合，然就其文脈而言仍可看出其特定之指涉對象，「古體」如《曲律》論調名時云：

> 有**古體**無考，俗傳增減句字，至繁聲過多，不可遵守，如〔越恁好〕、〔雌雄畫眉〕類。（4-59）

又如徐復祚《曲論》中云：

> 大率吾輩為唐律、絕句，自應用唐韻；為**古體**，自應用古韻；若夫作曲，則斷當從中原音韻……。（4-246）

「今體」如《碧雞漫志》中云：

13 《古典戲曲序跋彙編‧第1冊》，頁105。

14 《古典戲曲序跋彙編‧第1冊》，頁106。

> 然唐中葉漸有**今體**慢曲子，而近世有填連昌詞入此曲者，後復轉此曲入道調宮，又轉入高宮大石調。（1-142）

在《曲律》中「古體」之「體」為體製義，尤指格律，而「古體」雖是泛指性概念，然就其文脈而言，其應指北雜劇與宋、金院本，因王驥德身處明代，故其以「古體」名之前代戲曲。而徐復祚《曲論》中之「古體」則是指古體詩。《碧雞漫志》之「今體」則是指宋詞。其都從體製著眼，通過端詞複合，指涉某一文類，故具涵文類義。又「北體」、「南體」之「北」、「南」指北曲與南曲，如徐復祚《曲論》引王驥德《題紅・序》論韻部時云：

> 至北調諸曲，不敢借用，以**北體**更嚴，存古典刑也。（4-238）

又《曲律》中：

> 後為穆考功作《救友》，又於燕中作《雙環》及《招魂》二劇，悉用**南體**，知北劇之不復行於今日也。（4-179）

此處「北體」、「南體」的類分標準為音韻宮調之特徵，以「北」、「南」來名其類，「北體」指的是具北曲的「音律體製」者，「南體」指具南曲的「音律體製」者，故「音律體製」為曲家用以區別文體之類標準之一。

二、曲唱體製

「曲唱體製」指戲曲場上演唱之體製，此為戲曲所獨有，雖然此一體製不一定能夠於劇本中呈現，然就戲曲整體而言是不可缺少的一個環節。

1.單詞

以「體」字來指稱「曲唱體製」者，如《曲律》中云：

> 劇之與戲，南北故自異**體**。北劇僅一人唱，南戲則各唱。（4-137）

《曲律》中從一人獨唱來分辨南北戲劇之差異，而此處「南北故自異體」之「體」，自然即指一人唱、多人唱之「曲唱體製」。

而「格」字具曲唱體製義者，如《曲律》中云：

> 南戲曲，從來每人各唱一隻。自《拜月》以兩三人合唱，而詞隱諸戲遂多用此**格**。畢竟是**變體**，偶一為之可耳。（4-150）

又《閒情偶寄》中云：

> 蓋詞曲中之高低抑揚，緩急頓挫，皆有一定不移之**格**，譜載分明，師傳嚴切，習之既慣，自然不出範圍。（7-104）

《曲律》此段引文同時出現「格」與「變體」，此處「體」、「格」當屬同義，因為其以南戲為一人獨唱隻曲的「體」為正，而《拜月亭》以後出現的合唱體製是「體」之變，「格」與「變體」皆指「曲唱體製」，只是再由其中區辨何者為正、何者為變。《閒情偶寄》中的「格」義，從「師傳」與「高低抑揚」、「緩急頓挫」來看，所指乃是唱曲之規則，也就是「曲唱體製」。

至於以「法」字來指稱「曲唱體製」者，如《樂府傳聲》中云：

> 何謂口法？每唱一字則必有出聲、轉聲、收聲，及承上接下諸**法**。（7-152）

在唱曲時，對於每一個字之發音，及字與字、音與音之間的承轉都有其規定，此一規定各朝代有所不同，與《閒情偶寄》互文觀之，可知這些唱法皆在曲譜中載明，成為一種規範，故「承上接下諸法」之「法」亦為「曲唱體製」。

以「式」字來指稱「曲唱體製」者，如《顧誤錄》中云：

> 尾聲乃經緯十二律，故定十二板。**式律**中積零者為閏，故亦有十三板者。句僅三句，字自十九字至二十一字止，多即不合**式**矣。（9-70）

此處論板式之板數與字數，而此也是從曲唱的角度言之。故「不合式」之「式」乃指曲唱之體製規範，而「式律」一詞所指亦相同。「式」與「律」有規範法則之義，而於此處即指向曲唱規制。

2. 複詞

以「體」字複合構詞指曲唱體製者，如「女真風流體」、「生旦之體」，在《太和正音譜》中云：

> 且如**女真風流體**等樂章，皆以女真人音聲歌之，雖字有舛訛，不傷於音律者，不為害也。（3-23）

又《閒情偶寄》中云：

> 以生旦有**生旦之體**，淨丑有淨丑之腔故也。元人不察，多混用之。（7-26）

《太和正音譜》這段文字亦見於《中原音韻》，引文中已明言「女真風流體」為樂章，當以女真人音樂曲歌唱之，此即是「曲唱體製」。以及《閒情偶寄》中分辨行當唱腔，其「體」之定義皆屬「曲唱體製」概念範圍。

以「格」字複合構詞指「曲唱體製」者，如「格調」、「格局」、「正格」、「古格」，如芝菴《唱論》中云：

> 歌之**格調**：抑揚頓挫，頂疊垛換，縈紆牽結，敦拖嗚咽，推題丸轉，搥欠過透。（1-159）

又《顧誤錄》中云：

> 如《四夢》傳奇之尾聲，多不入**格局**，至有三十餘字者。（9-70）

又：

有贈板中唱散板一句者，或贈板中忽唱無贈板者，又或末二句唱無贈板者，此皆演家取其便處，並非**正格**。（6-69）

《度曲須知》：

當時新聲初改，**古格**猶存，南曲則演南腔，北曲故仍北調。（5-199）

《唱論》直言「歌之格調」，並列舉出多種變化方式，此處「格調」即屬曲唱之表現，同樣的與《閒情偶寄》互文觀之，便可將其歸入「曲唱體製」中。《顧誤錄》論《四夢》一段，為上文「式」字引文之後文，乃論南套尾聲之譜式，接續前後文脈來看，此處「格局」即指曲唱之體製規範。而「正格」一詞，則是論唱贈板的問題，更直皆指出「演家」，為論曲唱之規範。《度曲須知》之「古格」乃相對「新聲」而言，「新聲」是南曲唱南腔，「古格」便是唱北曲，此處從南北曲調區辨南北戲曲差異。故「古格」具有「曲唱體製」的概念內涵。

從上節所列「法」之詞組中，便有許多從字面即可察其與曲唱有關之概念術語，如「抗墜掩抑、頂疊關轉之法」、「緩急頓挫之法」、「聲務鏗鏘之法」等。然而這些「法」之概念術語著重於法門、技巧的概念。這些與唱彈相關法門、技巧如《閒情偶寄》所言會「譜載」、「師傳」成為規範，而這些規範也與文字音律脫離不了關係，也受到文體之限制，並形成特色，因此雖非文字形式，但本章仍納入文體之範圍，統以「曲唱體製」稱之。以「法」字複合構詞者，如「口法」、「唱法」、「歌法」等。「口法」在上引《樂府傳聲》中已見之，另外如：

> 上古之**口法**，三代不傳；三代之**口法**，漢魏六朝不傳；漢魏六朝之**口法**，唐宋不傳；唐宋之**口法**，元明不傳。若今日之南北曲，皆元明之舊，而其**口法**亦屢變。南曲之變，變為「崑腔」，去古浸遠，自成一家。（7-152）

從此一引文可以看出其將「崑腔」視為「口法」的一種，如此一來可以更明確的看出「口法」的「曲唱體製」義涵。而「唱法」、「歌法」皆屬「曲唱體製」，概念內涵與「口法」相近。以「唱法」、「歌法」指「曲唱體製」者，如《藝概》云：

> 「壘壘乎端如貫珠」，**歌法**以之，蓋取分明而聯絡也。（9-118）

又《度曲須知》云：

至收板緊套，何以一牌名，止一**唱法**，初無走樣腔情，豈非優伶之口，猶留古意哉？（5-241）

又《樂府傳聲》云：

其聲之變，雖係人之**唱法**不同，實由此調之平仄陰陽，配合成格，適成其富貴纏綿，感歎悲傷，而詞語事實，又與之合，則宮調與唱法須得矣。（7-171）

又：

又作「傳奇」之人喜集數曲為一，以致宮調難分，音拍盡失，訛且傳訛，盲復引盲，幾何而不盡變元人之**歌法**哉！（7-150）

上述諸條之「唱法」、「歌法」應為同義，「歌」與「唱」皆為謂語，冠於「法」前為領屬加語，皆指唱曲時的規範。《藝概》論唱曲時字字分明而連續，《度曲須知》、《樂府傳聲》論同曲牌的不同曲唱變化。值得注意的是《樂府傳聲》中對於「唱法」、「歌法」的討論最多[15]，可見曲唱體製至清時，已臻為完備，且受到曲評家之重視。

論「曲唱體製」者，有以「體」、「格」、「法」、「式」單詞論之，亦有以四者複合成詞論之。與「音律體製」相同，為曲論中重要的文體觀念。

三、結構體製

所謂「結構體製」專指體製中涉及劇本形式結構者，如分折、分本、分齣等。此處亦循上例分單詞與複詞進行敘述。

1. 單詞

「體」字如呂天成《曲品》評《風教篇》時云：

> 一記分四段，倣《四節》**體**，趣味不長，然取其範世。（6-232）

又評《節孝》時云：

> 分上下帙，別是一**體**。（6-240）

又如《遠山堂劇品》評《會香衫》云：

> 上劇止奸尼賺衫一節事耳，未盡者以次劇繼之。元人原有此體，如《西廂》之分爲五劇是也。（6-158）

又如《梨園原》云：

> 古時戲，始一出鬼門道，必先唱〔紅芍藥〕一詞。……後人因其單薄，添〔倒垂蓮〕，套其體也。（9-9）

在這四則引文中，「體」皆是「結構體製」義。如《曲品》中所言分「一記分四段」、「上下帙」亦是一種文體組構的形式，只是體製一為仿效《四節》劇，另一為《節孝》特有，故稱其「別是一體」；《遠山堂劇品》中之「體」則是指元雜劇分本這項體製特徵；至於《梨園原》所言是指古時戲開場時會先唱〔紅芍藥〕，後人之增添〔倒垂蓮〕曲，是套襲其結構

15 宮調既殊，排場亦異，然當時之唱法，非今日之唱法也。（《樂府傳聲》：7-157）試令今之登場者，依崑腔之唱法，聽者能辨其幾句幾韻，百不能得一也。句韻之法，不幾盡喪耶？（《樂府傳聲》：7-181）其體例如出一手，其音節如出一口，雖文之高下各殊，而音調無有不合者，歌法至此而大備，亦至此而盡顯。（《樂府傳聲》：7-158）試從古音，一一考之，則入聲派入三聲之故可明，而三代已前之歌法，亦可推測而知矣。（《樂府傳聲》：7-168）

體製。

「格」字如《閒情偶寄》中云：

> 未說家門，先有一上場小曲，如〔西江月〕、〔蝶戀花〕之類，總無成**格**，聽人拈取。此曲向來不切本，止是勸人對酒忘憂、逢場作戲諸套語。（7-66）

說家門前的用曲規則，「不成格」也就是說沒有固定的體製規範，而是任曲家自由發揮，並定義此曲之性質為「不切本」，此雖然不是論大結構，但仍是論曲之部分結構，故為「結構體製」義。

2. 複詞

「體」之複詞者如「變體」、「全記體」等。「變體」者，在《衡曲麈譚》中云：

> 大江以北，漸染胡語；而東南之士，稍稍**變體**，別為南曲，高則成氏赤幟一時，以後南詞漸廣，二家鼎峙。（4-269）

此處之「變體」，為變異其體，就其詞性而言，並非一個複詞，而是謂語加上受詞的句子形式。而將「變體」視為一個複詞者，如《遠山堂劇品》評《黑旋風仗義疏財》時云：

北詞五折，兩人唱，此**變體**也。（6-149）

又如呂天成《曲品》評《奇節》時云：

一帙分兩卷，此**變體**也。（6-230）

第一則引文中，是將因其「五折」、「兩人唱」，與北雜劇之體製結構比較後，可視為「變體」。第二則亦是從結構體製上論其「變體」。

「全記體」者，如《遠山堂劇品》評《琴心雅調》中云：

翫其局段，是**全記體**，非**劇體**，故必八折，而長卿之事，乃陳其概。（6-159）

又如評《捐奩嫁婢》中云：

此第於兩姓結姻處鋪敘一番，其打局是**全記體**。（6-184）

《琴心雅調》與《捐奩嫁婢》兩種都是「南八折」的雜劇，因此《遠山堂劇品》「全記體」

認為其雖為雜劇，然體製並非如元雜劇之「劇體」以四折為度，八折已類傳奇，故以「全記體」名之。此處著眼於體製結構。

此外如「劇體」一詞，一方面具有結構體製義，另一方面也具備文類義。如《遠山堂劇品》云：

> 南曲向無四出作**劇體**者，自方諸與一二同志創之，今則已數十百種矣。（6-161）

又《曲品》評《十孝》時云：

> 有關風化，每事以三折，似**劇體**，此自先生創之。（6-229）

又評《泰和》時云：

> 每齣一事，似**劇體**。（6-240）

《遠山堂劇品》及呂天成《曲品》中，對於「劇體」之「體」，乃著眼於體製中分折、分齣，而從其文脈中可以判斷其「劇體」之「劇」指北雜劇，故具涵文類概念。然「劇」是指曲之總稱、或北雜劇、或其他殊類，在本章第三章會有更深入的討論，在此暫不贅述。論「結構體製」者，無論單詞或複合成詞，都以「體」字為主，少數以「格」名之。

四、章法體製

此處「章法體製」乃是指文章佈局之法及文句組構之法。此本應非體製形構之範圍，然而經由史料的閱讀，發現在古典曲論中往往會將某一些情節佈局或文句組構加以模式化，並歸之於某一文類，成為文體的規格制度。句法者，如《曲律》中論「巧體」云：

> **巧體**第二十九。古詩有離合、建除、人名、藥名、州名、數目、集句、等體。……今《紅葉》用藥名、牌名、五色、五聲、八音及瀟湘八景、離合、集句等**體**，種種皆備，然不甚合作。（4-136）

「巧體」指以各種奇巧來組句，並不在音律、曲唱的規範中，而是文句之奇思弄巧以為趣。如「傳奇體」，在《後山詩話》中云：

> 范文正《岳陽樓記》用對語說時景，世以為奇。尹師魯讀之，曰：「此**傳奇體**爾。」

傳奇，唐裴鉶所著小說也。16

其中尹師魯所言「傳奇體」一詞，可以看出指涉的是「對語說時景」——一種駢散相間的修辭句法。這種概念內涵與呂天成《曲品》中所言不同，其評《霞箋》時云：

此即《心堅金石傳》，死者生之，分者合之，是**傳奇體**。（6-249）

此處「傳奇體」著重在劇情佈局，就《霞箋》之劇情內容進行評述。此外如呂天成《曲品》評《雙環》時云：

此木蘭從軍事，今增出婦翁及夫婿，串插可觀。此是**傳奇法**。（6-243）

又如《遠山堂曲品》評《中流柱》時云：

傳耿樸公強項立節，而點綴崔、魏諸事，俱歸之耿公，方得**傳奇聯貫之法**。（6-38）

此處「傳奇法」指傳奇中增衍劇情的鋪敘方式，「傳奇聯貫之法」亦是一種佈局方式。這種概念類型與「結體」相同。如《遠山堂曲品》評《紫簫》時云：

> 十郎塞上初歸，會於牛、女之夕，亦可作**結體**，正不忍見小玉憔悴一段耳。（6-17）

又評《呼盧》時云：

> 傳宋武微時發跡，後以臣節終之，恰得**結體**。（6-50）

又評《進瓜》時云：

> 李翠蓮借魂成婚，恰得**結體**。（6-101）

「結體」一詞於《文心雕龍・明詩》中即見之，其云：

---

16 宋・陳師道：《後山詩話》，收於清・何文煥：《歷代詩話》（北京：中華書局，1981 年），上冊，頁 310。

> 觀其結體散文，直而不野，婉轉附物，怊悵切情，實五言之冠冕也。[17]

周振甫將「結體散文」譯為「風格和行文」[18]，其所言乃就「直而不野，婉轉附物，怊悵切情」而來，此皆為風格描述概念，故「結體」指「風格」；然周振甫所言尚可斟酌，「結體散文」應指結體於散行之文，沒有對偶、律化等形式特徵。此處三段引文所言，也明顯非指「風格」或「結體於散行之文」，而是指情節結構，這與書論中論「結體」較為接近，徐謙《筆法探微》云：

> 書法之法大要有四：一用筆，二結體，三分布，四用意。……結體者，疊筆成形之法也……。[19]

書論中之「結體」乃指一字之筆畫結構，而上引曲論之「結體」是著重於劇情佈局，為一劇之情節結構。但又更進一步賦予評價義，將劇情結尾能妥善安排為「結體」，故有「恰得」之語。

論「章法體製」者，以「體」字及以之構詞之概念術語為主，較少見以「格」、「法」、「式」論之。

從鑄用文體概念術語的情況而言，曲家對於曲之文體觀念討論重心為「音律體製」及

「曲唱體製」兩者，對於「結構體製」、「章法體製」則相對較少關注。「音律體製」及「曲唱體製」相關文體概念術語鑄用時，「體」、「格」、「式」、「法」等四者皆為曲家選用；而「結構體製」及「章法體製」相關文體概念術語鑄用時，則以「體」為主。

第三節　「體」、「格」、「法」、「式」的藝術形相義

文字形式是從文體的形構處論，而藝術形相則是統合體製、修辭等文體各元素後的整體表現，但就其表現之側重面而言仍是從樣態處論。就古典文體學的角度來看，可以區分為：體貌、體式兩部分。以下便從「體貌」與「體式」兩個方向探討「體」、「格」、「式」、「法」四字及以之複合構詞所隱含的藝術形相義。

一、體貌義

顏崑陽教授對「體貌」概念所下的定義為：「指作品整體之美感印象，亦即作品之個別

17　梁・劉勰著、周振甫譯注：《文心雕龍譯注》（臺北：五南圖書有限公司，1993年），頁77。

18　梁・劉勰著、周振甫譯注：《文心雕龍譯注》，頁78。

19　徐謙：《筆法探微》，引自季伏昆編著：〈論學書之途徑與方法〉，《中國書論輯要》（南京：江蘇美術出版社，2008年），頁146-147。

風格。」[20]這是就《文心雕龍》蘊涵的文體觀念而言，而顏教授經由對古典詩文論的分析後，對史料中「體貌」一詞概念義涵的詮定亦近同，其云：「指涉一篇作品或一家之作的整體『樣態』。」[21]本章對於「體貌」的定義即基於此，乃指單一作品或一家之作的藝術形相。而當賦予此藝術形相「範型性」時，「體貌」便上升為「體式」。「體式」於下節會進行分析，此暫不贅述。在王灼《碧雞漫志》中云：

> 唐末五代文章之陋極矣，獨樂章可喜，雖乏高韻，而一種奇巧，各自立**格**，不相沿襲。（1-113）

王灼所指「樂章」雖然並非元代以後出現之戲曲或散曲，但其所言之「格」，卻可作為「格」指藝術形相之一證。上節所述之「格」字，無論指音律或其他，都是指體製形式。但此處引文從前後文脈即可知所指為藝術形相，因為從「高韻」、「奇巧」可知為藝術形相的描述用語，而從「不相沿襲」一語可知「格」所指非體製形式，因為體製形式乃是相沿承襲，形成一個創作上的共同現象。而「體貌」則是千變萬化，依作者各異其趣，此處既無給予範型性，又為「各自」之描述，故斷為「體貌」之義。

從王灼對「體貌」之「各自立格」一語，可知「體貌」是各自成趣，各有不同，在曲論中以「體」、「格」及其複合成詞者來指涉者為多，而以「法」、「式」及其複合成詞者較少，以下析論之。

1. 單詞

「體」字為「體貌義」者，如《雨村曲話》：

> 《嘯餘譜》有新定樂府十五**體**名目：……。按：此十五**體**，不過綜其大概而言；其實視撰詞人之手筆，各自成家，如馬致遠之「朝陽鳴鳳」則豪爽一路，王實甫之「花間美人」則細膩一路，各自成**體**，不必拘也。（8-8）

李調元此處雖引的是程明善的《嘯餘譜》，但《嘯餘譜》為雜摘群書而成書，所謂「新定樂府十五體名目」實從《太和正音譜》而來，其源由並非本章著墨所在。從前後文脈可知所論者為作者文章之藝術形相，而「視撰詞人之手筆，各自成家」乃是在說藝術形相各家各有其特色，如馬致遠之「豪爽」、王實甫之「細膩」。此處並沒有給予兩者範型意義，為「體貌」概念，故此處之體乃指「體貌」。又如《曲律》中云：

20 顏崑陽：《六朝文學觀念叢論》，頁 180。

21 顏崑陽：〈論「文體」與「文類」的涵義及其關係〉，收於《清華中文學報》第 1 期，頁 28。

> 《西廂》組艷，《琵琶》修質，其**體**固然。（4-149）

又：

> 此**體**亦是西樓最佳，如《失雞》、《轉五方》等曲，皆極當行。（4-135）

王驥德總括《西廂》之表現為「豔」、《琵琶》為「質」，是分別對於這兩個作品藝術形相特徵的描述，故「其體固然」之「體」當指「體貌」。而對於王磐（西樓）的評價亦為「體貌」概念，該段引文出自「論俳諧第二十七」，「故此體」乃指俳諧體，王驥德對於俳諧體之說明為：

> 俳諧之曲，東方滑稽之流也，非絕穎之姿，絕俊之筆，又運以絕聞之機，不得易作。著不得一個太文字，又著不得一句張打油語。須以俗為雅，而一語之出，輒令人絕倒，乃妙。（4-135）

從「東方滑稽之流」可知為一家「體貌」，而其下又針對此「體貌」進行描述，需有「絕穎之姿」、「絕俊之筆」、「運以絕聞之機」、「以俗為雅」、「一語之出，輒令人絕倒」等要素。而王磐即善於該體，因此王驥德評其「當行」，也就是可以合宜的展現東方滑稽之流的「體貌」，所以此「體」之「體」即應指「體貌」。

以「格」字為「體貌義」者，如評《彈指清平》時云：

> 至其超軼處，自行自止，驚破世眼，當別設一**格**以待之。（6-15）

又如評《金合》時云：

> 語俱獨造，多有初讀之不解，再讀之知其博奧者，當於傳奇中別設一**格**以待之。（6-66）

《遠山堂曲品》中評《紅拂》云：

> 湯海若序此記云：「《紅拂》已經三演：在近齋外翰者，鄙俚而不典；在冷然居士者，短簡而不舒；今屏山不襲二家之**格**，能兼諸劇之長。」（6-49）

《遠山堂曲品》以論個別作品為主，故此處乃為描述「體貌」。在超軼處可自行自止，即為

《彈指清平》之「體貌」特徵；語俱獨造，初讀不解，再讀知其博奧則是《金合》之「體貌」特徵。故此處所言之「格」，乃是在指涉兩者的藝術形相已經具備可辨識的個人特徵，也就是「體貌」。而在第三則引文中更為清楚，其論及近齋外翰（生平里籍不詳）、張鳳翼（冷然居士）、張太和（屏山）等三人皆作《紅拂》，而各有其樣貌，近齋外翰所作「鄙俚而不典」、張鳳翼「短簡而不舒」，張太和不襲而兼之，三人之作各有其藝術形相特徵，故所謂「二家之格」的「格」非體製義，而是指「體貌」。

2. 複詞

曲論中指涉「體貌」者，多以「體」字進行複合成詞，如徐復祚《曲論》中提及之「澀體」，其云：

> 徐彥伯為文，以鳳閣為「鷗門」，龍門為「虯戶」，當時號「**澀體**」。（4-238）

此處指出唐代徐洪（彥伯）作詩以僻澀典奧為特徵，其所言雖非曲，但其概念類型仍屬「體貌」。而在《太和正音譜》中有「新定府體一十五家」之語，為「丹丘體」、「宗匠體」、「黃冠體」、「承安體」、「盛元體」、「江東體」、「西江體」、「東吳體」、「淮南體」、「玉堂體」、「草堂體」、「楚江體」、「香奩體」、「騷人體」、「俳優體」（3-13～14）等。這些為曲家歸納所得之藝術形相類型，在《太和正音譜》中並沒有給予範型性定義，所以此處屬「體貌」概念，與徐復祚之言相同。而其中如「丹丘體」之流會在後世曲家的論述中被提升到「體式」位置，但在《太和正音譜》之中仍僅具備「體貌」義。其「府體」乃「樂府體」之省稱，因為在《太和正音譜》的目錄中即有「樂府體式」條（3-12），然在〈卷上〉中論及時則是名為「於今新定府體一十五家，及對式名目」，故其「體式」乃合稱「體」與「式」，非本章所謂之「體式」。「式」指「對式」為「合璧對」、「連璧對」……等等對句之法（3-14～15），與上述「章法體製」中《曲律》之例近同，此處不再討論。而「體」則是指「樂府體」有「側艷體」、「丹丘體」、「宗匠體」……等等共十五種「體貌」類型。

二、體式義

「體式」概念顏崑陽教授就分析《文心雕龍》後所下的定義為：

> 「體式」有兩層，一為超越個別作品，相應於某一文類之「體式」；一為超越個別文類之「體式」，乃一普遍之美的範疇，也即是〈體性篇〉所謂的「八體」。[22]

22 顏崑陽：《六朝文學觀念叢論》，頁180。

又經由分析古典詩文論中「體式」一詞後，對史料中「體式」一詞概念義涵的詮定為：

> 「體式」必須兼合著文類「形構性」的「體裁」，以及作家作品「樣態性」的「體貌」二個要素，再加上「範型性」此一規定，才是完整的涵義。[23]

故「體貌」指個別作品或一家之作的藝術形相，而「體式」則是該藝術形相具備「範型性」者。以下即以此定義作為研究基礎，進行文獻的分析。

1. 單詞

對曲之「體式」，各曲家界義未必盡同，本章焦點也不在分析各家之說，而是著重探討他們是如何指涉「體式」這個概念。以「體」字指涉「體式」概念者，如徐渭《南詞敘錄》云：

> 夫曲本取於感發人心，歌之使奴童婦女皆喻，乃為得體；經、子之談，以之為詩且不可，況此等耶？直以才情欠少，未免輳補成篇。吾意：與其文而晦，曷若俗而鄙之易曉也？（3-243）

《南詞敘錄》所言之「曲」，是就曲的統稱言之，也就是先指出所言之文類的「形構性體裁」，「感發人心」、「婦孺皆易知」則為作品藝術形相之樣態，徐渭認為具備這種樣態方為「得體」。而「得體」正是預設了某一範型基準，合者為得，故此「體」字當指「體式」。接著徐渭又從反面立說，認為引經書、子書入曲的弊端。將「體」指涉為「體式」概念，在曲論中相當常見，如黃周星《製曲枝語》云：

> 愚嘗謂：曲之**體**無他，不過八字盡之，曰：「少引聖籍，多發天然」而已。（7-120）

同樣的，此處先指出所言之文類的「形構性體裁」為曲，並論「少引聖籍，多發天然」之樣態，所指乃是少用經典典故，而出自然之語，此即藝術形相之描述。從「無他」的論斷，可知黃周星認為此八字即為曲的藝術形相最佳表現，故「體」字具涵典範性，即指「體式」。

以上為體式的第一層義，即相應某一文類之「體式」，而本章以曲論為主，故第二層義便不在討論範圍之中，曲論中所言者亦少。又如《曲律》中云：

> 自《香囊記》以儒門手腳為之，遂濫觴而有文詞家一**體**。（4-121）

23 顏崑陽：〈論「文體」與「文類」的涵義及其關係〉，收於《清華中文學報》第1期，頁31。

又《曲律》中云：

> 問**體**孰近？曰：「於文辭一家得一人，曰宣城梅禹金，摛華淡藻，斐亹有致；於本色一家，亦惟是奉常一人，其才情在淺深、濃淡、雅俗之間，為獨得三昧。餘則脩綺而非垛則陳，尚質而非腐則俚矣。若未見者，則未敢限其工拙也」。（4-170）

從第一則引文中，其「體」字尚為「體貌」之義，乃指文辭家引經子語之樣態；但在第二折引文中，「體」字又為「體式」概念，雖然其沒有直指「體」之文類為何，但仍可知為曲之總稱或南曲。「問體孰近」，則是預設了某一範型，再由各「體貌」進行比對，故曰文辭家、本色家各得一人，其藝術形相各有特色或「摛華淡藻，斐亹有致」、或於「淺深、濃淡、雅俗之間，為獨得三味」；若從反面來看，則是若能脩綺而不垛不陳或尚質而不腐不俚者，便可稱之為近「體」，而此「體」則是王驥德理解中的曲之「體式」。

2. 複詞

以「體」字複合成詞以指涉「體式」概念者，徐復祚《曲論》中云：

> 山谷用之詩，已自僻澀，禹金乃用之作曲。然則三藐、三菩提，盡曲料耶？此體最易驚俗眼，亦最壞**曲體**，必不可學。（4-238）

徐復祚此亦是從「僻澀」論起，「此體」所指乃是「體貌」，指用典僻澀之樣態，而「最壞曲體」已預設了曲應有之「體式」。從上文所言，可知其認知之「體式」乃指「感發人心」、「婦孺皆易知」。《曲論》又云：

> **傳奇之體**，要在使田畯紅女聞之而趯然喜，悚然懼；若徒逞其博洽，使聞者不解為何語，何異對驢而彈琴乎？（4-238）

「傳奇之體」如前所言並非合義複詞，而是詞組。此處在定義傳奇之「體式」，一樣是強調易知易懂而反對僻澀。

《遠山堂劇品》中有「劇體」之語，其云：

> 紅蓮記……。太乙傳此，藻豔俊雅，神色俱旺，且簡略恰得**劇體**。（按：入豔品）（6-177）

此處之「劇體」是以領屬性加詞複合成詞，但其加詞屬性為文類，「劇」當指南雜劇，因為《遠山堂劇品》所評者以南雜劇為主，僅少數為元雜劇。「恰得劇體」已隱含有一雜劇之範型作為基準，以之評述《紅蓮記》，尤其「藻豔俊雅」、「神色俱旺」、「簡略」等樣態，他認為這些藝術形相特徵符合雜劇之理想範型，故可稱「恰得」，由是可以看出「劇體」一詞即為「體式」之概念。

在王驥德《曲律》中有「正體」之語，其云：

> 《拜月》質之尤者，《琵琶》兼而用之，如小曲語語本色，大曲引子如「翠減祥鸞羅幌」、「夢繞春闈」，過曲如「新篁池閣」、「長空萬里」等調，未嘗不綺繡滿眼，故是**正體**。（4-122）

此段引文乃承上引文辭家之辨而來，「正」本身就有典範之評價意義，所以王驥德認為能兼本色與文辭兩家之長，方為「正體」。故其續云：

> 至本色之弊，易流俚腐；文詞之病，每苦太文，雅俗淺深之辨，介在微茫，又在善用，才者酌之而已。（4-122）

認為有才者能取本色、文辭之長，而避其之短，而這種辨別取捨並非易達，但若能達者，也就是能稱之為「正體」，故「正體」一詞為「體式」概念。

第四節 結語

上文從「體」、「格」、「式」、「法」四字的構詞模式開始分析，接著分析其單詞、複詞隱含的文體觀念，可以區分出「體製形式」與「藝術形相」兩類。在「體製形式」義中，可以歸納出「音律體製」、「曲唱體製」、「結構體製」、「章法體製」等四類；藝術形相義中，可以歸納出「體貌義」、「形式義」等兩類。通過以上的分析，可將所引用的文體概念術語製表如下：

類別		單詞	複詞
體製形式	音律體製	體、格、法、式	體裁、拗體、犯體、正體、又一體、第一體、第二體；字格、調格、正格、體格；北曲法、古法；譜式。
	曲唱體製	體、格、法、式	女真風流體、生旦之體；格調、格局、正格、古格；抗墜掩抑、頂疊關轉之法、緩急頓挫之法、聲務鏗鏘之法、口法、唱法、歌法。
	結構體製	體、格	變體、全記體、劇體。
	章法體製	無	巧體、傳奇體、結體、傳奇法、傳奇連貫之法。
藝術形相	體貌義	體、格	澀體、丹丘體、宗匠體、黃冠體、承安體、盛元體、江東體、西江體、東吳體、淮南體、玉堂體、草堂體、楚江體、香奩體、騷人體、俳優體。
	體式義	體	曲體、傳奇之體、劇體、正體。

由上表可以觀察出這些文體用語存在著多義性，如「體」字既可指「體製形式」，又可指「藝術形相」，故須依語境進行分析。在「體」、「格」、「法」、「式」四字中，「體」字的運用最廣最多，「格」次之，「法」又次之，「式」最少。以「體」、「格」及以其構詞者較多，尤以「體」為主。在「體製形式」的討論中，以「音律體製」最多，但至明清中晚期後，文體概念術語指涉曲唱者變多，可見曲家對於曲之文體特徵關注焦點的轉移、擴展。在「藝術形相」的文體術語中，亦以「體」字及其複合構詞為主。

這些術語中有些是新創，如「丹丘體」、「曲體」等；有些是襲用文體論既有術語，如「體裁」、「正體」等，並以之進行曲的文體特徵詮說，所鑄用之術語亦可尋繹出規則與類型，由此可知曲家已經具備了辨體意識。

第四章　辨體分類架構——《詩家全體》與《元詩體要》中的詩體分類[1]

1 本章節為科技部計畫「《詩家全體》與《元詩體要》辨體觀念析論」（105-2410-H-152-025-）成果之一。

在辨體論中，分類亦是重要議題之一。因為分類不僅是理論，更是辨體論的具體實踐。如何將眾多作品通過辨體來分類，向是批評家關注的焦點。在此一主題中，選擇《詩家全體》與《元詩體要》兩部，是因為它們具備豐富的文體意識及內涵，從書題以「體」為名就是一證。《四庫全書》集部總集類所收明代之詩、文總集約有 33 種，其中包含梅鼎祚之歷代《文紀》12 種，若將《文紀》合觀為一部，則《四庫全書》所收明代總集約 21 種，而且其中許多如程敏政所編《明文衡》之類者僅有大序而沒有小序，未能展現出明顯且系統化之辨體意識。故學界向以吳訥《文章辨體》為具辨體意識的明代詩文總集代表，將於下一章對其辨體論進行深入分析。除《文章辨體》外，以「體」為名，明確在題名上展現其具涵文體意識之明代詩文總集，尚有徐師曾《文體明辨》、賀復徵《文章辨體彙選》、李之用《詩家全體》與宋緒《元詩體要》等。然《文體明辨》與《文章辨體彙選》多承吳訥《文章辨體》之架構，僅是將類目增衍與將蒐文範圍擴大（相關分析詳見下章），因此將焦點鎖定於《詩家全體》與《元詩體要》兩部詩歌總集。

《詩家全體》為明代李之用所輯，共 12 卷，目前可見版本為明萬曆戊戌 26 年（A.D. 1598），李氏邵武刊本，善本典藏於國家圖書館，尚未見出版社排校或影印出版，本章即以此版本為主。《元詩體要》為明代宋緒所編，共 14 卷。然其版本問題遠較《詩家全體》為複雜，根據韓國學者洪瑞妍的蒐集考證，《元詩體要》有 4 種版本，包含：1433 年姚世初刊行的刊本（中國國家圖書館等四地典藏）、1519 年遼藩朱寵瀼重刊本（北京圖書館、上海圖書館藏）、1505 年朝鮮校書館印乙亥字銅活字本（日本宮成縣圖書館藏）、1505-1622年間刊倣乙亥體小字木活字覆刻本（韓國高麗大學晚松文庫藏）[2]，又據陳彝秋之考證，認為晚松文庫藏本即以姚世初刊本為底本。[3]此外尚有《四庫全書》本，《四庫提要》云：「傳本頗稀，此本為秀水曹溶家所藏。」[4]目前以《四庫全書》本最易取得，故本章之引文以此版本為主。雖《四庫全書》本有缺漏之處，不過陳彝秋已通過朝鮮本進行補佚、校勘。主要校補之處有包含鄧林〈序〉的部分缺漏和 4 首佚詩，此外有 5 處缺字、及 2 處訛誤。[5]然除鄧林〈序〉之缺漏外，其餘缺漏訛誤，並不致影響本章論點之推闡。故若需要勘正《四庫全書》本之缺漏、訛誤處時，將通過陳彝秋之研究校覈並比對不同版本。

從本書其他各章所評述之前行研究來看，《詩家全體》與《元詩體要》的前行研究成果相對較少，若以線上論文資料庫進行搜尋，並沒有以《詩家全體》為主要研究對象的論文，僅有少數論文中的部分章節涉及，如李曉紅《中國古代詩歌文體研究》論及「八言詩」時便

2 韓・洪瑞妍：〈《원시체요（元詩體要）》에 대한 문헌적 고찰〉（〈《元詩體要》文獻綜述〉），中國文學學會（高麗大學中國文學社）編《中國語文論叢》第 49 期（2011），頁 212-220。

3 陳彝秋：〈四庫本《元詩體要》辨證與補佚〉，頁 2。

4 清・紀昀等：《欽定四庫全書總目》（臺北：藝文印書館，1997 年），第 5 冊，頁 3931。

5 陳彝秋：〈四庫本《元詩體要》辨證與補佚〉，頁 2-5。

曾引述《詩家全體》[6]；《元詩體要》相關研究也不多，僅有少數幾篇期刊論文，其中一篇因論李商隱詩，而提及《元詩體要》有「無題體」一類[7]，另兩篇論文則是在探討版本[8]。以上皆非專以此二書蘊含之詩論或辨體論為研究對象。由是可知《詩家全體》與《元詩體要》在文體論乃至於文學批評的研究領域中仍相當缺乏，亟待進一步的探究。

在基礎研究缺乏的情況下，本章將先進行表層現象的歸納分類，分析兩書的文體分類情況以及其中之疑義，再進一步建構其文體分類架構，最後探討隱含在其分體架構中之意義。

第一節　《詩家全體》與《元詩體要》文體分類狀況及其疑義

在文體分類上，《詩家全體》分「三言詩」、「四言詩」、「五言古詩」（於所選詩作下另標記「蘇李體」、「玉臺體」、「選體」、「黃初體」、「建安體」、「太康體」、「永明體」、「齊梁體」）、「五言律詩」（於所選詩作下另標記「初唐體」、「盛唐體」、「大曆體」、「三四領聯不對體」、「起便對體」、「晚唐體」、「元和體」、「結亦對體」、「對扇體」）、「五言側律」（於所選詩作下另標記「起對體」）、「五言變體」、「五言排律」、「五言六句」、「五言五句」、「五言絕句」、「五言長篇」、「六言絕句」、「六言五句」、「六言六句」、「六言律詩」、「六言排律」、「六言古詩」、「七言三句」、「七言絕句」、「七言五句」、「七言六句」、「七言七句」、「七言律詩」（於此體下又區分「正體」、「㸚起體」、「㸚對起體」、「平對起體」、「頷聯不對體」、「頷聯失粘體」、「頸聯失粘體」、「結失粘體」、「頷頸二聯俱失粘體」、「頸結俱失粘體」、「四聯俱失粘體」、「對扇體」、「結亦對體」、「徹首尾俱對體」、「古律體」）、「七言側律」、「七言拗體」、「七言排律」、「絕句古體」、「絕句變體」、「六句變體」、「八句變體」、「七言古詩」、「七言長篇」、「八言詩」、「九言詩」、「長短句」、「三五七言詩」、「一三五七九言詩」、「一字至七字」、「雜三五七言古詩」、「一字至十字詩」、「雜五七言古體」、「五七言長篇」、「五言背律」、「七言背律」、「重韻詩」、「犯字詩」、「回文詩」等共 47 體。再於〈續補〉中分「賦」、

6 李曉紅：《中國古代詩歌文體研究》（廣州：中山大學博士論文，2010 年），頁 333。

7 陳彝秋：〈宋、元「義山體」《無題》詩風及其東傳〉，《阜陽師範學院學報（社會科學版）》第 5 期（2009.07），頁 63-68。

8 此二文為韓國學者洪瑞妍之〈《원시체요（元詩體要）》에 대한 문헌적 고찰〉（〈《元詩體要》文獻綜述〉）以及陳彝秋之〈四庫本《元詩體要》辨證與補佚〉，兩篇皆考析《元詩體要》版本樣貌，陳彝秋又更進一步進行補佚工作，綜合兩文將可對《元詩體要》版本有清楚認識。本書即以此為版本參考，進行原典文獻之校讎比對。韓・洪瑞妍：〈《원시체요（元詩體要）》에 대한 문헌적 고찰〉（〈《元詩體要》文獻綜述〉），中國文學學會（高麗大學中國文學社）編《中國語文論叢》第 49 期，頁 207-236。陳彝秋：〈四庫本《元詩體要》辨證與補佚〉，收於張伯偉、蔣寅等主編：《中國詩學》第 14 輯（北京：人民文學出版社，2010 年 3 月），頁 1-6。

「謠」、「歌」、「詩」、「辭」、「琴操」、「古樂府」、「小詞」等 8 體。這 55 體多數有小序，以明其體，另有〈總論〉、〈詩法〉、〈雜考〉等章。因此可說《詩家全體》具有文體意識，並以之進行文體分類與辨體。然卻未有研究者深入探討，前行研究成果闕如。

《元詩體要》之文體分類狀況較之《詩家全體》為複雜，其複雜之因在於版本流播之差異，根據《內閣訪書錄》與《瀾言長語》的記載，《元詩體要》為 38 體，包含：「四言體」、「騷體」、「選體」、「樂府體」、「柏梁體」、「五言古體」、「七言古體」、「長短句體」、「雜古體」、「言體」、「詞體」、「歌體」、「行體」、「操體」、「曲體」、「吟體」、「嘆體」、「怨體」、「引體」、「謠體」、「詠體」、「篇體」、「禽言體」、「香奩體」、「陰何體」、「聯句體」、「集句體」、「無題體」、「詠物體」、「五言律」、「七言律」、「五言長律」、「七言長律」、「五言絕句」、「六言絕句」、「七言絕句」、「拗體」、「側體」等。[9] 此應是《元詩體要》原本分類樣貌。然而《四庫提要》卻言其為 36 體，少「七言長律」與「側體」，可是在《四庫全書》本中又有收錄「七言長律」一體，故可知《四庫提要》有誤。

不過目前現存可考之《元詩體要》版本，皆沒有收錄「側體」詩作及其小序，僅留有名稱。「側體」一詞於古典詩學中並不常見，然其與「拗體」分列前後，故其義應與「拗體」相關。「拗體」指以拗句作詩，所以由此看來「側體」或應與格律相關。如《詩家全體》文體分類中之「五言側律」、「七言側律」即指「仄體」，其在「七言側律」條下云：「有平律必有側律，此體僅見數家人。」由此即可知其側律乃指仄體詩，從其所收詩作，亦對應為仄韻詩。《西清詩話》亦曾言：

晏元獻守汝陰，梅聖俞自都下特往見之，劇談古今作詩體製。聖俞將行，公置酒潁河上，因言古人章句中全用平聲，製字穩帖……。其論梅聖俞詩若神拖鬼談者，如「枯桑知天風」是也，恨未見側字詩。聖俞既引舟，遂作五側體寄公：「月出斷岸口，影照別舸背。且獨與婦飲，頗勝俗客對。」[10]

此處「五側體」指「五仄體」，「側」通「仄」，為五字皆用仄聲字，如「影照別舸背」皆為仄聲。由是觀之，《元詩體要》之「側體」或從格律處言其仄體、仄韻特徵。然在宋代周弼編的《三體唐詩》中亦分「拗體」與「側體」，其於〈選例〉云：

拗體此體絕高，必得奇句方見標格，所謂風流挺特，不煩繩削而自合者，神來之候，

9 陳彝秋對此有清楚辨析，詳參〈四庫本《元詩體要》辨證與補佚〉，頁1-2。

10 宋・蔡絛：《西清詩話》，收於蔡鎮楚編：《中國詩話珍本叢書》（北京：北京圖書館出版社，2004年，影印明刊本），第1冊，頁314-316。

偶一為之可耳。[11]

又：

側體其說與拗體相類，發興措辭以奇健為工。[12]

此處看來，《三體唐詩》所列之「拗體」與「側體」乃指語言文字的藝術表現，故張智華認為：

從周弼的闡述可知，所謂有拗體、側體，不是指聲律方面的拗，而著重於不尋常的詩意，著重於看似平淡實則奇特的詩句。[13]

張智華從語言文字處論奇特，其說也不無道理，因為《三體唐詩》的〈選例〉中乃論「實接」、「虛接」、「結句」……等等創作技巧，〈選例〉中又使用「奇句」、「奇健」等指涉藝術形相概念之術語，故將「拗體」、「側體」歸入文字藝術之分類亦可理解。可是若細觀〈選例〉所言，一個以奇句見標格、一個措辭以奇健為工，僅以此為標準，「拗體」、「側體」實難區辨。若再進一步看其下所錄詩作，於「側體」下所繫詩作皆為仄韻詩，如柳宗元〈夏晝偶作〉押「酒」、「牖」、「臼」；無名氏的〈君山〉押「老」、「草」、「道」。故可知「側體」仍為形式之分類，只是周弼在體製格律的分類基礎外，又提舉出藝術標準。由是，雖然今日未能得見《元詩體要》之「側體」，但可知其應指仄韻詩，為體製分類概念，「拗體」亦是體製分類之概念。

第二節 以格式性形構爲中心之分類架構

《詩家全體》與《元詩體要》旨在辨詩體之異，兩書各有著重之面向，但總體而言，文體分類架構皆是以「格式性形構」為中心，並有著「雜蕪」的分類特徵。以下述之。

一、格式性形構的分類標準

「格式性形構」是顏崑陽教授從文類體裁進一步細分出的文體概念，其概念內涵為：

11 宋・周弼編：《三體唐詩》，收於清・紀昀等總纂，臺灣商務印書館編審委員會主編：《景印文淵閣四庫全書》（臺北：臺灣商務印書館，1983-1986年），集部・總集類，第1358冊，頁4。
12 宋・周弼編：《三體唐詩》，《景印文淵閣四庫全書》，集部・總集類，第1358冊，頁4。
13 張智華：〈從《唐三體詩法》看周弼的詩學觀〉，《文學遺產》第5期（1999年），頁33。

此一體裁義，指的是文字書寫層面，已固定規格化的空間性靜態形構。它還可區分為「完全定型」與「局部定型」二種。前者以齊言體詩為範型，每句或四言或五言或七言，偶數句必押韻，而完全定型為四言體、五言體、七言體。聲律觀念影響之後，再加上平仄、句數、對仗的規格化，其極致便是五七言律絕。後者以雜言詩為範型，整篇以一體為主型，而局部雜入它體，例如整篇以五言體為主型，局部雜入其他句型，「歌行體」往往如此。14

「格式性形構」即傳統批評中的體製概念，指規律化的文字形式。《詩家全體》與《元詩體要》即以此進行分類。《詩家全體》類目從「三言詩」、「四言詩」至「五七言長篇」，先以字數、句數等外在可見的文字形式為類標準進行分類。在字數上有三言、四言、五言、六言、七言、八言、九言、長短句、三五七言、一三五七九言、一字至七字、雜三五七言、一字至十字、雜五七言；在句數上又有絕句、律詩、長篇、五句、六句、七句……等等多種不同類型。至於詩以外的韻文類，如「賦」、「謠」、「歌」……等等皆收於〈續補〉，以與詩體別之。至於《元詩體要》分類雖亦紊雜，不過仍以「格式性形構」為主要的文體分類架構，如「四言體」、「騷體」、「五言古體」、「七言古體」、「五言律」、「七言律」……等等。

《詩家全體》與《元詩體要》除了以「完全定型」、「局部定型」的「格式性形構」為分類標準外，還以「局部變型」之形式來進行分類。所謂「局部變型」乃由「完全定型」與「局部定型」延伸，即變體、變格。《詩家全體》有以詩律變格特徵來標記詩作，如「七言律詩」類中標注「亥起體」、「亥對起體」、「頷頸二聯俱失粘體」、「頸結俱失粘體」……等等，這些雖然也是「格式性形構」，也以「體」稱之，但卻是一詩體下之變格，份量不足以單獨成一詩類，故該隸屬於「七言律詩」類下。就「七言律詩」與「亥起體」、「亥對起體」的層級關係來看，是沒有問題的。可是卻又將「七言側律」一類與「七言律詩」平列，李之用於此條下小序言：

> 有平律必有側律，此體僅見數家，人之有五言側律，而不知有七言何耶？[15]

「七言側律」指的即是仄韻的七律，即七律下的變格，作品數也不多，但《詩家全體》卻獨立成類，而非於在「七言律詩」類中標記之。「五言側律」亦同，也是單獨成類，而非繫於「五言律詩」下。《元詩體要》同樣也以詩律變格特徵（如「拗體」、「側體」）等為分類

---

14 詳見顏崑陽，〈論「文類體裁」的「藝術性向」與「社會性向」及其「雙向成體」的關係〉，《清華學報》第 35:2 期（2005.12），頁 320-322。

15 明・李之用輯：《詩家全體》（國家圖書館藏明萬曆 26 年李氏邵武刊本），卷 7，頁 1a。

標準。

又如《詩家全體》中的「五言律詩」條，繫有「結亦對體」、「八句皆對體」、「對扇體」等，「結亦對體」是指律詩末兩句對仗；「八句皆對體」指除首聯、頷聯、頸聯、末聯都對仗，在「七言律詩」中稱「徹首尾俱對體」；「對扇體」即是扇對，也就是隔句對，其云：

> 扇對格以第一句對第三句，以第二句對第四句，南北朝已有此體。16

「對體」是以對仗表現作為辨體標準，雖與詩律、體式不同，但仍屬於「格式性形構」，只是側重面向不同，而「對扇體」、「八句皆對體」就是在「完全定型」下律詩一體的「局部變型」。

二、雜蕪的分類特徵

《詩家全體》以「格式性形構」為主要的文體分類架構，但若細觀之，其雖以字數、句數平列為第一層分類，並未進行歸納，如「五言絕句」、「六言絕句」、「七言絕句」為平列類目，並未以「絕句」為類標，統攝五言、六言、七言。又如「五言律詩」、「六言律詩」、「七言律詩」亦為平列類目，也未以「律詩」為類標。倘若《詩家全體》僅以「格式性形構」做為文體分類標準，那麼雖未進行歸納，其弊也僅於瑣碎而已。可是其分類項與層級架構並不全以字數、句數為準，尚有體式及詩律變格特徵。以體式分類者，如在「五言古詩」之詩作中標記其所屬之「時體」（如「黃初體」、「建安體」）、「家體」（如「蘇李體」）或「派體」（如「玉臺體」）等體式類型。可是除「五言古詩」外，僅「五言律詩」中有標記所收詩作之體式，如「初唐體」、「盛唐體」、「大曆體」等，其他詩類則付之闕如。

此外，《詩家全體》平列之詩類還有「犯字詩」、「回文詩」。「犯字詩」類收故意重字之詩，「回文詩」則是語言修辭之表現，上官儀在《筆札華梁》中有著名的「屬對」之說，其中第八種屬對即是「回文」，其後詩論家也多採其說，如《詩苑類格》、《詩人玉屑》的屬對說也都有「回文」一體。這些變體詩格甚多，若皆平列之，會顯冗雜，故詩家往往歸之為「雜體詩」，如皮日休〈雜體詩序〉中，即敘及「回文」[17]，何文匯《雜體詩釋例》亦專章探討「回文」。[18]然在《詩家全體》中卻未立「雜體」一類，而是將之與古、律、絕等詩體平列，可是同在《筆札華梁》「屬對」中所收之「隔句對」，卻又是擺放在五

16　明・李之用輯：《詩家全體》，卷2，頁18b。

17　唐・皮日休：《松陵集》，收於清・紀昀等總纂，臺灣商務印書館編審委員會主編：《景印文淵閣四庫全書》（臺北：臺灣商務印書館，1983-1986年），集部，第1332冊，頁269。

18　何文匯：《雜體詩釋例》（香港：中文大學出版社，1986年），頁53-88。

律、七律之下。至於「離合」、「雜嵌」、「集句」等「雜體」詩類中重要次類，又未見收。在〈續補〉中的「詩」一體，似與正編重複，然僅收錄〈祈招〉、〈成相〉、〈佹詩〉、〈栢梁〉、〈離合作郡姓名字〉、〈奉和纖纖〉、〈木蘭詩〉等諸作[19]，這幾首作品不易歸類，故收於此。故可知其分類、收詩標準仍有斟酌之處。

至於《元詩體要》，書中並無凡例或總序說明其分類標準，但從其分類之標目來看，確實出現如《四庫提要》所批評「體例不一」的現象：

各體之中，或以體分，或以題分，體例頗不畫一。其以體分者，選體別於五言古，吟、歎、怨、引之類別於樂府，長短句別於雜古體，未免治絲而棼。其以題分者，香奩、無題、詠物既各為類，則行役、邊塞、贈答諸門將不勝載，更不免於掛漏。[20]

《四庫提要》從三方面論其「體例不一」。其一，分類標準不一，除「格式性形構」外，尚有另雜以內容主題（如「詠物體」、「香奩體」、「無題體」、「言體」）、體式（如「陰何體」）等為分類標準。其二，將可歸於一類者細分成多類，如「選體」可歸於「五言古體」，而「詞體」、「歌體」、「行體」、「操體」、「曲體」、「吟體」、「嘆體」、「怨體」、「引體」、「謠體」、「詠體」可歸入「樂府體」[21]，但《元詩體要》卻將之平列。其三，是以內容主題為分類標準易掛一漏萬，如「詠物體」、「香奩體」僅為詩歌題材中的一類。然宋緒書題即以「體要」名之，故可知其不像《詩家全體》以「全」為目的，而是以「要」為準。不過無論宋緒編纂動機為何，以主題分類仍不是文體分類時較為有效的方式。

第三節 分體架構的取向

一、備全舉要以明詩體

《詩家全體》與《元詩體要》兩書書題皆以「體」為名，一曰「全體」、一曰「體要」，除可除知其已隱含文體論意識外，也可想見其編纂方向不同。但是，其意旨都在辨明

19 明・李之用輯：《詩家全體》，卷 14，頁 6b-15a。

20 明・宋公傳編：《元詩體要》，收於清・紀昀等總纂，臺灣商務印書館編審委員會主編：《景印文淵閣四庫全書》（臺北：臺灣商務印書館，1983-1986 年），集部，第 1372 冊，頁 491。

21 蔡振念認為這些不同詩類有歌與詩之別，其云：「如元稹〈樂府古題序〉認為詩歌中的『操、引、謠、謳、歌、曲、詞、調』八名皆起於郊祭等音樂，因聲以度詞，由樂而定詞，可名之為歌，而『詩、行、詠、吟、題、怨、歎、章、篇』等九名，皆屬事而作，再由審樂者採其詞度為歌曲，而總名為詩可也」，然無論可歌與否，皆可歸入樂府。詳見蔡振念：〈論唐代樂府詩之律化與入樂〉，收於《文與哲》15 期（2009.12），頁 82。

詩體。如季際熙、葉夢熊、滕養志等撰之〈《詩家全體》後序〉中就說道：

> 郡侯李府君以政閒飭潤以風雅，慮學士家侈韻言而體或謬，去三百篇日遠，於是輯古近諸正變委原之體。[22]

可知從其交遊同儕的角度觀之，《詩家全體》編纂動機即在辨明詩體正變源流。李之用在《詩家全體》〈序〉中亦云：

> 嘗試以觀宇內，物各有體，相雜曰文，不體不文；不文，君子不物也。[23]

又在論騷體、賦體之後云：

> 曲終奏雅，學士家人人咸韋之，非其體則千闔萬闢，必不終引繩墨；非其體則岸芷汀蘭，汪洋浩蕩，諸成遠托，胡以自明志。[24]

前一段引文為李之用看待「體／文」之關係，「物相雜，故曰文」為《易・繫辭》之觀念[25]，指物物雜列呈顯出文理，原用以論位當／不當與吉／凶之關係。然李之用加入了「體」

的概念，並用以詮釋文體。其在後一段引文論騷體、賦體時，認為若體不當，則「必不終引繩墨」、「胡以自明志」，以此論「體」之重要。由是可知，李之用有非常明確的文體意識，他的詩體觀點首重「備全」，其在〈凡例〉中云：

一詩之佳者，豈能盡採，管窺所及，各家惟錄一二首，以備諸體。[26]

由於《詩家全體》以既有作品為對象進行歸類，類目區分甚細，故鍾萬春於〈《詩家全體》序〉即云：

蓋聞詩有體乎，先生論之至纖具，削木而縷輯焉。[27]

22 明・李之用輯：《詩家全體》，後序，頁 1aa。
23 明・李之用輯：《詩家全體》，序，頁 1b。
24 明・李之用輯：《詩家全體》，序，頁 2a-2b。
25 唐・孔穎達疏：《周易正義》（臺北：藝文印書館，2001 年），頁 175。
26 明・李之用輯：《詩家全體》，卷 1，頁 9a。
27 明・李之用輯：《詩家全體》，序，頁 1a。

鍾萬春認為《詩家全體》的特色即為纖悉無遺，分類詳細有其備全之優點。但纖悉也會產生細瑣之弊病。例如有些文類僅收錄一兩首，以「三五七言詩」為例，僅收李白〈無題〉、劉長卿〈新安送陸澧歸江陰〉等兩首[28]。李白這首〈無題〉即為「秋風辭」，在王叡《炙轂子詩格》中亦收錄，但詩題即名為「三五七言詩」，並將之視為「三五七言詩」的體製起源[29]。從唐代李白至明代李之用編纂《詩家全體》間，「三五七言詩」僅摘得兩首；又如「一字至十字詩」僅文同〈詠竹〉一首。這雖可展現《詩家全體》對詩體求全之企圖，但分類過於瑣碎，亦顯冗雜。

至於《元詩體要》雖無書序或凡例以表其編纂之旨，不過此書分類類目是直接以「體」名之，如「四言體」、「騷體」、「選體」、「樂府體」……等等，可見其文體意識之明確。又宋緒在「詞體」條云：

> 感觸事物託於文章謂之辭，若燕射辭、士冠禮祝辭皆古辭也，秋風辭、白紵辭皆樂府辭也，今名雖同而詞則異，但因其題而備其體云爾。[30]

「詞」與「辭」二字本通，但後來形成文體專名，特指以宋詞為代表的文體，故至明代「詞」、「辭」遂有所別，如葉嘉瑩所說：

其實所謂「詞」之為義，原不過指唐代一種合樂而歌的歌辭，正如同前人之稱樂府詩亦曰「樂府古辭」，不過表示其為可以配合樂府音樂而歌唱的歌辭而已。「詞」與「辭」二字，指在文辭而言時，原可互相通用。[31]「詞」與「辭」二字在樂府中可通用，並非有顯著差異。宋緒此段小序強調「詞體」與樂府之辭有所不同而備體，其分類之理據在於內容表現之異，然正如前述，若選文分體以內容主題為分類準則，將流於細瑣且掛一漏萬。

然《元詩體要》舉要備體之目的，在於使學詩者明識辨之，如在「言體」條中云：

若揚子法言、莊周寓言、宋玉大言，皆言也，詩家亦有此題，今因題得詩，就詩命

28 明・李之用輯：《詩家全體》，卷 8，頁 23a-23b。

29 唐・王叡《炙轂子詩格》，收於張伯偉著：《全唐五代詩格彙考》（南京：江蘇古籍出版社，2002 年），頁 387-388。

30 明・宋公傳編：《元詩體要》，《景印文淵閣四庫全書》，集部，第 1372 冊，頁 539。

31 葉嘉瑩：〈論詞的起源〉，收於葉嘉瑩、繆鉞合著：《靈谿詞說》（臺北：正中書局，1993 年），頁 1。

體，其篇什多有可録者；故立「言體」，以備觀者之采擇云。[32]

「言體」並非「格式性形構」，而是以內容主題分類別之，宋緒「因題得詩，就詩命體」而別立一體，其目的就在於「備觀者之采擇」。其在「行體」條下云：

考之樂府有怨歌行、長短歌行之類，唐人效之者多，要必辨之而識其體。是編不為聲律之所拘，若〈孤雌行〉、〈烈婦行〉、〈劉平妻〉、〈巴陵女〉，感發奮厲，有古貞烈之風，不可以不取，其餘亦可尚矣。[33]

又「歌體」條云：

猗迂抑揚永言謂之歌，有高下之節，誦之使人興起。若君臣之賡歌，五子、接輿、滄浪之歌，見於經傳，非〈擊壤〉、〈卿雲〉之比，讀者不可以不察，觀所取者，尤見古今之不同也。[34]

「要必辨之而識其體」是《元詩體要》立體原則，就如同「言體」，宋緒舉其認定為「要」者立體。但在本書中卻未能對「不可以不取」、「不可以不察」立出更明確的擇取標準、操作原則，故雖有意舉詩體之要，但仍不免《四庫提要》的「掛漏」評價。

二、考索體源以辨體式

《詩家全體》與《元詩體要》通過「格式性形構」以及體式、內容主題等面向來辨明各體之間的差異，以進行詩體分類，這僅是第一步；接著，在個別詩體中尚須進一步辨明體式特徵。在兩書中皆可見到考索體源及考辨體式，有時更先考索詩體體源[35]，然後由之提出該詩體的體式判斷。在《詩家全體》論「三言詩」云：

> 嚴羽謂：「三言起於夏侯湛。」甚為無據。《詩》曰：「振振鷺，鷺于飛；鼓淵淵，醉言歸。」是則三言之祖也。漢魏間已多有之，奚待湛耶？第句短字簡，作者更難，前人多四句一換韻，若一韻到底，此尤傑出者。[36]

---

32 明・宋公傳編：《元詩體要》，《景印文淵閣四庫全書》，集部，第1372冊，頁537。

33 明・宋公傳編：《元詩體要》，《景印文淵閣四庫全書》，集部，第1372冊，頁557。

34 明・宋公傳編：《元詩體要》，《景印文淵閣四庫全書》，集部，第1372冊，頁550。

35 體源指文體之起源，建構文體起源亦是一種辨體論述，因為通過體源之推斷，可以辨明一文體源流，以有別於其他文體。

36 明・李之用輯：《詩家全體》，卷1，頁1a-1b。

《詩家全體》引嚴羽之說，是《藝苑卮言》中「引證推斷式」的論述方法，在辨體論中乃至於古典文學批評中都是相當常見的批評方式，此處是引證而駁之，以彰顯出批評者自身的觀點。先引嚴羽之說，而指其無據；再引《詩經・魯頌・有駜》的「三言句」（按：「鼓淵淵」應作「鼓咽咽」），以建構「三言詩」之詩體體源，後進一步說明其體式。「三言詩」作品不多，後世創作者也少，李之用僅從「句短字簡」、「一韻到底」的創作難度處說，未進一步提出其他有關語言藝術形相的標準。可是論「四言詩」時：

> 劉潛夫曰：四言尤難，以《三百篇》在前故也。鍾嶸曰：四言文約意廣，取效《風》、《雅》，未可多得，每苦文絮而意少，是故世罕有焉。37

採「引證推斷式」的論述方法，引劉潛夫、鍾嶸之說，提舉出「四言詩」之體源，後說明四言體創作困難之因，如同「三言詩」一般，其難在於「文絮而意少」，以之彰明「文約意廣」的體式追求。

至於《元詩體要》論「四言體」時云：

> 四言最古，經、史韻語，二〈南〉之前有矣。其經聖人所刪者，出自閭巷謂之「風」，出自朝廷謂之「雅」，用於郊廟謂之「頌」，而有賦比興之分焉。後人模擬

雖多，終不得其性情之真。[38]

此處也是先論體源，後提出了「性情之真」這個體式判斷標準。從其文脈觀之，「性情之真」的標準正是來自於對體源作品的總體觀察。

雖然《詩家全體》與《元詩體要》皆有考索體源及考辨體式，但兩者仍有不同，如同論「七言律」，《詩家全體》云：

齊梁已有此體，第苦失粘難讀，若子良江總詩是已。初唐始追求韻義，依韻和聲，乃稱律焉。沈宋陳張力能返淳汰靡，至杜甫之律可為千載一人。[39]

《元詩體要》云：

七言律難於五言律，自唐沈佺期、宋之問倡而為之，研練精切，穩順聲勢，殆變陳隋

37 明・李之用輯：《詩家全體》，卷1，頁7a-7b。

38 明・宋公傳編：《元詩體要》，《景印文淵閣四庫全書》，集部，第1372冊，頁492。

39 明・李之用輯：《詩家全體》（國家圖書館藏明萬曆26年李氏邵武刊本），卷6，頁1a。

委靡之陋，學者宗之，號曰：近體。沈宋以下格律最多，似難偏舉。今擇其情景俱備，體量適均，無柔弱鄙俗之病，有諧婉麗則之音，首尾相應者列之。[40]

兩書同樣建構出文體源流，除一繫齊、梁，一繫沈、宋外。然《詩家全體》著重於七律文體發展，述之較詳，且將七律體式側重於格律穩貼，僅言「返淳汰靡」，但也非推舉至體式，而是舉作家為典範。《元詩體要》雖言體源，但更重要的是提出七律之體式，不但反向提出「委靡之陋」、「柔弱鄙俗之病」，更從沈、宋的「研練精切，穩順聲勢」到「情景俱備」、「體量適均」、「有諧婉麗則之音」、「首尾相應者」，更明確地提出七律的體式，也是七律辨體之核心概念。陳薦夫在〈《詩家全體》序〉中就說道：

以今所稱詩家諸體，則三言、四言胚胎，眾體固當為之腹心。樂府、辭賦、歌謠、長篇、雜體，更相傳變，更相導引，為之經絡支節。五、七律絕，稍涉華艷，尤貴精明，則肌膚、耳目耳。詩餘詞調，允是詩苗，則毛髮爪牙耳。四聲音韻，眾響輻輳，則聲氣耳。一有不具，終愧全詩。近世操觚登壇之士，大都粗習一體，罕究大全，奄近體為勝場，視古作如隔世，飛觴畢景，側弁豪吟，第曰：「詩耳，詩耳！」此無異偏形廢體，游於秦越人之門，顧揚揚然，自矜其榮，啓期之樂也。[41]

陳薦夫清楚地詮解《詩家全體》的編纂理念：以三、四言為根本，其他各詩體為枝、為葉、為花，若無法通曉各體，則無法盡顯詩之要義。

《詩家全體》雖較《元詩體要》多了書前後序與凡例，可探知揭明其編纂意旨與原則，但在每一詩體下，卻不一定有更進一步的說明，如「五言古詩」下，僅云：「古風稱漢魏，故不敢及于唐」[42]，從其文意，可知其標舉漢魏五古，但並沒有進一步論述。《元詩體要》在「五言古體」條中則云：

> 五言古體。詩以古名，蓋繼〈三百篇〉之後者，世傳枚乘諸公之作是也。然比興少，而賦多。今取其語精而不俚，意圓而不滯，優游而不迫，清婉簡淡而有餘味者列之。[43]

如前所述，「五言古體」乃以「體」來指稱五言古詩，是在五言古詩的概念上進一步加入文體概念；後言〈三百篇〉、枚乘為描述文體源流；「比興少，而賦多」是對相關作品體貌之描述；「語精而不俚，意圓而不滯，優游而不迫，清婉簡淡而有餘味」則是提出五古一體之

40 明・宋公傳編：《元詩體要》，《景印文淵閣四庫全書》，集部，第 1372 冊，頁 626。

41 明・李之用輯：《詩家全體》，書後序，頁 3a-5a。

42 明・李之用輯：《詩家全體》，卷 2，頁 1a。

43 明・宋公傳編：《元詩體要》，《景印文淵閣四庫全書》，集部，第 1372 冊，頁 507。

體式，從語言表現與整體意象提舉其特徵。短短一段引文中，即包含詩歌的次文體、體源、體貌、體式等概念，而後所引詩作更帶有典範作品之意義，較《詩家全體》的表述更為完整。

第四節　結　語

《詩家全體》與《元詩體要》的前行研究成果極少，在基礎研究缺乏的情況下，本章主要先進行表層現象的歸納分類，分析兩書的文體分類情況以及其中之疑義，然後再進一步建構其文體分類架構，最後探討隱含在其分體架構中之意義。

《詩家全體》與《元詩體要》旨在辨詩體之異，兩書各有著重之面向，但總體而言，文體分類架構皆是以「格式性形構」為中心，並有著雜蕪的分類特徵。兩書書題皆以「體」為名，一曰「全體」、一曰「體要」，其目的在「備全」、「舉要」，使學詩者明識辨之。通過「格式性形構」以及體式、內容主題等面向來辨明各體之間的差異，以進行詩體分類，這僅是第一步；接著，在個別詩體中尚須進一步辨明體式特徵，在兩書中皆可見到考索體源及考辨體式，有時更先考索詩體體源，然後由之提出該詩體的體式判斷。

總集編纂為辨體論的具體實踐，若從批評進而論及實踐，再從實踐回觀批評理論，可相互比較、印證，將對「明代辨體論」有更全面的認識。《詩家全體》與《元詩體要》為詩歌總集雖與《詩藪》相類，然分類表現又有不同；而與下一章之《文章辨體》蒐羅各體之文體分類架構更是兩途，通過對不同類型辨體論之分析，在「明代辨體論」的系列研究脈絡上，將可呈現出這些不同總集的辨體觀念。

第五章　辨體論述模式——

《文章辨體》中的形構辨體與情志辨體[1]

1　本章節為科技部計畫「《文章辨體》辨體觀念析論」（103-2410-H-032-056-）成果之一，原發表於《東吳中文學報》第 30 期（2015.11），原題為〈吳訥《文章辨體》中的辨體觀念析論〉，於 2018.06 潤改。

前四章分別從詮釋視域、方法系統、術語組構、分類架構等面向來分析明代辨體論述。本章將以之為基礎，進而通過分析、歸納來把握雜多的辨體論述，試圖掌握其在論述規則。本章將以《文章辨體》為對象進行分析。在明代辨體論述中，吳訥（1372-1457）的《文章辨體》是較早且體系較完整的著作，具有相當的代表性，如吳承學便說《文章辨體》是「明代較早開此『辨體』風氣的總集」[2]；又明代彭時（1416-1475）在〈《文章辨體》序〉中云：

> 海虞吳先生有見於此，謂文辭宜以體制為先。因錄古今之文入正體者，始于古歌謠辭，終於祭文，釐為五十卷；其有變體若四六、律詩、詞曲者，別為《外集》五卷附於其後：名曰《文章辨體》。「辨體」云者，每體自為一類，每體各著序題，原制作之意而辨析精確，一本於先儒成說，使數千載文體之正變高下，一覽可以具見，是蓋有以備《正宗》之所未備而益加精焉者也。[3]

從「使數千載文體之正變高下，一覽可以具見」的評語，不但可以看出彭時對於《文章辨體》的推崇。這段引文更指出《文章辨體》所具涵的兩項辨體基本觀念：其一，「辨體製」；其二，「辨正變」。「辨體製」表示已具備文體分類之觀念、文體形式結構之知識，並已建立區辨之類標準；「辨正變」表示其具涵文體體式之觀念，並進行辨正，此即「辨體式」的一種。「辨體製」與「辨體式」正是辨體論中最重要議題。

不過，即便《文章辨體》具備豐富的辨體論內涵，可是綜觀《文章辨體》相關研究後，會發現其研究成果並不豐碩，究其因或正如吳承學所說：

> 在中國文學批評史與學術史上，明代文章總集的文體學價值基本上是被忽視的。清人對於明人學術的歧視與輕蔑往往導致在文學批評上的某種偏頗。[4]

由是，《文章辨體》雖為明代重要文體論著，但以此為題而進行專門研究者卻不多，甚至在中國文學批評史專著中亦非敘述重點，而是多做為引用之旁證，而非專文研究。[5]相關研究僅數篇論文或於書中部分章節述及，且多數之研究重心著墨於《文章辨體》分類現象的探

2 吳承學：〈明代文章總集與文體學——以《文章辨體》等三部總集為中心〉，收於《文學遺產》第6期（2008），頁84。

3 見明・吳訥等：《文體序說三種》（臺北：大安出版社，1998年），頁7-8。

4 吳承學：〈明代文章總集與文體學——以《文章辨體》等三部總集為中心〉，收於《文學遺產》第6期，頁92。

5 如郭紹虞《中國文學批評史》、王運熙與顧易生《中國文學批評史》在論述明代時，皆未專節探討《文章辨體》。

討，未有對《文章辨體》辨體論進行深入且全面的研究。經過資料檢索系統的搜尋，發現在臺灣鮮少以《文章辨體》為題的單篇論文或學位論文，而在中國亦僅數篇論文，在研究的質與量上與其他文體專著相比顯得單薄。此至為可惜，但也因此有了許多的研究空間。

仲曉婷〈《文章辨體》的文體分類數目考〉[6]從版本的角度考察了《文章辨體》中的分類現象，是為第一序的研究，但並未多作進一步的分析，其說與下介之郭英德說法近同，但郭英德之論文早於仲曉婷。李鋒〈《文章辨體》的尊體意識〉[7]則採童慶炳建構之文體架構，從「體裁」、「語體」、「風格」論《文章辨體》的尊體現象[8]，不過其論述並沒有清楚區別什麼是「文體」之「風格」？什麼是「語體」？再者，若說「語體」不同於「風格」是因為它包含了創作主體，可是只要是由作家所創作的作品，其中就自然會與創作主體產生關係，故以是否包含創作主體來區分「語體」與「風格」是不夠明確的。且李鋒此文篇幅不長、論述廣度深度受到限制，僅點出《文章辨體》的尊體意識。張首進〈雅俗之辨——以吳訥《文章辨體》為例〉[9]一文的篇幅尚不到一頁半，主要提出《文章辨體》具有「崇雅鄙俗」的特徵，不但分析不足，連前行研究成果也是皆付之闕如，如雅俗之辨亦見於下介郭英德的論文中；其後張首進於 2009 年發表碩士學位論文《吳訥《文章辨體》研究》[10]，其題目即未能展現明確的問題意識，綜觀全文主要有三部分：其一考察吳訥背景，其二探討文體分類層級，其三論吳訥的情理、雅俗、正變觀。前兩部分未能有新穎別於前人之開創，第三部分中的情理觀研究未見前人，可資參考；不過雅俗之說已見於郭英德；又正變論中提出

「揚正抑變」之說，然其論點未能繫連古典文學傳統，亦不夠深入。總言之，其說多著重於表層現象的描述，尚可進行更深入的析論。

至如楊道偉與雷磊合著〈略論《文體明辨》對《文章辨體》的發展——以詩歌為中心〉[11]以及李樹軍〈《文章辨體》與《文體明辨》的歌行與樂府研究〉[12]兩文，皆是將《文章辨體》與《文體明辨》進行關連研究，李樹軍探討兩者在歌行、樂府的定義與分類上之差異，其說甚為詳細，但僅止於對兩種文體的分析；楊道偉、雷磊在研究範圍上較李樹軍更廣，並

6 仲曉婷：〈《文章辨體》的文體分類數目考〉，《上饒師範學院學報》第 25 卷 5 期（2005.10），頁 14-16。

7 李鋒：〈《文章辨體》的尊體意識〉，《長江學術》第 3 期（2012.07），頁 177-179。

8 童慶炳之文體論沒有清楚區分「文體」之「風格」與作者主體之間的關係，他認為「語體」不是「風格」，因為它包含了作家的創作主體的部分，並向「風格」趨近，可以稱為「準風格」。詳見童慶炳，《文體與文體的創造》（昆明：雲南人民出版社，1994 年），頁 30。

9 張首進：〈雅俗之辨——以吳訥《文章辨體》為例〉，《職業時空》第 5 卷 2 期（2009.02），頁 120-121。

10 張首進：《吳訥《文章辨體》研究》（南京大學文藝學碩士論文，2009 年）。

11 楊道偉，雷磊合著：〈略論《文體明辨》對《文章辨體》的發展——以詩歌為中心〉，《懷化學院學報》第 30 卷 1 期（2011.01），頁 73-77。

12 李樹軍：〈《文章辨體》與《文體明辨》的歌行與樂府研究〉，《貴州文史叢刊》第 2 期（2008），頁 13-15。

列表比較兩者在詩體分類上之差異，另外探究兩者在復古思想傳承上的不同。李樹軍與楊道偉、雷磊皆是以比較兩書差異為主，其說也侷限於詩體。吳承學〈明代文章總集與文體學——以《文章辨體》等三部總集為中心〉[13]則並論《文章辨體》、《文體明辨》、《文章辨體匯選》三書，先界述三者的成書背景與分類現象，及其以序言論體的形式，最後比較三者之分類現象。此篇文章並未探究其他辨體議題，而是運用較多的篇幅在介述這三書，或許這正是吳承學此文之用心所在，因為如前所言，他認為文體論在明代學術史中受到「偏頗」對待，所以欲撰文辨謬之。

雖然以直接《文章辨體》為題的論文較少，但某些批評者仍會於文章論述時中兼及之，如郭英德於《中國古代文體學論稿》中〈歷代《文選》類總集的編纂體例與選文範圍——中國古代總集分體編纂體例考論之一〉與〈歷代《文選》類總集的分類歸類——中國古代總集分體編纂體例考論之二〉兩文都提及《文章辨體》。前篇略言其基本背景，並與其他選本製表進行比對[14]；後篇則預設分類層級架構以之對比《文選》類總集的分類情況，並比較諸總集之差異，歸納出分類層級的基本體例，最後分析其隱含的文化觀念。[15]不過其僅就分類現象進行歸納，且類與類間的關係並未深入分析，類標準也未有效闡釋，這或許非郭說之重心。不過郭英德之研究相當值得做為研究「辨體製」中「體製類型」與「分類層級」的參考。另如，馬建智於《中國古代文體分類研究》〈中國古代文體分類的流變〉中的「明清：總結期」中也論及《文章辨體》，但並非專章專節、篇幅亦短。主要並列綜述《文章辨體》

與《文體明辨》兩書之表層特徵，如書籍背景、分類數量及有溯源特徵等，但皆缺乏深入的分析論證。[16]通過以上之評述，可知前行研究成果數量並不豐碩。較重要的研究成果多集中於探討《文章辨體》所羅列的文體類目，或與《文體明辨》進行分類比較。但相關研究多僅於現象的描述，缺少深層的分析。

總言之，經由對前行研究的綜覽，可知在既有《文章辨體》的研究中，雖與文體學相關，但仍以文類、體製為主要研究進路，少以辨體論的角度進行探討。但辨體論是文體論的核心，其所論者不僅在體製分類，因此本章將從辨體觀念切入，探討《文章辨體》中隱含的「形構辨體」、「情志辨體」兩種辨體論述模式的內涵，再探討隱含其中的期待視域與辨體原則。

《文章辨體》有內集五十卷、外集五卷，共五十五卷，在《中國古籍善本書目》中列出《文章辨體》有七種版本，皆為明代刻本。較通行版本為《四庫全書存目叢書》影明天順八

---

13 吳承學：〈明代文章總集與文體學——以《文章辨體》等三部總集為中心〉，收於《文學遺產》第6期，頁84-94。

14 詳見郭英德：《中國古代文體學論稿》（北京：北京大學出版社，2005年），頁108-109、113、123-131。原發表於《中國文化研究》秋之卷（2004.08）。

15 詳見郭英德：《中國古代文體學論稿》，頁165-190。

16 詳見馬建智：《中國古代文體分類研究》（北京：中國社會科學出版社，2008年），頁96-102。

年刻本、《續修四庫全書》影明天順八年劉孜刻本，不過就研究辨體論而言，其版本上的差異並無太大影響。《文章辨體》一書主要將不同文體進行分類及選取範文，並於所分各類前以小序進行界說，有辨體研究價值者即是此小序。目前已有出版社將小序單獨輯合出版，如北京人民文學出版社於 1962 年點校出版，臺北長安出版社據此版於 1978 年再行出版，臺北大安出版社再以長安出版社出版書籍為底本，重新加以點校勘誤，並另合輯〈文體明辨序說〉與《文章緣起注》兩部分，以《文體序說三種》為名於 1998 年出版，三者以大安出版社點校最佳。本章研究對象乃以《文章辨體》中〈序說〉的辨體相關論述為主，故以大安出版社所出版的《文體序說三種》為附註來源，以便閱者複查。

本章以《文章辨體》為研究對象，延續本書之基本假定：「研究《文章辨體》的『辨體』論述須以中國古典文體論及其相關研究成果做為理解預設」。認為《文章辨體》為明代代表性文體論著，亦當與此批評傳統密切相關。此外，另預設依基本假定：「批評者的論述中隱含著其歷史文化語境」，此即預設明代辨體論述不單與文體批評傳統密切相關，更與詩學傳統、宗經傳統……等等既有之文學觀念密切相關，也會與當代文風及批評者身處之文學社群有關，而這些關連性是可以通過文獻資料的分析來加以考掘。《文章辨體》自然不外於此，而不單僅是繼承自《文章正宗》。

由是，本章的基本思考為：將中國古典文體批評傳統及既有的文體論、辨體論研究成果做為閱讀理解的基礎，以建立出對於「辨體」觀念的預理解，然後對《文章辨體》相關論述進行分析、歸納與綜合。不過，這些前行研究成果，僅做為視域的開啟、觀念或概念的借用。一旦經由研究者自身思維脈絡與《文章辨體》中的具體內容相結合，將可析論出不同於既有前行研究成果之論點。

第一節　體製與語藝——形構辨體的兩個面向

辨體論的核心議題為「辨體製」與「辨體式」，體製指文體的外在形式，顏崑陽教授從「基模性形構」論「體製」，進一步細分為「格式性形構」、「程式性形構」與「倫序性形構」等三者。[17]將體貌、體式兩個概念皆繫為「意象性形構」，以和「基模性形構」並舉，認為「意象性形構」是指「內容」與「形式」有機融合而不可切割的文章實體，最終整體呈現出的「意象」。[18]由此可知，體式乃是綜合「內容」與「形式」的表現，故體式中亦包含形式。這是從文體構成要素論，但若回觀《文章辨體》，會發現其辨體論述可歸納出體製、

17 「格式性形構」指「文字書寫層面，已固定規格化的空間性靜態形構」、「程式性形構」指「一種動態性時間歷程，卻又有規則化的形構」、「倫序性形構」指「存在於文字書寫層外，是屬於社會互動關係的行為層形構」。詳見顏崑陽：〈論「文類體裁」的「藝術性向」與「社會性向」及其「雙向成體」的關係〉，《清華學報》第35:2期（2005.12），頁320-322。

18 詳見顏崑陽：〈論「文體」與「文類」的涵義及其關係〉，收於《清華中文學報》第1期，頁16。

語藝、世教與情意等四個面向。「體製辨體」是以「基模性形構」為標準進行辨體，具體展現為文體分類架構；「語藝辨體」是以各文類之語言藝術表現特徵為標準進行辨體；「世教辨體」是以內容之美善刺惡為標準進行辨體、「情意辨體」則是以作者內在情意為標準進行辨體。這四個面向中，「體製辨體」與「語藝辨體」是以文體外顯形構特徵為標準，「世教辨體」與「情意辨體」則以文章內在之情志思理為標準。故本章將「體製辨體」與「語藝辨體」歸納為「形構辨體」，彰明其以外顯形構為辨體標準之面向；將「世教辨體」與「情意辨體」歸納為「情志辨體」，以彰明其以情志內容為辨體標準之面向。本節先對「形構辨體」進行析論。

一、體製辨體

在《文章辨體》中可以看到以「基模性形構」中「格式性形構」、「程式性形構」與「倫序性形構」等三種不同的文體形構特徵進行文體體製之辨體。以「格式性形構」辨之者較無可議，因為其辨體標準乃建立在客觀事實之上，就如《詩家全體》與《元詩體要》的分類架構一般，在《文章辨體》中如「古詩」一體下即以詩句之短、長，來區分「四言」、「五言」、「七言」。又如其引祝堯《古賦辨體》云：

祝氏曰：「宋人作賦，其體有二：曰俳體，曰文體。后山謂歐公以文體為四六。夫四六者，屬對之文也，可以文體為之；至於賦，若以文體為之，則是一片之文，押幾個韻爾，……。」[19]

此處祝堯乃在辨「文體賦」與「駢體賦」[20]兩種文體的差別，而其辨體依據為「四六」、「文」、「屬對」等語言形構特徵，「四六」、「文」、「屬對」是以句式駢散、或韻之有無、或對偶為辨體標準，故為「格式性形構」。又如「絕句」條引《詩法源流》云：

又按《詩法源流》云：「絕句者，截句也。後兩句對者，是截律詩前四句；前兩句對者，是截後四句；皆對者，是截中四句；皆不對者，是截前後各兩句。故唐人稱絕句為律詩，觀李漢編《昌黎集》，凡絕句皆收入律詩內是也。」[21]

從對偶來論絕句之形式及與律詩之關係，是否符合詩歌發展並非本章討論焦點。此處《詩法源流》所論者為絕句的對偶形式，故亦為「程式性形構」。同樣論「律賦」時所言：「要在

---

19 詳見明・吳訥等：《文體序說三種》，頁30。

20 關於宋代「文體賦」與「駢體賦」之辨，可參考詹杭倫之說，因此非本章聚焦所在，故不進一步探討。詳見詹杭倫：〈宋代辭賦辨體論〉，《逢甲人文社會學報》第7期（2003.11），頁12-13。

21 明・吳訥等：《文體序說三種》，頁71。

音律諧協，對偶精切為工。」[22]「音律諧協」、「對偶精切」為「格式性形構」，即以此二者做為「律賦」的體式條件之一。

又如「冊」條引《後漢書·光武帝紀》注：

按《漢書》，天子所下之書有四，一曰策書。注曰：「策者，編簡也。其制長二尺，短者半之。篆書，起維年月日，以命諸侯王公。若三公以罪免，亦賜策，則用一尺木而隸書之。」[23]

其下說明因「冊」、「策」二字通用，至唐、宋後不用竹簡，改以金玉為冊，故專稱為「冊」。引《後漢書》之「策」條，旨在說明「冊」之形式特徵。而「冊」有固定之書寫器物與字體，受到載體之限制，文字有長短侷限；且有固定的書寫次序，如「起維年月日」；也有固定的對象，如「以命諸侯王公」，因此會構成「冊」這個文體特有的「倫序性形構」。

「基模性形構」文體分類只是辨體論的第一層次，雖然辨體製並非辨體論的真正精彩之處，但卻是辨體式的基礎，當將不同文章進行文體辨別與分類後，方有可能進一步辨各文類之體式。

二、語藝辨體

「語藝辨體」為辨體論的重點之一，即以各文類之語言藝術形相表現特徵為標準進行辨體。如其論「頌」時云：

> 頌須鋪張揚厲，而以典雅豐縟為貴。[24]

此處即明確提出「頌」體的藝術形相規範為「鋪張揚厲」且「典雅豐縟」，誇大渲染的敘寫只是對「頌」體的第一層要求，在誇大的敘寫中仍須典雅不俗、富麗華貴，如此方是「頌」的體式。然無論是「鋪張揚厲」或「典雅豐縟」都是從語言藝術的表現處說。

又如《文章辨體》論「七古」時云：「大抵七言古詩貴乎句語渾雄，格調蒼古。」[25] 其中「句語」即明指語言文字，「渾雄」則是藝術表現特徵。「句語渾雄」即《文章辨體》認為「七古」應然的體式特徵，而此體式是以語言藝術為建構標準，並以意象性語言做為「七

22 明・吳訥等：《文體序說三種》，頁69。

23 明・吳訥等：《文體序說三種》，頁45。

24 明・吳訥等：《文體序說三種》，頁59。

25 明・吳訥等：《文體序說三種》，頁41。

古」的風格描述語。「渾雄」不僅是單一風格，更是被提舉為一文體的「體式」；將其做為文章創作指導時，更是提升至文體「體式範型」[26]的地位。

以上是《文章辨體》以「主觀判斷式」進行的「語藝辨體」論述；除此之外，《文章辨體》亦會以「引證推斷式」的方式進行「語藝辨體」，如於「露布」條下引真德秀語云：

> 西山先生嘗云：「露布貴奮發雄壯，少麄無害。」[27]

此處引真德秀之語，目的在辨「露布」的體式。「露布」為報捷文書，故以「奮發雄壯」為體式，此為具範型性的藝術形相特徵。

在《文章辨體》中即有以「語藝辨體」來「辨正變」，如論「傳」時云：

> 厥後世之學士大夫，或值忠孝才德之事，慮其湮沒弗白；或事跡雖微而卓然可為法戒者。因為立傳，以垂于世：此小傳、家傳、外傳之例也。[28]

又云：

> 傳之行迹，固繫其人；至於辭之善否，則又繫之于作者也。若退之〈毛穎傳〉，迂齋

謂以文滑稽，而又變體之變者乎！[29]

「傳」依詳略、傳主、作者等關係而可再行分類，但就繫於人之行迹處來說，這些「傳」之次類並無二致。可是吳訥引迂齋之言再辨「傳」之體，認為「以文滑稽」為「變體之變」，這就是預設了「傳」體有某種特定的藝術形相特徵，因此當書寫文字呈現滑稽時，就是「變體」，此即「語藝辨體」。

然「體製辨體」為辨體之基礎，因此往往與「語藝辨體」同用以辨一體，如論「連珠體」時云：

大抵連珠之文，貫穿事理，如珠在貫。其辭麗，其言約，不直指事情，必假物陳義以

26 體式有兩種表現方式，一以藝術形相術語表明之，本章稱之為「體式範型」；一以作家、作品例證之，本章稱之為「體式典範」。即「體式範型」與「體式典範」指其針對各文體所提出之應有體式，以及代表該體式之典範作品或作家，這兩者為互顯關係，「體式範型」須以「體式典範」為例證，而「體式典範」則以「體式範型」為藝術形相特徵，因此在論述時，常同舉二者，此處僅就概念的差異以區辨之。

27 明・吳訥等：《文體序說三種》，頁48。

28 明・吳訥等：《文體序說三種》，頁62。

29 明・吳訥等：《文體序說三種》，頁62。

達其旨，有合古詩風興之義。其體則四六對偶而有韻。[30]

這段小序中，吳訥對「連珠」進行了「形構辨體」，包含「體製辨體」、「語藝辨體」兩者。「四六」、「有韻」、「對偶」為「連珠」的「格式性形構」特徵，「假物陳義以達其旨」則為「程式性形構」特徵。「辭麗」、「言約」則為「語藝辨體」。

第二節　世教與情意——情志辨體的兩面向

「形構辨體」是從外顯形構處論，而「情志辨體」則是從內容說。但「情志批評」與「文體批評」本為兩種不同的文學批評型態，誠如顏崑陽教授所言：

> 「情志批評」主要目的在於箋釋作品中所寓含的情志。[31]

又：

> 「文體批評」乃是以文體知識作為批評的理論依據，其批評目的不在於索解作品言內或言外所寓含的作者情志，而在於觀察作品是否遵循文體規範中而完滿地實現某一文

體，並依此而評判其優劣。[32]

由此可知「情志批評」與「文體批評」在理論上為古典文學批評的兩個進路，其方法、目的皆不同。但正如上述，體式是「內容」與「形式」融合後的文章實體所展現的「意象」，因此「辨體」時，自然不會僅以「形構」為標準，而應會涉及「情志」內容。綜覽《文章辨體》可發現在實際辨體批評時，會以「情志」為辨體標準，本章即稱之為「情志辨體」。「情志辨體」即是融會「情志批評」與「文體批評」的展現。

若再細觀之，《文章辨體》之「情志辨體」尚有兩種不同類型：「世教」與「情意」，以下分述之：

一、世教辨體

此指以美善刺惡為情志內容，即以「世教」為辨體標準。《文章辨體》在「凡例」中提出「世教」一項，且認為「辭理兼備」者為作文章之要者，其「理」已明指為美刺詩教。[33]

30 明・吳訥等：《文體序說三種》，頁68。
31 顏崑陽：《李商隱詩箋釋方法論——中國古典詮釋學例說》，頁1。
32 顏崑陽：《李商隱詩箋釋方法論——中國古典詮釋學例說》，頁3。
33 明・吳訥等：《文體序說三種》，頁9。

而美善刺惡強調的就是情意之正者，其在「四言古詩」條云：

> 大抵四言之作，拘於模擬者，則有蹈襲《風》、《雅》辭意之譏；涉於理趣者，又有銘贊文體之誚；惟能辭意融化而一出於性情六義之正者，為得之矣。[34]

此處先舉出兩種反面的風格表現，或若是一味模擬《詩經》的四言體，可能就會流於蹈襲；至於涉及哲理趣味者，又認為可能與「銘」、「贊」難以區別。以「銘」來說，多為四言體，其創作目的在於「防止缺點」與「引起警戒」，這就是理趣的一種。[35]「贊」同樣也以四言體為主，如《文心雕龍》所言「必結言於四字之句」，且贊有「托贊褒貶」之功能。[36]

此段引文中吳訥不但思考創作的新意，也思考到「四言古詩」與「銘」、「贊」辨體的問題，因而給出「辭意融化而一出於性情六義之正」的「體式範型」。這是從詩教而來的價值判準，將《詩經》所隱含的「性情六義之正」作為建構標準之一，但又必須融會《詩經》的「辭」與「意」。辭為修辭，加上四言體之體製，即為形式因；「意」為材料因，其要求為須「出於性情六義之正」。「辭」與「意」加上「融化」的體要掌握，構成了「四言古詩」的「體式範型」。而在此「體式範型」中，以「出於性情六義之正」最具辨識性，也是四言古詩的主要特徵。如在論「樂府」時，便以此為標準來批判相關選集，其云：

> 魏、晉以降，世變日下，所作樂歌，率皆誇靡虛誕、無復先王之意。下至陳隋，則淫哇鄙褻，舉無足觀矣。[37]

「誇靡虛誕」、「淫哇鄙褻」是從反面處說，認為這些作品根本不足一觀。所以後文就更進一步批判收錄相關作品的《樂府詩集》，指出《樂府詩集》雖「蒐輯無遺」，但卻「雖浮淫鄙俗，不敢芟夷，何哉？」[38]同樣地，吳訥亦批判《古樂府》收〈楊白花〉等作，認為其收載「淫鄙之辭」故未能「盡善」。[39]且其在〈凡例〉中便直言：「至若悖理傷教、及涉淫放怪僻者，雖工弗錄。」[40]吳訥將此條列為凡例，可見其認為「意」之重要與不可缺，也在分體論述中以此觀點辨之。

---

34 明・吳訥等：《文體序說三種》，頁39。

35 梁・劉勰著、周振甫譯注：《文心雕龍譯注》（臺北：五南圖書有限公司，1993年），頁135、136。

36 梁・劉勰著、周振甫譯注：《文心雕龍譯注》，頁118、120。

37 明・吳訥等：《文體序說三種》，頁32。

38 明・吳訥等：《文體序說三種》，頁32。

39 吳訥云：「近豫章左克明復編古樂府十卷，斷自陳、隋而止，中間若後魏〈楊白花〉等淫鄙之辭，亦復收載，是亦未得盡善也。」見明・吳訥等：《文體序說三種》，頁33。

40 明・吳訥等：《文體序說三種》，頁10。

二、情意辨體

此指以個別作者之情意為情志內容，即以「情意」為辨體標準。文體論是對於文體普遍原則的掌握，而普遍原則的論述自無法及於作者內在「情意」，因為「情意」是個人的、殊異的。然此處辨體所言之「情意」，雖是由個別作品而來，但已為抽象歸納之概念，如顏崑陽教授所言：「指涉的是對某一主體情性概括性的、類型性的描述」41，為類型性之情，或者提舉為可為學習之範式。如辨「誄辭」、「哀辭」時云：

> 大抵誄則多敘世業，故今率倣魏、晉，以四言為句；哀辭則寓傷悼之情，而有長短句及楚體不同。42

雖然仍從形式論四言與長短句、楚體之別，但「敘世業」、「傷悼之情」則是以所寄之類型性「情意」來辨「誄」、「哀」兩體之不同。又如論「祭文」時云：

> 迨後韓、柳、歐、蘇，與夫宋世道學諸君子，或因水旱而禱于神，或因喪葬而祭親舊，真情實意，溢出言辭之表，誠學者所當取法者也。大抵禱神以悔過遷善為主，祭故舊親朋以道達情意為尚。若夫諛辭巧語，虛文蔓說，固弗足以動神，而亦君子之所

厭聽也。[43]

前半段舉出「悔過遷善」、「道達情意」，為歸納「韓、柳、歐、蘇，與夫宋世道學諸君子」篇體中之情意，但除「情意」這項材料因外，尚須有其表現形式，此處從反面立說，認為若是修辭太過，則無法動人。因此，可以推知其認為「祭文」的體式即為「真情實意、溢出言辭之表」，也就是以「情意」為主要依據來建立文體體式。由情意來辨散文各體尤為重要，因為散文各體無法從「格式性形構」進行分辨，雖然散文各體或許於「倫序性形構」會有所不同，但仍不易區分。因此若佐以「情意辨體」則可更清楚辨析文體差異。如其辨「璽書」時云：

> 夫制、詔、璽書皆曰王言；然書之文，尤覺陳義委屈，命辭懇到者，蓋書中能盡褒勸警飭之意也。[44]

41 詳見顏崑陽：〈文心雕龍「知音」觀念析論〉，收於《六朝文學觀念叢論》（臺北：正中書局，1993年），頁217。

42 明・吳訥等：《文體序說三種》，頁67。

43 明・吳訥等：《文體序說三種》，頁67。

44 明・吳訥等：《文體序說三種》，頁43。

此處辨「制」、「詔」、「璽書」三種文體，但就其「格式性形構」而言皆為散文，就「倫序性形構」而言也為「王言」。可知吳訥著重於其「情意」之差異，故此處從其「情意」處辨之，提舉「盡褒勸警飭之意」為辨體依據，以之區辨文體間之不同。

第三節　期待視域與辨體原則

通過上述的分析，可以歸結出《文章辨體》的期待視域，並提舉出兩項辨體原則。

一、辨體論述的期待視域

本章所言「期待視域」（horizon of expectations，另有譯為「期待視野」或「期待視界」）乃挪藉並修改姚斯（Hans Robert Jauss）之觀點，以更符應本章欲析論之現象。本章將「期待視域」定義為：批評者自覺或不自覺地接受前人的觀點，所形成在辨體批評時的特定視域。就其來源而言主要是文化傳統中的「前理解」，也就是吳訥身具特定文化傳統、文化場域，由此形成閱讀時的期待視域。其具體展現於引書選擇以及主觀判斷的辨體論述中。

辨體論為文體成熟後的後設思考，所以並非第一序的創作，因此批評者定然閱讀過相關作品，並從中歸納其對該文體應然定位的看法。在眾多作品中如何擇優，就涉及到批評者的文體觀、文學觀。至於文體觀、文學觀的形成，正如姚斯在〈文學史作為向文學理論的挑戰〉中云：

> 從類型的先在理解、從已經熟識作品的形式與主體、從詩歌語言和實踐語言的對立中產生期待系統。[45]

朱立元在《接受美學導論》中對姚斯的「期待視域」概念進行過闡釋，其云：

> 對文學作品某種類型和標準的熟識和掌握，如對小說或詩歌的特徵、尺度、標準等已經有一種經驗性的把握，雖不一定講得出一整套理論，但遇到作品便能分辨出該作品屬於何種類型，是否符合該類型的基本要求等。這樣一種內在尺度做為讀者閱讀作品的「前理解」而起作用。[46]

從已經熟識的作品中形成期待系統，方進一步有類型的先在理解，從辨體的角度來看，類型

45 參見德・H. R. 姚斯著，周寧、金元浦譯：《走向接受美學》，收於周寧、金元浦編譯：《接受美學與接受理論》（瀋陽：遼寧人民出版社，1987），頁 28。

46 參見朱立元：《接受美學導論》（合肥：安徽教育出版社，2004），頁 202-203。

的先在理解就是文體觀，也就是對某一文體類型有了先在理解，構成了對於該文體類型的期待視域，再進一步去詮釋作品以及文體應有之特徵。而文體觀的先在理解又與文學觀密切相關，文學觀是批評者的核心價值，對於文體的應然特徵，涉及了價值論斷，自然會受到文學觀之作用。

經由對《文章辨體》的總體把握，可以歸納出隱含的期待視域展現在分類架構標準與文體價值根源兩個面向，而此兩個面向都是承繼自其身處的歷史文化傳統之中。

《文章辨體》在「凡例」中雖推舉吳訥《文章正宗》的分類義例，但《文章正宗》的四種分類，實無法含括眾文體。[47]因此《文章辨體》的文體分類仍是繼承《文選》、姚鉉編《唐文粹》、呂祖謙編《宋文鑑》、蘇天爵編《元文類》以降的文體分類批評傳統，以「體製」為先建構文體分類層級架構，再於分類層級架構下提出各類文體之體式，這種觀念即是《文章辨體》辨體時的期待視域。

此外，從《文章辨體》的「凡例」及引用書典中，亦可以察覺他吳訥對〈詩大序〉、《文心雕龍》、《文章正宗》、劉履編《風雅翼》、祝堯《古賦辨體》等書的推重。串接這些文論，即可勾稽出吳訥身處的詩學脈絡。這個以〈詩大序〉詩學觀念為主的歷史文化傳統深深作用在《文章辨體》中，構成了以〈詩大序〉的詩學觀為文體價值根源的期待視域。

因此如上述《文章辨體》辨「連珠」雖是從文體的「格式性形構」與「程式性形構」處說，即以「形構」進行文章辨體，但在其中仍云「必假物陳義以達其旨，有合古詩風興之義」，提舉出《詩》做為「體式典範」。由此，明顯可見吳訥辨體的先在理解與詮釋框架。又如辨「古詩」時，即先提舉出〈詩大序〉與朱熹的說法，其引朱熹〈答鞏仲至〉云：

晦菴先生嘗答鞏仲至有曰：「古今詩凡三變：自漢、魏以上為一等，自晉、宋間顏、謝以後下及唐初為一等，自沈、宋以後定著律詩下及今日又為一等。然自唐初以前，為詩者固有高下，而法猶未變；至律詩出，而後詩之與法，始皆大變，無復古人之風矣。嘗欲抄取經史韻語，下及《文選》漢、魏古詞，以盡郭景純、陶淵明之作，自為一編，而附《三百篇》、《楚辭》之後，以為詩之根本準則。」[48]

此處朱熹將詩體流變分為三階段，從虞、夏到魏晉為第一階段，魏晉至唐初、唐至宋分別為第二、三階段。其區辨標準除「體製」之規律化外，最重要的是提舉出《詩經》、《楚辭》為典範，其餘作品即便有佳者，也僅是「以為之羽翼輿衛」。後續論真德秀《文章正宗》和劉履《風雅翼》對於朱熹的繼承，串接起〈詩大序〉以降的詩學脈絡。於引書後，吳訥續云：

47 明．吳訥等：《文體序說三種》，頁9。

48 明．吳訥等：《文體序說三種》，頁38。

是編所收，率以二家為主；若近代之有合作者，亦取載焉。律詩雜體，具載《外集》。嗚呼！學詩之法，子朱子之言至矣盡矣，有志者勉焉。[49]

此處標舉朱熹之言為學詩方法，也可以說是詩歌典範。但究其論之深層意涵，即是體現此一傳統所形成之期待視域。

故如上述「情志辨體」雖別為兩種類型，但都是承繼〈詩大序〉以降的詩學傳統。因為「詩教」傳統至明代時已具涵這兩種不同的層次，其一，是朱熹詮釋的「詩教」系統，也就是將「言志」引導至「美刺」的教化功能，乃是成以「政教」論「言志」的批評傳統。其二，是從〈詩大序〉所言：「詩者，志之所之也。在心為志，發言為詩，情動於中而形於言」[50]而來，將文學導引至主體情性之所在。[51]

以「美刺」、「世教」辨體，突顯了政教傳統，也是吳訥的文學觀。以「情意」辨體，則是以「真情實意」為尚，突顯文學承載情感真實的面向，也呈現了吳訥文學觀的另一面。「世教」與「情意」雖是從內容論之，但體式的構成乃為文體各要素經由文心融會後的整體表現。因此當以「世教」或「情意」作為體式建構標準，都表示其對文體之要求乃不僅止於外在藝術形相表現。〈凡例〉中所謂「辭理兼備」，就是以「質」為體式之一的辨體觀的展現。故如《文章辨體》雖旨在別異，且在凡例中也明白標舉「文辭世變」[52]之文體觀，但仍標舉「美刺」，在〈凡例〉中也直云：「作文以關世教為主」。[53]因此當以「詩教」與「情意」為文體材料因時，並建構為體式內涵時，已隱含了特定的價值取向。由是，體式不僅僅是批評者對於藝術形式的評價判斷，更是價值之所寄、所現。

二、「辭」、「意」並重的辨體原則

《文章辨體》凡例中即明言「辭理兼備」，通過本章分析，即可知這是兼重「形構」與「情志」，因此「形構辨體」與「情志辨體」也常融會運用。如以評「七古」的「句語渾雄」、「格調蒼古」為例，即先以「格式性形構」來別類，「句語渾雄」是「語藝辨體」；至於「格調」則綜合了音律、句法與情志思想等之綜合藝術形相，「蒼古」更是包含對「情志」的要求。又如「古賦・兩漢」條下引祝堯《古賦辨體》云：

揚子雲云：「詩人之賦麗以則，詞人之賦麗以淫。」夫騷人之賦與詩人之賦雖異，然

49 明・吳訥等：《文體序說三種》，頁 38-39。

50 參見漢・毛亨傳，漢・鄭玄箋，漢・孔穎達等正義：《毛詩正義》（臺北：藝文印書館，影印清嘉慶二十一年阮元校刻《十三經注疏》本，2000 年），頁 13。

51 雖然對「情」、「志」之內涵已有許多不同詮釋，但此處僅取個人情意之部分。

52 明・吳訥等：《文體序說三種》，頁 11。

53 明・吳訥等：《文體序說三種》，頁 9。

猶有古詩之義，辭雖麗而義可則；至詞人之賦，則辭極麗而過於淫蕩矣。蓋詩人之賦，以其吟詠性情也；騷人所賦，有古詩之義者，亦以其發於情也。其情不自知而形於辭，其辭不自知而合於理。情形於辭，故麗而可觀；辭合於理，故則而可法。如或失於情，尚辭而不尚意，則無興起之妙，而於則也何有？又或失於辭，尚理而不尚辭，則無歌詠之遺，而於麗也何有？[54]

此處從「詩人之賦麗以則，詞人之賦麗以淫」進一步論「辭」、「理」關係，認為應該要「情形於辭」達到「麗而可觀」，這是「語藝辨體」；「辭合於理」達到「則而可法」則是「情志辨體」，「發於情」與「吟詠性情」都是以〈詩大序〉的詩學觀為期待視域的辨體論述。在「古賦・兩漢」中僅有引用祝堯此段文字，這就表示吳訥認同祝堯關於辭、意合宜關係的說法，也回應了「凡例」中「辭理兼備」的基本原則。又如論「律詩」條云：

其命辭用事，聯對聲律，須取溫厚和平不失六義之正者為矜式。[55]

這與論「四古」相同，「四古」要求「辭意融化一出於性情六義之正」，便是將「語藝」與「情志」並舉。「律詩」亦同，「命辭」與「聯對聲律」為語言藝術，「用事」則不單只指取材之事，更是指遣意之所在，因為即事生情、即事見理，所用之事乃情志之依。

故如張首進提出吳訥有「崇雅鄙俗」的特點，但若只有「崇雅鄙俗」，便無法解釋《文章辨體》廣納不同體貌作品的現象，故又稱其有「回俗入雅」的特點。[56]但從上述兩種期待視域中，可以看出《文章辨體》並不從雅俗分立的角度論辨體，辨雅俗不是《文章辨體》辨體論聚焦所在。

綜言之，《文章辨體》的辨體論不僅有「形構辨體」的面向，同時也有「情志辨體」的面向。辭、意兼具是其辨體論的特徵，在《文章辨體》中也多次將「辭」、「意」並舉來辨體。

三、「實然」、「應然」交錯的體式源流建構原則

在《文章辨體》的辨體論述中，可以觀察到其有「實然」與「應然」的兩種不同批評進路。所謂「實然」指涉的是辨體建構標準為可檢驗的，如從「格式性形構」處辨體，即多為「實然」之考索，如論「制」一體時云：「宋承唐制，其曰『制』者，以拜三公三省等職。辭必四六，以便宣讀于庭。」[57]此即從文體體製的歷史演變辨明「制」體固有之外在形式特

54 明・吳訥等：《文體序說三種》，頁 27。
55 明・吳訥等：《文體序說三種》，頁 70。
56 張首進：〈雅俗之辨——以吳訥《文章辨體》為例〉，《職業時空》第 5 卷 2 期，頁 120-121。
57 見明・吳訥等：《文體序說三種》，頁 46。

徵，為「實然」之判斷。所謂「應然」辨體則是相對主觀，是在吳訥的期待視域中進行辨體，如「語藝辨體」與「情志辨體」即多為「應然」之判斷。

但無論「實然」或「應然」都需要置入文學史脈絡中，因為文體形成是動態的發展歷程。[58]當某一文體在不同作家、作品中發展出現不一樣的體貌，而批評者對於該文體的改變進行比較論述，此即是辨體論。若脫離時間軸，辨體論其所能論者便為超越各文類之上的總體體式，[59]然《文章辨體》的焦點不在此，其著重的是針對個別文類進行辨體，辨體論也就扣合著源流論。

以「五古」為例，《文章辨體》先從《文選》起論，認為《文選》所收「五古」以「漢、魏為盛」，這是「實然」的史料解讀。但又續云：「究其所自，則皆宗乎《國風》與楚人之辭也。」此是將「五古」與《詩》、《騷》加以連結，就是「應然」的判斷，此處《詩》、《騷》不僅是文體的緣起，更重要的是被標舉為體式典範。接著從漢、魏論至元嘉、永明，以及唐初、盛唐、中唐、北宋、南宋等朝諸作家，通過正面表述與反面表述來辨別五古發展脈絡中的不同體貌，如其論杜甫為「才贍學優，兼盡眾體」、蘇軾與黃庭堅等人為「皆以議論為主，而六義益晦矣」。[60]最後總結五言詩應有之體式典範，其云：

五言古體，實宗《風》、《雅》，而出入漢、魏、陶、韋之間。至其〈齋居感興〉之作，則盡發天人之蘊，載韻語之中，以垂教萬世，又豈漢、晉詩人所能及哉。[61]

此段提舉出《風》、《雅》、漢、魏、陶、韋作為五古的體式。《風》、《雅》是典範作品、「漢、魏」是時代之體、「陶、韋」是一家之體，吳訥亦皆將之提舉至體式地位。此外更標舉朱熹〈齋居感興〉一詩，從其「盡發天人之蘊，載韻語之中，以垂教萬世，又豈漢、晉詩人所能及哉」之評，可以看出吳訥對於朱熹的推崇，將此一篇之體推至「五古」體式的地位。然從建構出由《風》、《雅》、漢、魏、陶、韋到朱熹的五古體式源流發展則為「應然」的辨體觀念。

又如論「銘」，吳訥定義為：「銘者，名也，名其器物以自警也。」[62]此定義為「情志辨體」，是以文體內所蘊含之「理」為判斷標準，其「理」為「名器物而自警」，然此為「應然」之判斷，因為「銘」之作品並非皆為自警。為了證成此一判斷，吳訥先引《漢書・藝文志》、〈大學〉所記〈黃帝銘〉、成湯〈盤銘〉為文體起源，但這些僅存名目或殘句，

58 關於文體構成與文學歷史之關係，顏崑陽教授已有詳細論述。詳見顏崑陽：〈文學創作與文體規範文學歷史的經緯結構歷程關係〉，《文與哲》第22期（2013年6月），頁556。

59 總體體式即《文心雕龍》中所謂的「八體」，詳見顏崑陽〈論文心雕龍辯證性文體觀念〉一文，收於《六朝文學觀念叢論》（臺北：正中書局，1993年），頁147-148。

60 明・吳訥等：《文體序說三種》，頁39-40。

61 明・吳訥等：《文體序說三種》，頁9。

62 明・吳訥等：《文體序說三種》，頁58。

故又繫周武王朝之作為據，認為這些作品「凡几席觴豆之屬，無不勒銘以致戒警。」這是通過「實然」的考索，以現存最早作品的特徵做為「應然」的辨體標準。後續引春秋孔悝、漢班固、晉張載等作，這些「銘」作或「稱述先人之德善勞烈為銘」、或以「山川、宮室、門關為銘」、或記「征伐之功」、或戒「殊俗之僭叛」。這些作品所呈現之「銘」體樣貌與理想體式不同，其云「取義又各不同」，是從「情志辨體」的角度論其源流。又最後引陸機之說：「銘貴博約而溫潤」，此即「引證推斷」，從「語藝辨體」的角度建構「銘」之體式。綜言之，「銘」體之理想體式應為：名其器物以自警，貴博約而溫潤。

又如論「頌」，吳訥先引〈詩大序〉所言為定義：「頌者，美盛德之形容，以其成功告於神明者也。」63後續云其考過《莊子》，認為〈天運〉中雖有「頌」名，但實指寓言，因此提出《詩經》為「頌」之名的首出，此為「實然」的起源考索。但其認為：

若商之〈那〉、周之〈清廟〉諸什，皆以告神為頌體之正。至如《魯頌》之〈駉〉、〈駜〉等篇，則當時用以祝頌僖公，為頌之變。64

吳訥將告神者視為「正」、祝人君者視為「變」，這是從「情志辨體」的角度論之，而「正」與「變」即為「應然」之判斷，此辨體標準乃是承襲〈詩大序〉而來。如前所述，吳訥同時也對「頌」體進行「語藝辨體」，其所謂「鋪張揚厲」、「典雅豐縟」亦是「應然」

的標準。

總結以上，《文章辨體》是以「實然」的角度建構文體源流，以「應然」的角度辨體，以源流辨體，以辨體充實源流論述。「實然」與「應然」便交錯於源流建構中。

第四節 結語

在《四庫全書總目提要》中對於《文章辨體》的評價為：「大抵剽掇舊文，罕能考核源委，即文體亦未能甚辨。」[65]這個評價對於《文章辨體》來說未盡公允。就本章之分析來看，所謂「剽掇舊文」乃是「引證推斷式」的論證方法，這不僅是《文章辨體》如此，即使於明代辨體論述中亦是普遍現象，因此問題不在於引用他人之說，乃在於這些所引用之說法是否可用於印證或支撐己說。通過上述的討論，可知《文章辨體》並非兼採眾說，蕪雜無擇，而是可以在其中見其思維理路，或用以辨體、或用以論證文體起源。至於「罕能考核原委」、「文體亦未能甚辨」更是與事實不合，因為《文章辨體》不但有源流論述，更與辨體

63 明．吳訥等：《文體序說三種》，頁59。
64 明．吳訥等：《文體序說三種》，頁59。
65 清．紀昀等編纂：《欽定四庫全書總目》（臺北：藝文印書館，1997年），第5冊，頁3989。

論結合，有其期待視域、辨體原則與辨體方法，構成一套已具系統性的辨體論述。

或許正如彭時所言，《文章辨體》的辨體論是立基於《文章正宗》，但是經由分析可以看出其在辨體觀念的形成並非僅源於真德秀，而是涵泳在〈詩大序〉、《文心雕龍》、朱熹、《文章正宗》、《古賦辨體》的詩學脈絡，以及《文選》、《唐文粹》、《宋文鑑》、《元文類》以降的文體分類批評傳統中，這些歷史文化傳統經由吳訥的轉化，形成其辨體的期待視域與辨體原則，具體表現在「形構辨體」及「情志辨體」等兩種辨體論述之中。

第六章　辨體準則建構——《列朝詩集小傳》中的新變與風雅[1]

1　本章節為科技部計畫「《列朝詩集小傳》辨體觀念析論」（106-2410-H-152-022-）成果之一，原發表於淡江大學中文系主辦之「2018 年『文獻與文學互涉的新詮釋』學術研討會」（2018.04.27），於2018.06 潤改。

在探討辨體論述模式時，論及「應然」的體式、源流建構，這其中隱含一個重要的議題，即批評者的辨體準則究竟由何建立？也就是批評者是如何認定一個文體的應有特徵。

本章選擇以錢謙益的《列朝詩集小傳》來對這個問題進行分析，以錢謙益為研究對象，是因為他是由明入清的重要文學家，其地位有承前啟後之關鍵位置，而《列朝詩集小傳》評述有明一代約兩千位詩人，總結、總評明代詩壇之用意昭然。《列朝詩集小傳》雖敘詩家生平，但在部分詩家的記敘中仍有點評，除胡應麟、王世貞等前述研究對象外，明代重要文學流派詩家盡皆囊括，如前後七子、公安、竟陵諸詩人，其評論中即隱含許多辨體論觀念。《列朝詩集小傳》為錢謙益文學批評觀念之實踐，錢謙益評述詩家時，必隱含自身之文學批評觀念，因此通過《列朝詩集小傳》之研究，當可呈現明末清初重要文學批評家之文學觀念與辨體觀。《列朝詩集》為明詩重要選本，而《列朝詩集小傳》則為《列朝詩集》所收詩人之評傳之合刊。可與前列《藝苑巵言》、《文章辨體》、《詩藪》、《詩家全體》、《元詩體要》等書進行比較，從而更深入地揭示此書要義，以突顯其辨體觀念。且《列朝詩集小傳》中曾批評過王世貞、胡應麟，故以錢謙益辨體論為研究主題，除能辨明錢氏之辨體論外，更可以綰合「明代辨體論」系列研究脈絡。

據侯丹考證：《列朝詩集》編纂起於天啟初年（1621），初選三十家，後因黨爭、明滅之故，編纂工作中斷二十餘年，至順治三年（1646）重拾編纂工作、順治六年完成初稿、順治九年刻成。[2]另王琳、孫之梅引〈季蒼葦詩序〉認為至順治十一年方刻印完成，然刊行相差兩年之異，無礙於本章論點之推闡。[3]《列朝詩集》書成後，至康熙三十七年（1698）由錢氏後人錢陸燦將書中詩人小傳另輯成編，即為《列朝詩集小傳》，書中歷數、評斷明代詩家，有總結明代詩壇之意。

因為《列朝詩集小傳》是由《列朝詩集》中摘錄出來，因此編排次序大抵相同。分〈乾〉、〈甲〉、〈乙〉、〈丙〉、〈丁〉、〈閏〉六集，體例仿元好問《中州集》。〈乾集〉收明朝十帝十八王；〈閏集〉另別「高僧」、「名僧」、「道士」、「異人」、「金陵法侶」、「香奩」、「宗室」、「內侍」、「青衣」、「傭書」、「無名氏」、「碑刻」、「集句」、「神鬼」、「滇南」、「朝鮮」、「日本」、「其他」等類。至於〈甲〉、〈乙〉、〈丙〉、〈丁〉四集則依時代先後為次，〈甲集〉中別出〈甲前集〉與〈甲集〉，〈甲前集〉收元末詩家、〈甲集〉收洪武至建文、〈乙集〉收永樂到天順、〈丙集〉收成化至正德、〈丁集〉收嘉靖至崇禎。

從分類標目上看，似乎並無太多特殊變化，然實寄寓深意。已有許多學者進行其編纂旨意之探討，如陳寅恪《柳如是別傳》云：「實寓期望明室中興之意」、「主旨在修史，論詩

2 侯丹：〈論《列朝詩集》的編纂始末及託意微旨〉，《西安建築科技大學學報（社會科學版）》第 34 卷 2 期（2015.04），頁 79-80。

3 王琳、孫之梅：〈《列朝詩集》述要〉，《山東師大學報（社會科學版）》第 5 期（1995），頁 88。

乃屬次要者」。[4]這是將編選與家國之思加以繫連，此說與文學批評著眼處不同。而如嚴迪昌則從〈列朝詩集序〉、〈江田陳氏家集序〉等文推論：錢謙益編纂此書有攬續詩史一派正脈者、架構一己為詩界宗主新格局之意。[5]這些說法雖各有依據，然其旨在推斷作者一心之思，可是若非出於作者自陳，實難確斷所論。因此，以下並不於此多加探究，而將論旨轉向於探討錢謙益辨體準則之建構。

第一節　《列朝詩集小傳》相關前行研究成果評述及其辨體論詮釋進路

錢謙益為古典詩學研究之熱點，除錢氏的文學理論外，其生平傳記、著作版本考訂、詩作內涵分析……等等也有許多前行研究，其成果至為豐碩。關於錢謙益傳記研究，當首推陳寅恪《柳如是別傳》。然而傳記研究不僅於考證生平經歷，學者普遍認為錢氏之經歷、貳臣心態影響到其理論之創發，如下文提及學者所敘之「靈心」、「學問」、「世運」等論點皆建立在錢謙益生平經歷之上。但關於錢謙益生平經歷事跡，經由眾多學者考證後，已多為確論，故近來主要研究議題乃在於詮釋其生命史與文學創作、文學理論之間的關係。

至於《列朝詩集小傳》以及《列朝詩集》編輯出版向為學界關注論題，這包含了編輯過程、編選對象、版本流傳、傳文考訂等，然文字的細部差異並不會對本章論旨造成影響。除生平與版本外，錢謙益詩作亦是研究熱點，如嚴志雄《錢謙益〈病榻消寒雜詠〉論釋》，細緻地分析錢謙益詩作，將其詩作與自我生命進行連結，分析深入且具備創發性。雖然創作亦是作家文學觀念之具體體現，但非本章焦點，因此是作為支援論點之用。

錢謙益相關研究極多，無法盡列盡論，於此僅著重於與本章問題意識相關的相關研究成果評述。經過索引與資料耙梳，可將相關研究分為「詩學觀念的闡發」與「辨體觀念之探析」兩個面向：

一、詩學觀念的闡發

詩學觀念並非僅出現在《列朝詩集小傳》中，但若要討論錢氏之詩學觀，則亦無法將此書略過，所以此處將相關研究一併擇要評論之。1976 年吳宏一即有〈錢謙益詩論初探〉，探討復古、反復古之思潮，以及提舉出錢氏的「別裁偽體」、「轉益多師」、「詩之真偽」等詩學主張，這篇論文已經點出錢謙益主要詩學觀點。[6]「別裁偽體」雖已有辨體意涵，但相關研究並非以辨體、文體的詮釋進路來分析。又學者除了繼續細論「別裁偽體」、「轉益多師」等觀點內涵外，更提出了「靈心」、「學問」、「世運」等概念分析錢謙益文學觀念

4 陳寅恪：《柳如是別傳》（上海：上海古籍出版社，1959 年），頁 993。

5 嚴迪昌：〈蒙叟心志與《列朝詩集》之編纂旨意〉，《古代文學研究》第 4 期（2007），頁 88。

6 詳見吳宏一：〈錢謙益詩論初探〉，《中外文學》第 5 卷 6 期（1976），頁 4-28。

之成因，這在 1994 年胡幼峰《清初虞山派詩論》即有提及[7]，之後嚴志雄於〈自我技藝與性情、學問、世運——從傅柯到錢謙益〉一文則更細緻地探討這些相關要素在錢謙益詩學中的作用，也涉及到反復古、兼宗唐宋等文學觀。[8]又後丁功誼《錢謙益文學思想研究》一書中亦詳析錢謙益文學觀念之形成原因與轉變[9]，丁功誼另有〈靈心、學問、世運、性情——論錢謙益的詩學思想〉一文聚焦於此議題，觀點繼承前書，主要認為其詩學觀念是由「古學」、「性情」、「世運」所構成。[10]這類論述尚可見於張永剛〈靈心、世運、學問——論錢謙益的詩學體系〉[11]、朱莉美〈論錢謙益詩學的世運說〉[12]等文，其說不出嚴志雄、丁功誼所論。又曾守仁有〈錢謙益晚期詩論探析：真詩、劫火與世運剝復〉一文，乃立基於前行研究之上，將焦點聚於「世運」上，更細緻地析論晚期「批判七子、修正公安、擊排竟陵」之詩觀中隱含之意義。[13]此外，亦有針對「唐宋兼宗」進行討論，如趙娜〈錢謙益唐宋兼宗的詩學宗尚及其理論根基〉[14]，但所論不出上開學者所言。

在錢謙益詩學觀與形成原因之中，尚有另外一個議題為學界重視，就是錢謙益對於七子、公安、竟陵的態度，此議題當包含在其詩學觀之中，因為其詩學觀的部分面向也是通過批判這些詩家來呈現。不過由於錢謙益批判力道甚大，甚至成為其詩學之特徵，上列諸文中雖多有涉及，但仍有許多學者以專文論之。如楊連民、李華文〈錢謙益對前後七子的批評〉一文，文分上、下，此文篇幅甚長，從錢謙益相關著作中耙梳出批判前後七子之文獻，理路清楚、資料翔實，更從錢謙益批駁嚴羽詩論中，分析出錢氏如何從源／流兩方面徹底檢討、清理七子詩說。[15]又如前引周建渝〈《列朝詩集小傳》的明詩批評及其用意〉一文中也以錢謙益攻訐七子為討論核心。又張爽〈錢謙益對明代「後七子」詩派態度發微——錢謙益《列

7 詳見胡幼峰：《清初虞山派詩論》（臺北：國立編譯館，1994年）。

8 詳見嚴志雄：〈自我技藝與性情、學問、世運——從傅柯到錢謙益〉，收於王瓊玲主編：《明清文學與思想之主體意識與社會》（臺北：中研院文哲所，2004年），頁413-449。

9 詳見丁功誼：《錢謙益文學思想研究》（上海：上海古籍出版社，2006年）。

10 詳見丁功誼：〈靈心、學問、世運、性情——論錢謙益的詩學思想〉，《江西社會科學》第5卷6期（1976），頁4-28。

11 詳見張永剛：〈靈心、世運、學問——論錢謙益的詩學體系〉，《大連大學學報》29卷5期（2008.10），頁47-50。張永剛另有專書討論錢謙益身處於明末清初政治場域與其文學之關係。見張永剛：《明末清初黨爭視閾下的錢謙益文學研究》（南京：鳳凰出版社，2012年）。

12 詳見朱莉美：〈論錢謙益詩學的世運說〉，《文學新論》9期（2009.06），頁33-70。

13 詳見曾守仁：〈錢謙益晚期詩論探析：真詩、劫火與世運剝復〉，《輔仁國文學報》40期（2015.04），頁93-130。

14 詳見趙娜：〈錢謙益唐宋兼宗的詩學宗尚及其理論根基〉，《內蒙古大學學報（哲學社會科學版）》40卷5期（2008.09），頁93-130。

15 詳見楊連民、李華文：〈錢謙益對前後七子的批評（上）〉，《聊城大學學報（社會科學版）》6期（2005），頁72-76；楊連民、李華文：〈錢謙益對前後七子的批評（下）〉，《聊城大學學報（社會科學版）》2期（2006），頁83-90。

朝詩集小傳》和朱彝尊《靜志居詩話》之比較〉[16]，集中論述於後七子，此處觀點不出前人，但結合《靜志居詩話》進行比較，提出了朱彝尊繼承錢謙益的觀點；又侯丹有〈從《列朝詩集小傳》看錢謙益的隱曲心態——以七子派四大代表人物為對象〉一文[17]，此文論點多重複前人，不出楊連民、李華文之說。

除前後七子外，錢謙益對於竟陵的態度也是學界關注重點，如嚴志雄有〈錢謙益攻排竟陵鍾、譚側議〉一文，此文以布爾迪厄的文化場域觀念切入，從錢謙益批判竟陵的現象中，分析隱含其中的意識、價值、權力結構等意義，突顯出錢謙益論述中地域、時代等因素之作用。[18]王鐿容有〈文學批評有情天：錢謙益對鍾惺之情誼與攻排探微〉一文，則採漢娜·阿倫特之說，將錢謙益對鍾惺的批評分為公眾與私領域兩面向，探討其情意，解釋兩者論述間的矛盾。[19]另張爽有〈錢謙益排擊「竟陵鍾、譚」與《列朝詩集》編纂旨意〉[20]，此論文部分說法已見於前引嚴志雄、嚴迪昌之相關論文，然張爽進一步將編纂旨意與排擊竟陵結合，並考述錢謙益其他著作，其說至為翔實。除了七子與竟陵外，潘星輝、馬雲駸〈錢謙益與「茶陵詩派」的建構〉一文認為錢謙益為了攻排七子，所以牽連批判竟陵，並越過竟陵上接李東陽，因自身門派之見刻意造作出「茶陵詩派」。[21]這些研究探討錢氏如何批判明代詩派，其中即展現其詩學觀。

除批判詩派之研究外，亦有針對錢氏批評個別詩家的研究，如馮韻〈《列朝詩集小傳》「胡舉人應麟」條辨析〉[22]、王明輝〈《列朝詩集小傳》「胡應麟條」辨析——兼談胡應麟的歷史評價〉[23]，文中論錢謙益批判胡應麟的原因與論點，此研究將可作為比較錢氏辨體論與胡應麟辨體論之參考。又如胡幼峰有〈錢謙益的「弇州」晚年定論說質疑〉一文，「弇州晚年定論」是錢謙益獨特觀點，認為王世貞的批評態度和文學觀到晚年有所轉變，錢氏通過

16 詳見張爽：〈錢謙益對明代「後七子」詩派態度發微——錢謙益《列朝詩集小傳》和朱彝尊《靜志居詩話》之比較〉，《明史研究》13 期（2013），頁 256-266。

17 詳見侯丹：〈從《列朝詩集小傳》看錢謙益的隱曲心態——以七子派四大代表人物為對象〉，《凱里學院學報》31 卷 2 期（2013），頁 111-115。

18 詳見嚴志雄：〈錢謙益攻排竟陵鍾、譚側議〉，《中國文哲研究通訊》14 卷 2 期（2004.06），頁 93-119。

19 詳見王鐿容：〈文學批評有情天：錢謙益對鍾惺之情誼與攻排探微〉，《清華中文學報》3 期（2009.09），頁 71-102。

20 詳見張爽：〈錢謙益排擊「竟陵鍾、譚」與《列朝詩集》編纂旨意〉，《故宮學刊》1 期（2013），頁 133-149。

21 詳見潘星輝、馬雲駿：〈錢謙益與「茶陵詩派」的建構〉，《東吳歷史學報》21 期（2009.06），頁 1-38。

22 詳見馮韻〈《列朝詩集小傳》「胡舉人應麟」條辨析〉，《巢湖學院學報》15 卷 2 期（2013），頁 56-60。

23 詳見王明輝〈《列朝詩集小傳》「胡應麟條」辨析——兼談胡應麟的歷史評價〉，《殷都學刊》1 期（2006），頁 59-63。

此論仍是為了排擊復古，但此論文通過史料質疑重訂王世貞晚年悔作《藝苑巵言》之說。[24]這些論文也是從錢謙益的詩學觀來析論其評價詩家的確當性。

無論是錢謙益與詩歌流派，或錢謙益與個別詩家，在這些相關研究中，雖然提出了錢謙益詩學觀或對於詩歌藝術性意見的評論，但都沒有特別聚焦於辨體論，或有意識地以古典文體學為詮釋視域。然而通過這些論文可掌握錢謙益乃至《列朝詩集小傳》所隱含的詩學觀念，本章即以這些相關成果作為析論《列朝詩集小傳》辨體觀念時的知識基礎。

二、辨體觀念之探析

雖然錢謙益詩學相關研究相當豐富多元，但以文體論、辨體論為主要議題或以之為詮釋視域者不多，僅有少數幾篇論文。雖然這也包含在「詩學觀念的闡發」中，但因為此議題與本章論旨密切相關，故特別提舉出來討論。如師雅惠〈錢謙益的詩體正變觀〉一文，從「風雅正變」的角度論錢謙益的詩學觀念，並與許學夷進行比較。師雅惠此文從分析聲調、情感、語言風格錢謙益理想詩體樣貌，已是從辨體論立論，文中也數處提及「辨體」。[25]但綜觀其文，僅於文字表層意義的解釋，未能以古典文體學為基礎，更深入、全面地詮釋錢謙益的辨體論。由此可知，以辨體論為詮釋視域研究《列朝詩集小傳》者極少，故仍有極大的研究空間與研究價值。

第二節　「別裁僞體」的批判

若要釐析《列朝詩集小傳》中所辨之體，有兩層進路：其一，要釐清其所反對的詩體混淆的經驗現象為何；其二，釐清錢謙益所提出的詩體之內涵。

《列朝詩集小傳》反對的詩體混淆的經驗現象，可就錢謙益對於明代詩壇「弱病」、「狂病」、「鬼病」之評點來看，其於〈題懷麓堂詩鈔〉中云：

> 近代詩病，其證凡三變：沿宋、元之窠臼，排章儷句，支綴蹈襲，此弱病也；剽唐、《選》之餘瀋，生吞活剝，叫號隳突，此狂病也；搜郊、島之旁門，蠅聲蚓竅，晦昧結愲，此鬼病也。[26]

此處標舉出「弱」、「狂」、「鬼」為詩之病，此當即為其所要反對的詩體混淆經驗現象。其中「狂病」用以指七子，「鬼病」指竟陵之病較無疑義，如吳宏一云：

24 詳見胡幼峰：〈錢謙益的「弇州」晚年定論說質疑〉，《中外文學》21 卷 1 期（1992），頁 116-131。
25 詳見師雅惠：〈錢謙益的詩體正變觀〉，《北方論叢》1 期（2009），頁 31-34。
26 清．錢謙益：《初學集》，收於清．錢謙益著，清．錢曾箋注，錢仲聯標校：《錢牧齋全集》（上海：上海古籍出版社，2003 年），卷 83，頁 1758。

> 狂病指七子、鬼病指竟陵派，是不會有問題的，因為類似這樣的評語在錢氏之著作中，可以找到很多例證，而所謂弱病，指的大概就是公安派，蓋「沿宋、元之窠臼」者，在當時非公安派莫屬。[27]

「狂病指七子、鬼病指竟陵派」在錢謙益的論述中經常可見，故相關前行研究較無相左意見，但對於「弱病」所指，就有歧見。根據朱莉美所研究歸納，在相關研究中「弱病」之所指共有「臺閣體」、「公安派」、「茶陵派」及「唐宋派」等四種不同意見，而尤以「臺閣體」為確當。[28] 然而無論所指為何派，「排章儷句，支綴蹈襲」、「剽唐、《選》之餘瀋」、「晦昧結慴」都是其所要辨之詩體。其中「排章儷句，支綴蹈襲」的「弱病」，在《列朝詩集小傳》以此評者，並不多見，「別裁偽體」的批評主要仍是集中於七子與竟陵。廖美玉則將此批評主張進一步繫連至宋代，其云：

> 錢牧齋所論述的「偽體」是建立在學杜上，可分兩種：一是黃庭堅所領導的江西詩派，祖述杜甫，為宋代詩壇主流；一是嚴羽反江西詩派而提出的妙悟說，標舉盛唐，影響有明一代。兩者看似各有其深刻反省性與詩學主張，更分別發展出宋、明兩代的詩歌創作，代表著兩種截然不同的詩學主張，錢牧齋卻同時把他們納入「不善學杜」的詩學譜系中，共同背負詩道榛蕪的罪名。……錢牧齋特別把不善學杜的矛頭指向句

模字擬、刻意古範的李夢陽。[29]

此處將李夢陽與江西詩派、嚴羽進行繫連，建構出「不善學杜」的詩學譜系。綜觀《列朝詩集小傳》，其批判力道明顯集中於七子，尤其是李夢陽。相關前行研究也多集中於探討錢謙益抨擊前後七子，進而探討錢氏與吳中詩學之關係。其中有些學者甚至認為錢謙益旨在反七子，只要與七子站在對立面的主張，錢謙益就會表示贊同，故而認為錢氏沒有明確一致的文學觀。如周建渝所言：

> 錢氏在抨擊「四子」（案：指李夢陽、何景明、王世貞、李攀龍）時所表現出的文學主張，在整體上缺乏明確性與一致性。……錢氏曾激烈貶責「詩界宗主古自命，曰古詩必漢、魏，必三謝；今體必初、盛唐，必杜；舍此無詩焉」，可是他對另外一些同樣離不開「學唐」、「學杜」的詩人，卻予以寬容和贊揚，因為這些人不入四子追隨

---

27 吳宏一：《清代詩學初探》（臺北：臺灣學生書局，1986年），頁117。

28 朱莉美：〈明代詩論的總結和重建——論錢謙益的別裁偽體〉，《空大人文學報》20期（2011.12），頁66-72。又張連第持論亦同，其云：「『弱病』、『狂病』、『鬼病』，分別指臺閣體、前後七子、竟陵派」，見張連第〈錢謙益之詩學理論〉，《聊城師範大學學院學報》2期（1998），頁74。

29 廖美玉：〈錢牧齋論學杜在建構詩學譜系上的意義〉，《文與哲》15期（2009.12），頁302-303。

者之列。例如陳沂，錢氏也承認他論詩「專以唐人為宗，謂少陵七言，聲洪氣正，格高意美」；然而，就因為陳沂「訟言一時『學杜』之敝」，所以錢氏對他讚賞有嘉，稱他能「另出手眼」，使「江左風流，至今未墜」。……綜觀錢氏所肯定的這些明代詩人，或宗唐、或學杜、或學白居易、蘇東坡，他們未必有一致的文學主張，也未必與四子倡導的「學杜」主張完全對立。[30]

以上是從批評意圖立說，認為錢謙益旨在批駁以李夢陽、何景明、王世貞、李攀龍為首的復古主張，所以其批評標準是建立在反七子，因此只要詩家與之站在對立面，就會得到較好的評價。

周建渝此處引文與《列朝詩集小傳》文字略有出入，在《列朝詩集小傳》中「李副使夢陽」一條的文字為：

> 獻吉以復古自命，曰古詩必漢魏，必三謝；今體必初盛唐，必杜；舍是無詩焉。牽率模擬剽賊於聲句字之間，如嬰兒之學語，如桐子之洛誦，字則字，句則句，篇則篇，毫不能吐其心之所有，古之人固如是乎？[31]

這段引文中，批判明代宗唐與推崇李夢陽、何景明的現象，可以看出錢謙益對於李夢陽詩學的反對意見。不僅於此，《列朝詩集小傳》中多處批判李夢陽、何景明的學說，如於此條後又曰：

近世耳食者至謂唐有李、杜，明有李、何，自大曆以迄成化，上下千載，無餘子焉。嗚呼，何其悖也！何其陋也！[32]

又如「何侍郎孟春條」中云：

自李空同倡為剽擬古學，偭背師門，秦人康、王輩，失職訾毀。[33]

又「蔡孔目羽」條云：

30 周建渝：〈《列朝詩集小傳》的明詩批評及其用意〉，《復旦學報（社會科學版）》第 6 期（2008），頁 136-137。

31 清・錢謙益：《列朝詩集小傳》（上海：上海古籍出版社，2008 年），上冊，頁 311。

32 清・錢謙益：《列朝詩集小傳》，上冊，頁 311。

33 清・錢謙益：《列朝詩集小傳》，上冊，頁 274。

李獻吉以學杜雄壓海內，竄竊剽賊，靡然成風。[34]

又如〈讀豈凡先生息齋集質言〉中亦云：

蓋常循覽三百年來文體，凡三變矣。國初之文，自金華、烏傷迨東里、茶陵，銜華佩實，根本六經三史，號為正脈。北地起而以叫號剽奪之學，創立古文，雄樹壇坫。信陽和之，遂謂文靡於隋，其法亡於韓愈。屏材謹說之徒，轉相倣傚，而文體一變。[35]

這些都是將李夢陽設定為批判對象，「剽擬」、「剽奪」、「竄竊剽賊」與「偭背師門」都是相當強烈的用語，前行研究者也多以此詮說錢謙益有「反復古」觀念。如廖可斌云：

復古派所要否定之明明主要是臺閣體以至整個中唐以後之詩文，錢謙益為了攻擊復古派，卻不惜歪曲事實，把復古派說成是一些「偭背師門」之徒，給人們造成一種假象，似乎復古派攻擊之主要目標就是茶陵派。[36]

廖可斌認為錢謙益旨在攻訐以李夢陽為主的復古派，因此將之斥為「偭背師門」。錢謙益摒斥李、何之意圖明顯。當然，這種對於李夢陽以及復古的批判並不盡公允，故有如廖可斌之類的前行研究為七子辯駁。又如沈德潛云：

> 李獻吉雄渾悲壯，鼓盪飛揚；何仲默秀朗俊逸，迴翔馳驟。同是憲章少陵，而所造各異，駸駸乎一代之盛矣。錢牧齋信口掎摭，謂其「摹擬剽賊，同於嬰兒學語」，至謂「讀書種子，從此斷絕」。此為門戶起見，後人勿矮人看場可也。37

由此看來，沈德潛就對七子推崇有加，與錢謙益觀點不同，直指其「信口掎摭」是門戶之見。

錢謙益摒斥李、何是顯而可見的事實，然在此一現象中，尚有可進一步深究的文學觀點，也就是錢謙益進行批評時所隱含的辨體論述內涵。錢謙益於「李副使夢陽」條末說道：

> 國家當日中月滿，盛極孽衰，麤材笨伯，乘運而起，雄霸詞盟，流傳譌種，二百年以

34 清・錢謙益：《列朝詩集小傳》，上冊，頁308。

35 清・錢謙益：《牧齋外集》，收於清・錢謙益著，清・錢曾箋注，錢仲聯標校：《錢牧齋全集》，頁601。

36 廖可斌：《復古派與明代文學思潮》（臺北：文津出版社，1994年），頁146。

37 清・沈德潛：《說詩晬語》，收於《清詩話》（臺北：西南書局，1969年），頁495。

來，正始淪亡，榛蕪塞路，先輩讀書種子，從此斷絕，豈細故哉！後有能別裁偽體如少陵者，必以斯言為然。其以是獲罪於世之君子，則非吾所惜也。38

此處雖仍重申批判李夢陽，並認為詩壇受其負面影響甚鉅，與前開引文類似，但於此有「謬種」、「正始」、「偽體」等幾個辨體論關鍵字詞。他認為文學乃至於文體發展是扣合著家國興衰，衰敗之時，會有「孏材笨伯」因著時運而起流傳「謬種」，使文體之「正始」淪亡，故須「別裁偽體」，此即以「正始」辨「偽體」。在「唐順之」條又云：

正、嘉之間，為詩者踵何、李之後塵，剽竊雲擾，應德與陳約之輩，一變為初唐，於時稱其莊嚴宏麗，咳唾金璧。歸田以後，意取辭達，王、李乘其後，互相評砭，吳人評其初務清華，後趨險怪，考其所撰，若出二轍，非通論也。39

這段引文，開頭從源流進行辨體，言正德、嘉靖時期詩歌藝術表現特徵，仍是以七子復古為宗，此處以「剽竊」評之，「剽竊」即是詩家體貌。而詩體又變為「初唐」。「初唐」本為時代名，此處又作時代體式，展現於個別詩家中，呈現為「莊嚴宏麗」之體貌，其後所謂「意取辭達」、「清華」、「險怪」都是體貌概念。而這些體貌、體式概念又可繫為「意象性形構」，以和「基模性形構」並舉，「意象性形構」指「內容」與「形式」有機融合而不可切割的文章實體，最終整體呈現出的「意象」。[40]

錢謙益積極地在辨體觀念中提出模習方法。在「于閣學慎行」條，此條目相對於其他條目而言篇幅較多，但于氏並非文學史上知名詩家，史傳記其人也多著墨於身處張居正政爭中之地位，並非一代重要之人物。可是錢謙益大篇幅引用于慎行論古樂府、五言古詩的說法，並推崇為「其所論著，皆箴歷下之膏肓，對病而發藥」。[41]從錢謙益對於于說的高度推崇，可進一步認定錢謙益同意其說。此處引于說，雖與反七子之說相關，但可看到更積極的辨體觀念，撮其要旨是認為唐人不學古樂府，主要肇因於辭聲相雜無從辨起，因此雖假其名但不效其體；漢魏五古亦然，五古神化難以學之，若學之則迂。[42]即辨古樂府、五古、近體歌行應有之文體特徵以及模習之可能。可是在前引「曰古詩必漢魏，必三謝……牽率模擬剽賊於聲句字之間」的批評中，可知錢謙益認為七子宗漢魏、宗唐的弊端就是剽賊聲句字，不善學而致剽竊，此即是其所要反對的詩體混淆經驗現象之一，也就是前述錢謙益所言之「狂病」。

38 清・沈德潛：《說詩晬語》，收於《清詩話》，頁312。
39 清・錢謙益：《列朝詩集小傳》，下冊，頁375。
40 詳見顏崑陽，〈論「文體」與「文類」的涵義及其關係〉，收於《清華中文學報》第1期，頁16。
41 清・錢謙益：《列朝詩集小傳》，下冊，頁547-548。
42 清・錢謙益：《列朝詩集小傳》，下冊，頁547-548。

錢謙益除批判復古的剽竊問題外，對於竟陵亦相當嚴厲，例如在「譚解元元春」條中，就毫不留情地批評道：

> 譚之力薄于鍾，其學殖尤淺，譾劣彌甚，以俚率為清真，以僻澁為幽峭，作似了不了之語，以為意表之言，不知求深而彌淺；寫可解不解之景，以為物外之象，不知求新而轉陳。無字不啞，無句不謎，無一篇章不破碎斷落。一言之內，意義違反，如隔燕吳；數行之中，詞旨蒙晦，莫辨阡陌。

「俚率」、「僻澁」、「彌淺」、「蒙晦」、「破碎斷落」都指向竟陵在追求詩旨「幽深孤峭」時所衍生的弊病，也就是前述之「鬼病」。然而，《列朝詩集小傳》此評未盡公允，如錢鍾書就認為：

> 以作詩論，竟陵不如公安；公安取法乎中，尚得其下，竟陵取法乎上，并下不得，失之毫釐，而繆以千里。然以說詩論，則鍾譚識趣幽微，非若中郎之叫囂淺鹵。蓋鍾譚於詩，乃所謂有志未遂，並非望道未見，故未可一概抹摋言之。43

在周振甫、冀勤的《錢鍾書《談藝錄》讀本》也在此條下說：「這樣的批評，指譚詩中有些詩或句是可以的，指所有的詩是不確的。」[44]從錢鍾書與周振甫等的評論中就可以知道錢謙益對於竟陵的貶抑是偏頗的。然而，無論錢謙益所評是否確當，於此主要可見其對「偽體」的看法，除了剽竊外，就是僻澀、淺陋與過度追求意之隱晦。然此處也正是錢謙益論詩的難點，因為他左批七子、右伐竟陵，但竟陵本就是針對七子提出反動主張，因此若反七子又反竟陵，就須在兩者外尋找到新的立論基點。

第三節 新變與風雅的辯證

錢謙益以剽竊、排儷、蹈襲、僻澀、淺陋與過度追求意之隱晦等角度批判明代詩壇，這是其所反對的詩體混淆經驗現象。可是，除了破之外，錢謙益究竟立了什麼來做為詩學典範？以下即進一步分析錢謙益辨體論的範型。

在前引「李副使夢陽」條中，錢謙益對李夢陽批判用力，其云「曰古詩必漢魏，必三謝；今體必初盛唐，必杜」，細觀此說，其中論及李夢陽所謂「古詩」、「今體」之模習對象不同，是為辨體之概念。但《列朝詩集小傳》並不從「古體」、「今體」典範模習差異論

43 錢鍾書：《談藝錄》（臺北：書林出版有限公司，1988 年），頁 102。

44 周振甫、冀勤：《錢鍾書《談藝錄》讀本》（北京：中央編譯出版社，2013 年），頁 195-196。

之，而是從「新新不停，生生相續」的新變觀來批判這種模習方法之弊端。故於其後續云：

> 天地之運會，人世之景物，新新不停，生生相續，而必曰漢後無文，唐後無詩，此數百年之宇宙、日月盡皆缺陷晦蒙，直待獻吉而洪荒再辟乎？[45]

由自然天地來對比文學發展規律，是文學史理論建構中常見的方法，錢謙益於此即以「新新不停，生生相續」的新變觀來思考文學發展，並以之批判李夢陽。又如〈復李叔則書〉中云：

> 夫文章者，天地變化之所為也。天地變化與人心之精華交相擊發，而文章之變不可勝窮。[46]

此亦將文學與天地進行連結，以天地自然之變喻文章之變。「變」是錢謙益的文學觀的思想基礎，所以「新變」的文學觀也反映在錢謙益的創作論上，如〈與方爾止〉中云：

> 古人詩暮年必大進。詩不大進必日落，雖欲不進，不可得也。欲求進，必自能變始，不變則不能進。[47]

錢謙益認為在詩人的創作過程中，也需要變，這與其所批判的復古派模擬創作論，是相對立的文學觀念。

不過，雖然錢謙益以「變」為核心文學主張，並以之辨體，但是他在「變」之中仍然還有一個用以評價「變」之優劣或文章優劣的判斷標準，那就是風雅。在〈列朝詩集序〉中論及編次順序時有云：

> 金鏡未墜，珠囊重理，鴻朗莊嚴，富有日新，天地之心，聲文之運也。[48]

「金鏡」、「珠囊」典出〈《周易正義》序〉中「及秦亡金鏡，未墜斯文；漢理珠囊，重興儒雅」之語，「金鏡」指正道，「珠囊」指星宿運行之度數，也就是指天地之軌則。因此「金鏡未墜，珠囊重理」指正道未衰之際，整理天地之理則，而此理則以〈《周易正義》

45 清・錢謙益：《列朝詩集小傳》，上冊，頁311。

46 清・錢謙益：《有學集》，收於清・錢謙益著，清・錢曾箋注、錢仲聯標校：《錢牧齋全集》，頁1345。

47 清・錢謙益：《有學集》，收於清・錢謙益著，清・錢曾箋注、錢仲聯標校：《錢牧齋全集》，頁1356。

48 清・錢謙益：《列朝詩集小傳》，下冊，頁820。

序〉來看就是「儒雅」，即儒家之美典。在日日新變中，掌握天地之心、儒雅之嚴，而儒雅之嚴就是詩學的風雅典型。在〈題燕市酒人篇〉中云：

> 詩言志，志足而情生焉，情萌而氣動焉，如土膏之發，如候蟲之鳴，歡欣噍殺，紆緩促數；窮于時，迫于境，旁薄曲折，而不知其使然者，古今之真詩也。[49]

此處從「詩言志」論起，即是承接「儒系詩學」傳統。本書第二章中曾提及前後七子的「復古」是反對「宋人主理」，因此提出「文必秦漢，詩必盛唐」詩學宗旨，著重於在唐詩的傳承，建構出有別於尊《詩》的批評典範。可是錢謙益雖兼宗唐宋，但卻又將批評典範上溯至《詩》、《騷》傳統，與《詩藪》有類似觀念，在〈周元亮賴古堂合刻序〉即明確地說道：

> 古之為詩者有本焉，國風之好色，小雅之怨誹，離騷之疾痛叫呼，結轖於君臣夫婦朋友之間，而發作于身世偪側、時命連蹇之會；夢而噩，病而吟，春歌而溺笑，皆是物也，故曰有本。唐之李、杜，光焰萬丈，人皆知之。放而為昌黎，達而為樂天，麗而為義山，譎而為長吉，窮而為昭諫，詭灰奡兀而為盧仝、劉叉，莫不有物焉。魁壘耿介，槎枒于肺腑，擊撞于胸臆，故其言之也不慚，而其流傳也至于歷劫而不朽。[50]

錢謙益將「詩之本」的論述上溯至《詩》、《騷》，將「好色」、「怨誹」、「疾痛叫呼」等內出情志、動而外顯的詩歌表現視為典範，由之辨李、杜、韓、白等人之體，認為雖體貌不同，然皆有所本，而此本即是儒系詩學美典。

錢謙益以新變、風雅為辨體準則，以此左批七子、右斥竟陵。這個辨體論除了用來破詩壇之弊，在唐、宋詩選擇的問題上亦是如此。錢謙益在晚明至清學宋詩風的地位已有許多研究提及，如丁功誼云：

> 錢謙益以自己的創作實踐和理論主張極大推動了宋詩風在晚明的興起，人們一直是錢謙益為清代宋詩風的開創者。51

錢謙益提升了宋詩地位，也引起了禰唐祧宋或禰宋祧唐的爭論，不過錢謙益並不反對學唐，如丁功誼就直言錢謙益為「唐宋兼宗」。在「唐宋兼宗」中，風雅就是其隱含的文學主張，

49 清・錢謙益：《有學集》，收於清・錢謙益著，清・錢曾箋注、錢仲聯標校：《錢牧齋全集》，頁1550-1551。

50 清・錢謙益：《有學集》，收於清・錢謙益著，清・錢曾箋注，錢仲聯標校：《錢牧齋全集》，頁767。

51 詳見丁功誼：〈錢謙益與晚明宋詩風〉，《江漢論壇》4期（2006），頁113。

如在「高棅」條中云：

> 推閩之詩派，禰三唐而祧宋元，若西江之宗杜陵也，然與否耶？膳部之學唐詩，摹其色象，按其音節，庶幾似之矣。其所以不及唐人者，正以其摹倣形似，不知由悟以入也。……自閩詩一派盛行永、天之際，六十餘載，柔音曼節，卑靡成風。風雅道衰，誰執其咎？[52]

錢謙益批評閩派為其詩論的重要論點。「禰三唐」、「祧宋元」一句從字面義說為：「祧」有「遠」、「親盡」、「繼承」之意，「禰」則有「近」意，故可解為「近唐遠宋」，此處是說閩派「近唐遠宋」卻又未能得唐詩之精華，因為學習的方法不對，導致詩作僅「形似」，未能真正得唐詩之真義。在這段批評中，「卑靡」是詩弊，出現了「風雅道衰」的現象，即是以風雅做為判準之一。

第四節　結　語

《列朝詩集小傳》總評、批判了明代詩家，而其辨體觀念與明代辨體論述有著密切關係。前幾章對《藝苑卮言》、《文章辨體》、《詩藪》、《詩家全體》、《元詩體要》、明代曲論等辨體論述進行深入研究，探討這些批評專著在辨體時採用的一般方法、論證方法、特殊方法，以及隱含其中的辨體觀念，這些也在《列朝詩集小傳》中可見。如在「謝績」條中，直接引李文正之評語來辨謝績詩作之體，云：

> 李文正評之曰：「山人之詩，始規倣盛唐。得宛轉流麗之妙；晚獨愛杜少陵，則盡變其故格，益為清激悲壯之詞，思極其所欲言者。」[53]

此條中，錢謙益介紹謝績生平後，就直接引用李文正之言，辨謝績詩作之體貌發展變化。引文後也未有進一步的解釋、點評，故可視為錢謙益完全認同李說，故方引之。這種論述方式在書中處處可見。此即「引證推斷式」論證方法，但是錢謙益於此僅是引用，並未以之推闡自身說法，因此與《藝苑巵言》中的論證方法又有所不同。這種將他人論見直接引用，做為己身意見者，在《列朝詩集小傳》相當多見，但有時又是引之批駁；或引之為輔證，再加以詮說。除了論證方法的不同，在特殊辨體方法上也有許多差異，《藝苑巵言》有以「體製辨體」、「體式辨體」、「源流辨體」等為特殊方法，在《列朝詩集小傳》中也可見之。但這

52 清・錢謙益：《列朝詩集小傳》，上冊，頁180。
53 清・錢謙益：《列朝詩集小傳》，上冊，頁238。

些方法的具體內涵則有所差異，如「體製辨體」中，通過樂府、古詩、近體等不同次體辨之，前引批評李夢陽中「古詩必漢魏，必三謝；今體必初盛唐，必杜」等言，即是建立在體製差異上進行辨體。

「體式辨體」是《列朝詩集小傳》中最重要的辨體方法，如前批閩派之「柔音曼節」、「卑靡成風」、「風雅道衰」等，即是預設了體式並以之辨之。至於「源流辨體」，如「李夢陽」條中即以此論之，云：

> 夷考其實，平心而論之，由本朝之詩，溯而上之，格律差殊，風調各別。標舉興會，舒寫性情；其源流則一而已矣。[54]

錢謙益此處將明代詩壇的不同樣貌皆歸於一源，也就是李夢陽所提倡之「古詩必漢魏，必三謝」、「今體必初盛唐、學杜」，李夢陽所以提倡之詩歌藝術樣態，不但自己奉行，更成了時代風氣、時代體式。錢謙益此段文字之前後語脈，乃在批判李夢陽以及其後學，然從這個論述中可以看到將源流概念融進了詩歌辨體論述之中。錢謙益以新變、風雅為辨體準則，以此批判七子與竟陵，並採用這個辨體論準則破詩壇之弊與回應選擇宗唐或宗宋的選擇難題。

54 清・錢謙益：《列朝詩集小傳》，上冊，頁311。

結論

辨體論在古典文學批評中有著重要的研究價值，因為文學批評的重要意義就在於指導創作與評價作品，而辨體論正是以文體觀念為基礎，指出文體應有之體製、體式，故與指導、評價密不可分。由是，從《文心雕龍》開始，文體與辨體漸為古代批評者所重視，也常見於古典詩文批評之中。在當代學術研究中，由於徐復觀、顏崑陽、龔鵬程……等等諸多學者的關注與研究，古典文體學也逐步發展為一個獨立研究領域。這個研究領域提供有別於傳統詩文批評又極富價值的研究視角，可以從文本中發掘出更多的意義。不過，古典文體學雖已發展多年，並有許多豐碩成果，但也還有許多亟待開發的內涵，辨體論就是其中之一。

本書以詮釋視域、方法系統、術語組構、分類架構、論述模式、準則建構等六個不同面向進行明代辨體論述的分析，以之建構辨體論的理論模型，提供研究視域開展與研究議題的提舉。這六個面向即是辨體論的研究主題，本書分別以《詩藪》、《藝苑卮言》、古典曲論、《詩家全體》、《元詩體要》、《文章辨體》、《列朝詩集小傳》等明代文學批評文獻資料為主要研究對象。通過以上六章的討論，總結要旨如下：

其一，從考索《詩藪》的前行研究成果開始，以之突顯辨體論在學術史中的意義與價值。其次，從《詩藪》文本中離析出「體製辨體」、「體式辨體」與「源流辨體」三個辨體概念，這不僅是考掘出隱含文本深層處的辨體論意義，更是通過分析實例證明了辨體論的可操作性。最後進一步探討隱含其中的文體規範思維，由外而內、由學術史至具體的文本分析。

其二，以《藝苑巵言》為研究對象，通過現代方法論的角度進行解析，主要區分為基本假定、辨體原則、論證方法、特殊辨體方法等幾個不同層次，由此建構隱含於辨體論述中的方法系統。

其三，以古典曲論為研究對象，分析「體」、「格」、「式」、「法」四字為主的單詞、複詞的構詞模式，因為以這四字為組構元素的術語，多為文體論中的重要且基本的概念。此處雖以曲論為主，但重要的是提舉出概念分析的研究進路，以及可從「體製形式」（「音律體製」、「曲唱體製」、「結構體製」、「章法體製」）與「藝術形相」（「體貌義」、「形式義」）來歸納眾多術語。

其四，旨在通過《詩家全體》與《元詩體要》兩書來探討辨體論述中的分類現象。在兩書中可看到以格式性形構為中心的分類架構，從表層現象的歸納分類來分析文體分類情況，由之建構文體分類架構探討並隱含在其中的意義。

其五，以《文章辨體》為研究對象，探討隱含在辨體論中的論述模式。通過分析，可以在《文章辨體》歸納出「形構辨體」與「情志辨體」兩種模式，「形構辨體」包含了「體製辨體」與「語藝辨體」，「情志辨體」則包含「世教辨體」與「情意辨體」，最後探討其辨體的期待視域以及原則。

其六，以《列朝詩集小傳》為研究對象，分析其中隱含的辨體準則。從本書對「別裁偽體」的反動，進而釐清新變與風雅的辯證關係，由之追索出錢謙益辨體論的範型。

以上各章的研究分別針對特定文本，所取得的成果也是該文本隱含的辨體論內涵意義，統合這些具體的研究成果，可對明代辨體論有深入的認識與理解。然除此之外，本書的研究還有另一個重要的價值：以上諸章分別是辨體論的不同研究面向，這六個面向可以作為日後持續探討辨體論的理論模型、研究方法與知識基礎，而本書的完成正證明了此六面向的可操作性。

由是，日後可針對更多同一朝代或不同朝代辨體論文本進行研究，若研究單一文本，則可對其微觀而深入的分析，考掘出有別於既有詩論的辨體論意義。一旦累積大量單一文本的研究，就可立基於微觀，宏觀地掌握一時代的辨體特徵或辨體論的發展承衍脈絡，考掘出更豐富、更深層之意義。

附錄：古代曲學文獻資料中「樂府」一詞的概念義涵及其隱含在辨體論與文學史論中之意義[1]

1　本文原發表於《應華學報》第 16 期（2015.06），於 2018.06 潤改。

在古典詩論中，「樂府」是近來受到重視的學科，2007 年由傅璇琮（1933-）提議成立樂府學會，2013 年正式創立，目前亦已有《樂府學》期刊的出版。[2] 然而，在這些豐碩的成果中，我們可以觀察到研究主題多以漢魏乃至於唐代作為主要範圍。誠如《樂府學》主編吳相洲（1962-）在論樂府學研究的基本內容時云：

> 就研究對象而言，包括漢代以後所有樂府文學，尤以由漢到五代的樂府文學為主。[3]

又如孫尚勇（1971-）《樂府文學文獻研究》中對二十世紀「樂府」文學史書寫的斷代情況，作了如下總結：

> 20 世紀大多數的樂府文學史著作將樂府斷代在漢魏六朝，真正認真地將唐樂府作為樂府史一個部分敘述的著作只有羅根澤《樂府文學史》、王易《樂府通論》、增田清秀《樂府の歷史的研究》、楊生之《樂府詩史》。[4]

吳相洲直接點出「樂府學」的研究重心是集中在漢至唐五代，由孫尚勇之說可知「樂府」文學史的書寫主要集中於漢、魏、六朝，將唐代納入已是一種可以特別列舉的現象。故在既有「樂府學」研究中，宋、元、明、清的「樂府詩」已非研究重點，唐以後之「樂府」文學史書寫自然更為少見。即便如王易（1889-1956）的《樂府通論》中有略及宋代，但其主要論述焦點還是在漢魏至唐。

由是，在豐碩的前行研究成果中，便留有一些留白之處可供探討，那就是古典曲學文獻資料中與「樂府」相關的文獻資料。在既有的「樂府」研究中，關注宋至清的「樂府詩」已然不多，將曲納入研究之中者則更為少見，而將曲別立為另一科。如吳相洲便直言：「樂府學是與詩經學、楚辭學、詞學、曲學並列的古代文學專門之學。」[5]他明確地將「樂府」獨立為學科，且有別於詞、曲。又如蕭滌非（1907-1991）所言：

> 是以宋之詞，元之曲，唐之律絕，固嘗入樂矣，然而吾人未許以與樂府相提並論者，豈心存畛域？亦以其性質面目不同故耳。[6]

---

2 吳相洲為《樂府學》主編，第一輯於2006年12月由學苑出版社出版，目前仍持續出刊。

3 此為吳相洲主持「《樂府詩集》研究」成果出版之總序，可參照張煜：《新樂府辭研究》（北京：北京大學出版社，2009年），頁8。

4 孫尚勇：《樂府文學文獻研究》（北京：人民文學出版社，2007年），頁36。

5 吳相洲：〈學科視野下的樂府學〉，收於《光明日報》（2014年1月28日）。

6 蕭滌非：《漢魏六朝樂府文學史》（臺北：長安出版社，1976年），頁10。

此處認為「樂府」與宋詞、元曲乃至於唐律絕的性質不同，屬不同的文體，自然也是不同的學科。另如羅根澤（1900-1960）所言：

> 唐代中世以後，樂府亡而詞興，至元朝詞衰而曲起；曲出於詞，詞出於樂府，故後人亦每名詞名曲為樂府。然其格調聲色，中各有別，既已蔚為大觀，自當個別論述，故茲《中國文學史類編》於《樂府編》外，別有《詞編》，《戲曲編》，而《樂府編》即止於中唐。7

羅根澤的說法與蕭滌非略有差異，他還是認為曲源於「樂府」，但卻和蕭滌非一樣認為「樂府」與曲「格調聲色，中各有別」，因此將「樂府」與詞、曲分別成編。

以上說法中，便隱含著本文的問題意識之一：即曲究竟是否可以歸屬於「樂府」一體？這個問題當與批評者之分類標準有關，因此並沒有一個固定的答案，而是依照批評者理論系統所建立的分類標準而有所不同。

由此進一步引發本論文問題意識之二：即究竟「樂府」一詞在古典曲學中具含什麼樣的概念義涵及意義？蕭滌非在〈關於「樂府」〉一文中，對宋詞、元曲稱「樂府」的現象有過敘述，但總言之還是認為：

把樂府僅僅理解為一種合樂的韻文，這是白居易，也是我們所不能同意的，因為它混淆了取消了樂府所獨有的特性。這特性是由原始的漢樂府民歌所規定了的。[8]

這段引文其實反映了多數研究者對於「樂府」的基本假定——即「樂府」的性質須以漢代之「樂府」為準。在這種基本假定下，近體詩、詞、曲都會被摒除在「樂府」之外。此一說法自有其文化傳統及學術脈絡，已然成為學術定說，本文之研究目的並非要顛覆或批判此一成說，而是從文獻中尋繹出與前行「樂府」研究者的不同研究方向。瀏覽古典曲學文獻資料時，經常可見曲家以「樂府」一詞來指稱曲，甚至於曲家的別集或選集都有以「樂府」為題。故可知「樂府」一詞在古典曲學中是相當重要，且其內涵有別於以「漢樂府」（以「漢魏樂府」目之，其文體特徵亦近同）文體特徵為主的「樂府」概念。本論文所欲解決的問題即是古典曲學中之「樂府」概念義涵及其意義，故並不持著「樂府」的性質需以「漢樂府」或「漢魏樂府」為準的觀點作為基本假定，而是試圖回到古典戲曲文獻資料本身進行分析，試圖將文獻中出現的「樂府」概念進行系統性的釐清，並發掘其深層所隱含的意義。

在古典曲學文獻資料的範圍內，針對「樂府」一詞概念義涵進行疏解的前行研究並不多

7 羅根澤：《樂府文學史》（北京：東方出版社，1996年），頁242。

8 蕭滌非：《蕭滌非說樂府》（上海：上海古籍出版社，2002年），頁135。

見，而多是在其相關研究論述中略為論及。如蕭滌非在〈關於「樂府」〉一文主要在談論漢魏六朝「樂府」，不過在其「樂府的涵義」一節中便兼及戲曲中之「樂府」，他認為：元代散曲流行，因其合樂，所以稱散曲為「樂府」。[9]曾永義教授（1941-）在〈也談「北劇」的名稱、淵源、形成和流播〉一文的「北劇的名稱」一節中，雖然也談到「樂府」為北劇之一名，但其全文之關照重點並不在此。其對戲曲中「樂府」一詞的看法與蕭滌非相近，但有更進一步論說，其云：

其稱「樂府」者，乃因它是音樂文學，有如漢代「樂府」，襲用其稱以取其古雅，其例有如蘇軾詞稱「東坡樂府」，張可久散曲稱「小山樂府」。（但說集本《錄鬼簿》卷上「前輩已死名公有樂府行於世者」，以及天一閣本賈仲名補弔詞，楊顯之傳後之「有傳奇樂府新聲」，花李郎傳後之「樂府詞章性」，蕭德祥傳後之「共傳奇樂府諧」中之「樂府」皆指散曲之有文采者。）[10]

在曾教授的論述中，除了也觀察到用「樂府」指稱散曲的概念義涵外，更進一步提出戲曲中「樂府」的另外一個概念內涵：「散曲之有文采者」。不過此說的討論範圍主要集中在元代，而我們經由古典戲曲文獻史料的耙梳，可以發現「樂府」一詞仍有指涉其他的概念義涵。而且從「樂府」一詞的界說與使用情況，更可以分析出隱含其中的文體觀與文學史觀。

不過在進行討論前，必須先確認研究範圍，也就是確認古典曲學文獻資料的範圍為何？因為納入哪些史料會直接影響到「樂府」一詞的歸納與分類。本文所指涉的古典曲學一詞包含散曲與戲曲的相關批評。其中散曲之定義為何較無疑義，已有學界共識，包含小令與散套。至於戲曲則依照曾永義的定義，其云：

> 戲曲一詞始見於南宋，原是戲文的別稱，現用來做為中國古典戲劇的總稱，有小戲、大戲之別。[11]

其文後又定義小戲與大戲，並具體羅列出其包含的劇目劇種，小戲有「《九歌》、《東海黃公》、《踏謠娘》、唐參軍戲、明過錦戲和秧歌戲、花鼓戲、花燈戲、採茶戲等近代地方小戲」；大戲有「宋元南戲、金元北劇、明清傳奇、明清南雜劇、清代亂彈、皮黃等地方戲曲」。[12]循此，如《教坊記》、《樂府雜錄》、《碧雞漫志》等唐、宋典籍皆屬之，《南村輟耕錄》中的部分文獻史料亦屬之。根據以上的界說，可以總結出本文對於古典曲學文獻資

9 蕭滌非：《蕭滌非說樂府》，頁135。
10 曾永義：《戲曲源流新論》（臺北：立緒出版社，2000年），頁197。
11 曾永義：《戲曲源流新論》，頁23。
12 曾永義：《戲曲源流新論》，頁24。

料範圍為：凡論述小戲、大戲、散曲，或可呈現批評者曲學觀念的相關文獻資料，其型態或為曲學專著、或為筆記中之片言隻語，甚至選集與別集之題名、編纂體例皆是，因為從這些選本、別集之命名與所收之對象亦可呈現批評者之觀念，以下將這些古典曲學文獻資料省稱為古典曲論或曲論。本文便是在上述所言之研究範圍內，搜尋「樂府」相關文獻資料。

至於研究方法的運用主要為分析、歸納與分類。通過分析曲論中與「樂府」相關的文獻記載，以對其概念內涵有清楚的認識；其次通過歸納與分類，將「樂府」的概念內涵進行分類；最後以上述之分析、分類為基礎，探討其隱含之意義。其意義主要展現在文體觀與文學史觀中，因為「樂府」從音樂機構轉為文體名時，在古典詩論中已具含文體義涵，所以當曲家轉而用以指涉戲曲時，其辨體論內涵便成為重要議題；其次，當曲家將曲視為「樂府」一體，並由之建構源流論時，即隱含著其對曲的流變脈絡之觀點，故可以從中分析其文學史觀。在書寫過程中，將通過「立意抽樣」到達理論飽和，為已確立之概念義涵以及系統化之後的概念選擇最有證據效力之例證進行論證。如此即可使分析的「樂府」概念之內涵得以飽足、明晰，在可明確驗證的情況下被建立，將曲論中的「樂府」概念說明清楚，而不只是僅以「漢樂府」的角度立說。

一、古典曲論中「樂府」一詞的構詞方式及其概念內涵

「樂府」一詞已是個習用不分拆的複詞，故不再進一步拆解，此處是將「樂府」視為一

個實詞探討其內涵，以及分析採用「樂府」一詞以結合其他加詞所構築之新詞。由此，可將「樂府」一詞在文獻資料上的出現情況區分為兩大類：一是僅以「樂府」一詞出現者；二是以「樂府」一詞為基礎另行增添加詞，使其具有某領屬意義所構成之新詞者。以下先對構詞方式進行分析，然後再分析其概念內涵之類屬。

在曲論中，「樂府」一詞會單獨出現使用，並未結合其他加詞。例如元代鍾嗣成（生卒不詳，一說為 1279-1360 間）《錄鬼簿》對曲家進行的短評中便常用「樂府」一詞，如評陸登善時云：

> 能詞、能謳。有樂府、隱語。（1-135）[13]

評王曄時云：

> 能詞章、樂府，臨風對月之際，所製工巧。（1-135）

13 《中國古典戲曲論著集成》第 1 冊（北京：中國戲劇出版社，1982 年），頁 135。因為本章主要引用曲論見此叢書，故以下若引自此叢書，則僅於引文後註明出處，不再贅註。如第 1 冊的第 135 頁，註為（1-135）。若引自其他古籍、叢書，則將另行加註標明。

又如虞集（1272-1348）〈中原音韻序〉中云：

> 高安周德清工樂府，善音律，自製《中原音韻》一帙……。（1-173）

以上諸例皆是「樂府」一詞單獨出現，這類使用情況相當常見，但更重要的是以合義複詞或詞組的形式出現。以合義複詞或詞組出現者，是指在曲論中不單獨使用「樂府」一詞，而是前有加詞，組構成合義複詞或是詞組。在曲論中以「樂府」構詞者約見如下：「先世樂府」（1-108）、「先年樂府」（8-159）、「金元樂府」（8-155）、「元人樂府」（4-6、8-112）、「漢樂府」（8-47）、「漢魏六朝樂府」（8-237）、「南北朝樂府」（1-109）、「李唐樂府」（8-285）、「北樂府」（1-173）、「古樂府」（1-53、4-12）、「新樂府」（4-34）、「今樂府」（1-110）、「大元樂府」（1-177）、「短章樂府」（1-232）、「戲謔樂府」（2-130）、「古今羣英樂府」（3-16、8-8）、「梨園樂府」（2-119、9-247）、「小山樂府」（2-129）、「太平樂府」（3-239）、「古之樂府」（2-129、4-180）、「今之樂府」（1-175、244）、「漢之樂府」（4-56、8-90）……等。「古之樂府」、「今之樂府」、「漢之樂府」，這種構詞方式與「古樂府」、「漢樂府」、「今樂府」相近，僅中間加了結構助詞，其構詞方式仍是相同。

從以上這些由「樂府」組構的複詞中，可以由其加詞性質可區分出「時間」、「體製」、「地方」、「主題」等四種次類型。「時間加詞」指其加詞為指涉某一時間單位，根據文獻具體內容，又可細分為兩類，一是朝代時間，指涉某一朝代，如「漢魏六朝」、「李唐」、「大元」等；二為相對時間，如「先世」、「先年」、「古」、「今」、「新」等，「先」、「古」、「今」、「新」都不像漢、魏、唐、元為朝代指涉，而是一個對舉的時間概念，如古今相對、新舊相對。「體製加詞」指此一加詞為某一體製，然無論「樂府」是指詩、或詞、或曲，本就指涉某種特定的韻文形式，因此本為文體之一，故其加詞乃進一步形容該「樂府」之體製長短特徵，如「短章」等。「地方加詞」指此一加詞為地域，如「北」。「主題加詞」指以某一主題內容為別類依據，如「戲謔」、「古今羣英」。

通過以上的歸類，可以看出「樂府」相關術語的構詞形式，以下即進一步探究其指涉。在古典曲論中，「樂府」構詞雖各有不同，但可歸納出五種意義：其一，指稱樂府機構；其二，指稱樂府詩；其三，指稱曲與合樂文學；其四，作為書名；其五，指涉曲中較佳者。以下分述之。

（一）指稱樂府機關

在古典曲論中，單出現「樂府」一詞的概念內涵，有將「樂府」一詞用以指涉官方音樂機構者，如唐崔令欽（生卒年不詳）《教坊記》中所云即是：

晉氏兆亂，塗歌是作，終被諸管弦，載在樂府。（1-20）

又唐段安節（生卒年不詳）《樂府雜錄》中云：

> 樂府歌章，咸皆喪墜。（1-37）

又宋王灼（1081-1162）《碧雞漫志》中則有三條相關文獻，其云：

> 劉曜聞而悲傷，命樂府歌之。（1-109）

又：

> 又稱，元微之詩，往往播樂府。（1-109）

又：

> 時田為不伐亦供職大樂，眾謂樂府得人云。（1-118）

以上五條引文，所指涉者都是「樂府」這個官方音樂機構，不過朝代有所不同。《教坊記》

所言乃指晉時之「樂府」機構；而《樂府雜錄》指的是唐「樂府」機構；《碧雞漫志》劉曜條與《教坊記》同，指晉時之「樂府」機構；而元微之條指唐時「樂府」機構；最後一條則指宋代時之「樂府」機構，皆是將「樂府」指為掌樂之政府單位。此皆是宋以前之曲學文獻，故與「樂府」相關之其他古典文獻概念內涵相類，以「樂府」指稱官方機構在相關古典文獻資料中相當常見[14]。但至元後，單以「樂府」一詞指稱官方音樂機構者甚為少見，而是以合義複詞形式出現。如清焦循（1763-1820）《劇說》中引清初毛奇齡（1623-1716）〈長生殿院本序〉云：

> 洪君昉思，好為詞。以四門弟子遨遊京師，初為西蜀吟，既而為大晟樂府，又既而為金、元間人曲子。（8-154）

「大晟樂府」為宋之音樂機構，故本已為專稱，當世或後世人稱之，本多以此稱呼。[15]又如

---

14 這類的相關研究甚多，如可參考張煜：《新樂府辭研究》，頁1-4。或王運熙〈漢魏兩晉南北朝樂府官署沿革考略〉一文，其中即蒐羅相當豐富的文獻資料，也包含以「樂府」指稱官署者，詳見王運熙：《樂府詩述論》（上海：上海古籍出版社，1996年），頁169-176。

15 如《碧雞漫志》中云：「崇寧間，建大晟樂府，周美成作提舉官，而制撰官又有七。」即以「大晟樂府」稱之。《中國古典戲曲論著集成》第1冊，頁118。

清梁廷枏（1796-1861）《曲話》中云：

> 李唐樂府有普光佛曲，日光明佛曲等八曲，入婆陀調。（8-285）

「李唐樂府」若非合義複詞，則亦可視之為詞組。其指涉唐代官方音樂機構。此處或可能指唐代「樂府詩」，但陳暘（1064-1128）《樂書》中對此即早有記錄，其云：

> 李唐樂府曲調有《普光佛曲》、《彌勒佛曲》、《日光明佛曲》、《大威德佛曲》、《如來藏佛曲》、《藥師琉璃光佛曲》、《無威感德佛曲》、《龜茲佛曲》，併入婆陁調。[16]

此處記述演奏佛教國家傳入之音樂曲目。故在此語脈中，「李唐樂府」一詞即應是用以指稱演奏音樂之機構。

（二）指稱樂府詩

將「樂府」一詞用以指涉「樂府詩」，為古典詩論常見的用法，在曲論中亦見之，如《碧雞漫志》中云：

> 故樂府中有歌、有謠、有吟、有引、有行、有曲。今人於古樂府，特指為詩之流，而以詞就音，始名樂府，非古也。（1-105）

在《碧雞漫志》中「樂府」一詞用以指涉「樂府詩」，並反省唐人以「古樂府」稱詩，而將選詞配樂者稱「樂府」的問題。無論其說是否妥貼，但此處可以發現曲論中將「樂府」用以指涉「樂府詩」的現象。

古典曲論中不僅以「樂府」一詞指稱「樂府詩」，並會在「樂府」一詞上增加其他加詞，以更明確所指之對象。如王驥德（?-1623）《曲律》中云：

> 須自〈國風〉、〈離騷〉、古樂府及漢、魏、六朝三唐諸詩，下迨《花間》、草堂諸詞……。（4-121）

此處將以「古」為「樂府」之加詞，組為合義複詞。另如何良俊（1506-1573）〈曲論〉中云：

16 宋・陳暘：《樂書》（北京：商務印書館，景印文淵閣四庫全書版本第211冊，2005年），頁738。

曲至緊板，即古樂府所謂「趨」。趨者，促也。（4-12）

「緊板」為音樂之快慢特徵，何良俊認為此一特點即為「古樂府」中的「趨」[17]，故可說何良俊乃從音樂性論「曲」與「古樂府」之類同。此處「古樂府」當指「漢魏樂府」，正如張煜所言：

「古樂府」的概念，是相對於新樂府而言。通常意義上，人們把漢、魏、晉、南北朝的樂府稱為「古樂府」，也就是《樂府詩集》近代曲辭以前的作品。同時，後人模仿其體制的作品，也稱「古樂府」。[18]

由此可知，「古樂府」乃與「新樂府」對舉，兩者皆指「樂府詩」，只是「古樂府」為「漢魏樂府」，「新樂府」則指唐代失去音樂的「樂府」創作。而「古樂府」又有第二義，乃指「擬樂府」之作，當於所選引文中，依上下文脈分辨之，但無論是「擬樂府」、或「漢魏樂府」、或「新樂府」皆屬「樂府詩」的範圍。

(三) 指稱曲與合樂文學

在古典曲論中，「樂府」一詞不但是指涉詩體或機關，更用來指稱「曲」。如元代周德清（1277-1365）《中原音韻》中云：

> 予曰：言語一科，欲作樂府，必正言語，必宗中原之音。（1-175）

又如《青樓集》中云：

> 所製樂府，如〔小梁州〕、〔青哥兒〕、〔紅衫兒〕、〔抝𡊨兒〕、〔寨兒令〕等，世所共唱之。（2-17）

《中原音韻》乃取當世雜劇、散曲與口語進行音韻之歸納。其個人的編書宗旨即明言「欲作樂府，必正言語，必宗中原之音」，指出當代在填曲時所面臨的語音轉變問題，此處「樂府」當指時詞，也就是北曲。而《青樓集》中所言〔小梁州〕、〔青哥兒〕等皆為北曲曲

17 對於「趨」之定義，楊蔭瀏曾提出不同的看法，其云：「『豔』與『趨』從字義看來，可能與歌舞的形象和動作有著聯繫；歌音宛轉抒情的部分配合著『豔』麗的舞姿；而歌音緊張的部分則配合著快速的舞步　所謂『趨』。」參見楊蔭瀏：《中國古代音樂史稿》（北京：人民音樂出版社，2004），頁115-119。此處暫不論何良俊對「趨」之說是否正確，而是著重在「樂府」概念上。

18 張煜：《新樂府辭研究》，頁4。

牌，故「所製樂府」即指北曲。然值得注意的是，此處並未將「北曲」進一步細分出次文體，而是暫時視為某群文類的統攝文體。故或為北曲總稱、或指散曲、或指雜劇。關於此概念的多義性，將於下一節「『樂府』一詞所隱含的文體意識」中進行探討，此處僅說明「樂府」一詞具備這種概念內涵類型。

而會將「樂府」指涉為「曲」，最重要的就是兩者皆具音樂性，故將合樂之文學稱之為「樂府」，如王驥德《曲律》云：

> 「樂府」之名，昉於西漢，其屬有「鼓吹」、「橫吹」、「相和」、「清商」、「雜調」諸曲。六代沿其聲調，稍加藻豔，於今曲略近。入唐而以絕句為曲，如清平、鬱輪、涼州、水調之類；然不盡其變，而於是始創為〈憶秦娥〉、〈菩薩蠻〉等曲，蓋太白、飛卿輩，實其作俑。入宋而詞始大振，署曰「詩餘」，於今曲益近，周待制柳屯田其最也；然單詞隻韻，歌止一闋，又不盡其變。而金章宗時，漸更為北詞，如世所傳董解元西廂記者，其聲猶未純也。入元而益漫衍其製，櫛調比聲，北曲遂擅盛一代；顧未免滯於絃索，且多染胡語，其聲近噍以殺，南人不習也。（4-55）

王驥德此處在論「樂府」的流衍，故其「樂府」一詞，於漢當指「樂府詩」，而於唐指絕句、於宋指詞、於金元則指曲，這都是合樂之文學形式，故「樂府」即用為統稱合樂文學。

這其中隱含著「辨體」意識，以下將針對這種「辨體」觀念進行深入分析，此處主要揭明古典曲論中使用「樂府」一詞的指涉情況。

在古典曲論中除以「樂府」一詞指涉曲外，亦會結合加詞構成新詞。如王世貞（1526-1590）《曲藻》中引李夢陽詩有云：

李獻吉〈汴中元宵〉絕句云：「齊唱憲王新樂府，金梁橋上月如霜。」蓋實錄也。（4-34）

詩中「憲王新樂府」即指周憲王朱有燉（1379-1439），之作品，詩寫元宵夜汴京演出朱有燉作品的熱鬧景象，「齊唱」表現出台上台下的歡樂氣息，也表現出當時戲曲受歡迎的現象。不過此處乃是著重於「新樂府」一詞，現存《誠齋樂府》即為北曲作品。又如《中原音韻》中云：

自是北樂府出，一洗東南習俗之陋。（1-173）

又：

世之共稱唐詩、宋詞、大元樂府，誠哉。（1-177）

第一條資料之「北」為地域概念，當指北曲，用以比較南北音樂唱曲之別；第二條資料的「大元」則是時代概念。亦指北曲，為「代變觀」之典型論述。此二者皆以「樂府」為構詞主體，新鑄術語，用以指稱新出現體製——北曲。

此外，另《中原音韻》中有「短章樂府」一詞，云：

短章樂府，務頭上不可多用全句，還是自立一家言語為上；全句語者，惟傳奇中務頭上用此法耳。（1-232）

此處以「短章樂府」與「傳奇」並舉，康保成解釋此段文字時，將「短章樂府」視為小令，「傳奇」視為套數。[19]從「短章樂府」一詞即可看出周德清將北曲以「樂府」稱之的現象，所以才會用「短章」這個體製特徵來進一步形容北曲中的小令。而在這種構詞方式中，更隱含著以「樂府」為合樂文學的觀念，故需將「樂府」一詞增添加詞進行限定，以區別出在合樂文學中的不同次類。

（四）作為書名

以「樂府」為書名者甚多，如《梨園樂府》（2-119）、《小山樂府》（2-129）、《太平樂府》（3-239）……，其例甚多，此處並不一一盡舉。這些別集或選集所收之作品，即為曲之作，故此書名也正是以「樂府」指稱曲之證明。

（五）指涉曲中較佳者

「樂府」不單指涉北曲，有時更進一步指涉作品中較為傑出者。《中原音韻》中即載數條資料：

> 套數中可摘為樂府者能幾？（1-234）

又：

> 如此方是樂府。音如破竹，語盡意盡，冠絕諸詞。（1-247）

又：

19 康保成云：「在散曲小令（短章樂府）中一般用於字，在套數（傳奇，即雜劇）中方較多用於句。」關於這段《中原音韻》引文的詳細分析，可參見康保成：〈務頭新說〉，《文學遺產》第 4 期（2004），頁 106。

此方是樂府，不重韻，無襯字，韻險，語俊。（1-253）

在第一條資料中，即可看出周德清將「樂府」與散套視為二事，而從其語意中更可察覺他對「樂府」的評價是在散套之上，也就是在一般散曲之上。從另兩條資料中，則更可明確看出樂府因為在「音」、「語」、「意」、「韻」、「襯字」上的特徵，賦與「樂府」較高的藝術要求。

二、「樂府」一詞隱含的辨體觀念

以上敘述了曲論中「樂府」一詞的構詞方式及其指涉之概念內涵，從中可以觀察到隱含著「辨體」觀念。如「樂府」一詞除作為官方音樂機構外，也用來指稱曲體，此名號稱謂即有值得發掘之文體意義，且「樂府」做為書名、以「樂府」指涉曲中較佳者皆是。此處便由概念內涵進一步分析隱含其中之「辨體」觀念。

綜觀曲論文獻，可以發現曲論家嘗試將「小道」之曲體，進行文體地位的提升，例如將曲之起源上溯到《詩經》，把曲建構為《詩》之流別[20]，其目的即是為了確立曲之正統文學地位。這辨別源流的論述，乃是以「振體」為動機、「辨體」為方法，先辨別文體特徵，然後確立其源流地位。

對此，可以先從「樂府」的文體特徵論起。此一文體重要特徵便是：音樂性。唐代段安節《樂府雜錄》中有云：

古樂府有〈公無渡河〉之曲——昔有白首翁，溺於河，歌以哀之；其妻麗玉善箜篌，撰此曲，以寄哀情。（1-53）

此處言及「歌以哀之」、「箜篌」、「撰此曲」都顯示出「古樂府」與音樂的密切性。又如《碧雞漫志》中云：「士大夫又分詩與樂府作兩科。古詩或名曰樂府，謂詩之可歌也。」（1-105）此處亦指出樂府可歌的重要特徵。而「音樂性」本為曲體的重要文體特徵，因此「曲」與「樂府」便有了共同點。由此觀之，曲論家乃至於詞論家將「樂府」這一個文體擴及於曲便有其邏輯脈絡可循。即「樂府」一體僅指涉「漢樂府」，而由「合樂」、「可歌」的特徵，就可將詞與曲涵納其中。

由是，可知「音樂性」成為「辨體」的主要依據，故如《中原音韻》中即說道：「夫樂府貴在音律瀏亮」（1-233），明確指出了「音樂」在曲體中的重要性。雖然通過「音樂性」特徵的對比，已可將「曲」與「古樂府」進行繫連。但曲論家仍持續地以「古樂府」為標準，提出「曲體」應有之文體規範，也就是對曲進行辨體。如《中原音韻》云：

20 如《度曲須知》中即明言「顧曲肇自三百篇耳。」（5-197）

吁！考其詞音者，人人能之；究其詞之平仄、陰陽者，則無有也。（1-176）

此處論格律，實因當時尚尊《廣韻》，與實際語音不同，在合樂時頗多扞隔，故周德清特別指出平仄、陰陽之問題。這即是基於「曲體」合樂可歌的形式特徵，尤其是可歌一項。若僅止於此，則只是從「音樂性」處論，可是《中原音韻》續云：

彼之能遵音調，而有協音俊語可與前輩頡頏，所謂「成文章曰樂府」也；不遵而增襯字，名樂府者，自名之也。（1-176）

《中原音韻》不單只論音樂性，更進一步論語言藝術性，故曰「協音俊語」，「俊語」即是語言上的要求。故《曲律》云：

周氏論樂府，以不重韻，無襯字，韻險、語俊為上。世間惡曲，必拖泥帶水，難辨正腔，文人自寡此等病也。（4-126）

王驥德解周德清之說，提舉「樂府」的四項特徵「不重韻」、「無襯字」、「韻險」、「語俊」，便是立基在音樂性與語言藝術性，指出了此一文體藝術規範。

此時，曲作為「樂府」之一體，又多了語言藝術性上的要求，而這與原來繫連至「古樂府」的音樂性特徵無關。但是通過繫連至「古樂府」，便可有理有據的對曲之藝術特徵提出規範，這是一種崇古思維下的辨體意識。

以上分析曲論中將曲體辨為「樂府」之依據，而又可由此進一步細論「樂府」與「小令」之關係。「小令」這個曲體概念在曲論中最常見的名號稱謂就是「小令」，其例相當多，如《錄鬼簿續編》評鍾嗣成時云：

所編小令、套數極多，膾炙人口。（2-281）

又如《曲律》中，亦是稱為「小令」，其云：

作小令與五七言絕句同法，要醞藉，要無襯字，要言簡而趣味無窮。（4-133）

以上兩則引文皆是以「小令」指涉「單詞隻曲」的曲體。除「小令」外，現代研究者引芝菴《唱論》所言，認為「小令」亦名「葉兒」。如任訥在解釋「葉兒」時便直言：「即小令」。[21]

21 參見賀昌群等著：《元曲研究・乙編》（臺北：里仁書局，1984年），頁12。

然燕南芝菴（生卒年不詳）於《唱論》中就特別標舉出「樂府」，其云：

> 成文章曰「樂府」，有尾聲名「套數」，時行小令喚「葉兒」。套數當有樂府氣味，樂府不可似套數。街市小令，唱尖歌倩意。（1-160）

《中原音韻》承其意續云：

> 「成文章曰樂府」是也。樂府、小令兩途，樂府語可入小令，小令語不可入樂府。（1-233）

在《唱論》中並列「樂府」、「套數」、「葉兒」三者，且《中原音韻》進一步申明「小令」、「樂府」兩者之不同。若細究其旨，可知《唱論》、《中原音韻》對「樂府」與「葉兒」或「樂府」與「小令」之區別，是立基於作品藝術表現的不同，其仍是在同一個體製概念之下，此體製概念即是與套數相對的「單詞隻曲」的小令。從《中原音韻》另一段論述中可以進一步理解其意義，其云：

> 凡作樂府，古人云：有文章者謂之「樂府」；如無文飾者，謂之「俚歌」，不可與樂

府共論也。（2-231）

此處區別出「樂府」與「俚歌」，其差別亦在藝術表現上文飾與否，所以「葉兒」、「時行小令」、「街市小令」的概念所指即為「俚歌」，而「樂府」則指「有文章」者。因此前引《中原音韻》中「樂府、小令兩途，樂府語可入小令，小令語不可入樂府」的說法中，「小令」亦是指「時行小令」一類，只是其省略「時行」、「街市」，而僅以「小令」名之，故此處雖名「小令」，然其概念義涵非「單詞隻曲」的小令概念，而是於其下的次類型概念的名號。

除了以「小令」一詞指涉「時行小令」、「俚歌」外，另會以「小曲」一詞稱之，如《曲律》中云：

> 周氏謂樂府小令兩途，樂府語可入小令，小令語不可入樂府，未必其然，渠所謂小令，蓋市井所唱小曲也。（4-133）

王驥德認為周德清所謂「小令」是市井所唱之「小曲」，雖從唱處論，但著眼點是文詞的俚俗與否，因此「小曲」並非是另一種曲體或劇體，而是指涉「時行小令」、「俚歌」。又《錄鬼簿》評高克禮時云：「小曲、樂府極為工巧，人所不及」（2-134），將「小曲」與「樂府」對舉，可為「小曲」指「時行小令」、「俚歌」等概念的另一證。故《唱論》、

《中原音韻》中的「樂府」與「小令」或「葉兒」之別，乃在於風格表現上的差異，而非從體製的差異進行分類，因此是屬於小令這一個體製概念下的次類型概念。

由是，可以看出曲論家將「樂府」立為一個辨體範型，進行作品的評價、歸類。《唱論》中所言之「葉兒」指涉的是「時行小令」，其相對概念為「樂府」，其分類標準即在於作品藝術風格表現上，因此將「葉兒」直接視為「小令」別稱之說法，仍有斟酌空間。因為更準確的說，《唱論》中所言之「葉兒」指涉的是「時行小令」、「街市小令」，「時行」、「街市」是形容、限定小令，而「樂府」是「小令」具備某種藝術表現者方能歸之。不過每一個批評家有其語脈，並非所有曲家論小令與樂府時皆同具此義，必須回到其文本進行分析，方能夠其能指為何。

通過以上的討論，可以看出曲論中雖然將曲視為「樂府」，但仍然理解到「樂府」有其固定之文體特徵，並非能夠直接等同。因此通過「辨體」論述繫連兩者，將曲體提振，歸入「古樂府」一流。

三、「樂府」一詞在文學史建構上的功能性

以上分析曲論中關於「樂府」體製特徵的討論，而曲論家通過辨明音樂性、語言藝術性繫連「曲體」與「漢樂府」，最重要的就是要建立兩者間的源流關係，也就是「體源論」。

不過從現今學者研究以及直接閱讀文本的經驗，都可以明顯區辨出「漢樂府」與元曲的差異。這兩種文體不但語言藝術特徵不同，音樂的表現也不一樣，元曲的音樂受到外樂影響，這已是曲學研究之公論。由此，我們便可以進一步思考，為什麼這兩種差異如此大的文體可以建構在同一個文學史發展脈絡中？其主因就是「樂府」概念由原本指涉的「漢樂府」的文類概念外，已產生「泛化」與「典範化」的現象。

（一）文體指稱的「泛化」現象

「樂府」一詞從機構名稱起，其指涉對象越來越多，如詩可稱「樂府」，在詩這個文類下又有不同的次文類皆稱「樂府」，如「漢樂府」、唐代「新樂府」等，甚而合樂者皆可稱「樂府」，故詞、曲皆被名為「樂府」。這種詞義擴張的現象，本論文稱之為「泛化」。「泛化」現象指的是：由文體的某項鮮明特徵延伸，將具相同特徵的文體皆納入其中，而使該文體可包含的作品對象增加，不同批評者所取的特徵可能不同，因此文體的包含範圍便會由之延伸。如錢志熙所言：

> 由於年代的推移，人們對於漢代樂歌的情況逐漸晦昧不清了，對於漢代各類詩歌中哪些屬於樂府詩、哪些不屬於樂府詩，也並沒有一定的分界。大抵上是時代越後，漢樂府的範圍也越擴大。22

22 錢志熙：《漢魏樂府的音樂與詩》（鄭州：大象出版社，2009年），頁47。

錢志熙指出了「漢樂府」範圍擴大的現象，而「漢樂府」的範圍是被界定，此當分類標準不同時，所認定的範圍也就會不同，被納入「漢樂府」的作品也會更多。不單只是在「漢樂府」界定時會發生這種狀況，界定後代作品何者為「樂府」時，也有相同情形。例如，取音樂性為特徵者，便會納入近體詩、詞、曲；取文字內容為特徵者所納入的對象又會有所不同。如前述曲家從音樂性的角度將曲歸入了「樂府」一體，但蕭滌非卻反對這種說法，如前所引他認為近體詩、詞、曲雖入樂，但與「樂府」的「性質面目」不同。「性質面目」正是題材為主要辨別特徵，所以他特別舉出了「文學之價值」、「歷史之價值」兩點鑑別標準。

[23]但是蕭滌非的說法仍有些許可斟酌之處，例如他的辨別預理解為：

> 樂府之範圍，有廣狹二義。由狹義言，樂府乃專指入樂之歌詩，……。而由廣義言，則凡未入樂而其體製意味，直接或間接模仿前作者，皆得名之曰樂府。[24]

這個預理解首先在「廣」、「狹」區辨中就可能出現問題，入樂之歌詩所收作品數量，未必會少於模仿樂府前作者之作，因此廣、狹之別並不確當。蕭滌非之所以提出廣、狹二義，主要還是應該面對到了「泛化」現象，因為若只論漢合樂之「樂府」，會遺漏唐代及其以後之擬「樂府」作，但若從音樂性論「樂府」，則文體所收作品太廣，且擬樂府作品又失去了音樂性，同樣會排除「新樂府」，所以必須擴大「樂府」的判斷標準。由是，提出了「文學之價值」與「歷史之價值」兩點，又稱「樂府」應該要「以去表現時代，批評時代為其天職」[25]，這即是從文字意義層去定義「樂府」，並由之排除了近體詩與詞、曲，不過若以這個標準，則近體詩與詞、曲中即有許多作品都是批判時代，所以這個分類標準並不足以鑑別相關作品。

蕭滌非之說預設了以「漢樂府」作為「樂府」概念定義的預理解，葉嘉瑩也有類似說法，其云：

> 後代出現了很多模仿漢樂府的作品，主要也有兩種：第一種是用樂府詩的舊題來寫新詩，像李白就寫了不少這樣的詩；第二種是自命新題自寫新詩，但却模仿漢樂府的風格，像白居易的「新樂府」就是。[26]

這是葉嘉瑩認為「漢樂府」對於後世的影響，在此處葉嘉瑩提及了唐擬「樂府」古題及「新樂府」之作，這是從「漢樂府」的角度論「樂府」，也是將「樂府」的核心繫於「漢樂

23 詳見蕭滌非：《漢魏六朝樂府文學史》，頁9。
24 蕭滌非：《漢魏六朝樂府文學史》，頁9。
25 蕭滌非：《漢魏六朝樂府文學史》，頁10。
26 葉嘉瑩：《葉嘉瑩說漢魏六朝詩》（北京：中華書局，2007年），頁57。

府」。但本文一開始也明言，本論文並不採用這種預理解，而是依曲論文本所言為準。然而，從蕭滌非之說已經以可以看出由於音樂性的喪失，而必須「泛化」「樂府」概念以含攝進更多作品的現象。

從「樂府」的分類即可看出「泛化」現象，蕭滌非曾對唐以前的「樂府」概念進行過分析，他認為「樂府」分類包含音樂的與非音樂的兩種，而分類主要有三種情況：

1. 漢樂四品：大予樂、周頌雅樂、黃門鼓吹、短簫鐃歌。

2. 唐吳兢〈樂府古題要解〉：相和歌、拂舞歌、白紵歌、鐃歌、橫吹曲、清商曲、雜題、琴曲。

3. 郭茂倩《樂府詩集》：郊廟歌辭、燕射歌辭、鼓吹曲辭、橫吹曲辭、相和歌辭、清商曲辭、舞曲歌辭、琴曲歌辭、雜曲歌辭、近代曲辭、雜歌謠辭和新樂府。[27]

雖然此三者外，仍有許多選家或史家有不同的分類方式，但蕭滌非認為以此三者為重要。在這個發展過程中，除了分類繁簡外，有一個很重要的差異就是音樂性，正如蕭滌非所指出的：

新樂府雖未嘗入樂，然時漢樂府之嫡傳，樂府之變，蓋至新樂府而極。吳兢為中唐人，故未及列入，郭氏以埶全書，亦屬卓識。[28]

蕭滌非認為新樂府未入樂，但是卻被列入「樂府」這個文體中，他認為郭茂倩這種分類是正確且卓識的。因此「樂府」至此已有所「變」，而這個轉變便是「新樂府」已經喪失「樂府」最重要的特徵——音樂性。在失去音樂性這個主要特徵的情況下，詩家依然要將作品與「樂府」加以繫連，於是便有「『新』樂府」之名。正如羅根澤云：

今案治樂府有兩種立場，一曰音樂，一曰文學。以音樂為立場，則其所謂《新樂府》者，自然可廢。豈惟《新樂府》，魏晉之作，其不入樂者，亦當可廢。29

羅根澤提出了「音樂」、「文學」兩種類標準，與蕭滌非入樂、未入樂之說相近，都是因應「新樂府」的出現，而必須要泛化「樂府」概念。「新樂府」一體的出現，正是「樂府」概念「泛化」的重要標誌。因為「樂府」的主要特徵從音樂性拓展至音樂以外的部分，這也是「樂府」樂章聲調亡佚之後，不得不然之現象，因為音樂既已亡佚，可供辨體的特徵便轉向其他要素。故蕭滌非有云：

---

27 蕭滌非：《漢魏六朝樂府文學史》，頁10-12。

28 蕭滌非：《漢魏六朝樂府文學史》，頁12。

29 羅根澤：《樂府文學史》，頁16。

大抵自樂府詩集以前，皆為一種音樂的分類法。……。故自明以後，乃有一種非音樂的分類，如明劉濂「九代樂章」，分樂府為「里巷」與「儒林」兩種，是為從寫作之人而分者也。馮定遠「鈍吟新錄」則分為七種：曰製詩協樂，曰采詩入樂，曰古有此曲，倚其聲而作詩，曰自製新曲，曰擬古，曰詠古題，曰新題樂府，是又為從寫作之方式而分者也。[30]

正由於「樂府」概念泛化，因此樂府概念便含攝進許多不具音樂性的作品。為了進行分類，於是便出現了音樂以外的分類標準。如劉濂用作者身份為分類標準、馮定遠則以寫作方式為分類標準。在馮定遠的分類中更可以看到以文字內容來區分，如擬古、詠古題、新題樂府等，這些分類完全與音樂無關，而是與書寫內容密切相關。

由於蕭滌非預設了以「漢樂府」來定義「樂府」，所以他建構的樂府史脈絡便與曲家不同，其云：

由兩漢之里巷風謠，一變而為魏晉文人之詠懷詩，再變而為南朝兒女相思曲，三變而為有唐作者不入樂之諷刺樂府。聲詩之變，亦世道之變也。[31]

這一段「樂府」的文學史發展，以「漢代樂府」為首繫連至魏晉南北朝乃至於唐的一個發展脈絡，排除了詞、曲。正如錢志熙所言，他認為郭茂倩（1041-1099）《樂府詩集》反映出文人樂府詩發展史上的趨勢：

> 漢樂府的音樂性質越來越被忽略，而其文學的價值則越來越被重視。[32]

錢志熙認為在後世詩人及批評者眼中「漢樂府」特質是偏重於文學性，這與蕭滌非的看法相近，也就是以創作內容來定義「樂府」的範圍。可是曲家並沒有持用和蕭滌非與錢志熙相同的看法。曲論中經常可以看到毫無疑義地將曲與「樂府」加以繫連，例如李調元（1734-1802）《雨村曲話》云：

> 北曲原本樂府歌行。（8-7）

又楊恩壽（1835-1891）《詞餘叢話》中引張九鉞（1721-1803）之說云：

---

30 蕭滌非：《漢魏六朝樂府文學史》，頁 13。

31 蕭滌非：《漢魏六朝樂府文學史》，頁 24。

32 錢志熙：《漢魏樂府的音樂與詩》，頁 47-48。

張度西先生嘗謂：「詞曲之源，出自樂府。」（9-237）

這兩則中都將「樂府」直接立為曲的文體起源，但「漢樂府」甚至是「新樂府」皆明顯與曲有著不同的文字形式或藝術特徵，能夠將兩者繫連的依據也只有音樂性，在《雨村曲話》出現「歌行」一語，「歌行」即是合樂歌詩，由之可以察覺曲家通過音樂性與樂府繫連的意圖，這即是通過「樂府」概念的「泛化」現象，而可以進行的辨體論述與文學史起源建構。

在王灼《碧雞漫志》中云：

> 而士大夫又分詩與樂府作兩科。古詩或名曰樂府，謂詩之可歌也。故樂府中有歌、有謠、有吟、有引、有行、有曲。今人于古樂府，特指為詩之流，而以詞就音，始名樂府，非古也。（1-105）

此處有「樂府」與「古樂府」之稱，其義相當，乃指「漢樂府」或「漢魏樂府」。王灼於此明確指出此「樂府」乃是具備「可歌」的特徵，其雖在詩外別出「樂府」一體，但並非指「樂府」非詩，而是指其為詩下的文體次類型。又「樂府」的次類型可再分出「歌」、「謠」、「吟」、「引」、「行」、「曲」等。又從梁廷枏《曲話》中就更可見到這種脈絡，其云：

樂府興而古樂廢，唐絕興而樂府廢，宋人謌詞興而唐之謌詩又廢，元人曲調興而宋人謌詞之法又漸積於廢。（8-278）

此處從古樂論起，強調「樂府」一脈的音樂性，古樂下則是「漢魏樂府」、唐詩、宋詞乃至於元曲，以音樂性串連出「樂府」的文體發展脈絡。「樂府」一體在曲論中將「漢樂府」所展現的體製、體式等文體特徵泛化至「合樂」，因此也繫連出「漢魏樂府」以降的文學系譜。

（二）「樂府」概念的典範化

曲論中有「振體」的現象，如上引文獻中有將曲源上溯到《詩經》，亦有上溯至古樂者，然除《詩經》、古樂外，最常見到就是將曲的起源與「樂府」進行繫連，除如上所引《雨村曲話》、《詞餘叢話》之例。另如淩濛初（1580-1644）《譚曲雜箚》云：「元曲源流古樂府之體」。（4-255）又劉熙載（1813-1881）《藝概》云：「南北成套之曲，遠本古樂府，近本詞之過變。」（9-115）在這兩條資料亦同，「古樂府」乃指「漢樂府」，即是將「漢樂府」建構為曲之文學史起源。

「樂府」做為曲的應然起源，除了因為樂府概念出現「泛化」現象外，「樂府」概念也出現了「典範化」的現象。「典範化」現象指的是「樂府」成為一種具有價值優先性、值得模習的典範文體。這個現象不是從曲論才開始出現，在《文心雕龍》中就已經有了端倪，劉勰（約 465-520）在〈樂府第七〉開頭先敘述樂府史，但他對於樂府的本質作了如下定義，其云：

> 樂府者，聲依永，律和聲也。鈞天九奏，既其上帝。葛天八闋，爰乃皇時。[33]

劉勰也是從「樂府」的音樂性起論，並由音樂性連結到天地與上古聖王，賦予了「樂府」一個有典範價值的出身。吳訥（1372-1457）《文章辨體》與徐師曾（1517-1580）《文體明辨》中也承襲了這種說法，《文章辨體》「樂府序」一開始即云：

> 《易》曰：「先王作樂崇德，殷薦之上帝，以配祖考。」成周盛時，大司樂以黃帝、堯、舜、夏、商六代之樂，報祀天地百神。若宗廟之祭，神既下降，則奏〈九德〉之歌，〈九韶〉之舞。蓋以六代之樂，皆聖人之徒所制，故悉存之而不廢也。[34]

吳訥引用了《易》之說，肯認樂的功能性與價值性，再從上古聖王之樂的角度強化樂的價值性。《文體明辨》「樂府序」中亦云：

> 蓋自〈鈞天九奏〉、葛天〈八闋〉，樂之來尚矣。[35]

所謂樂之來於〈鈞天九奏〉、葛天〈八闋〉，這都是《文心雕龍》已明言立出之起源。吳訥和徐師曾都將樂的起源建立在上古聖王，強化樂的價值。《太和正音譜》中云：

> 顓帝製六莖之樂。帝嚳製五英之樂。堯帝製大章之樂。舜帝製大韶之樂。禹王製大夏之樂。湯王製大濩之樂。武王製大武房中之樂。周公製勺。唐太宗製秦王破陣之樂。（3-48）

朱權為藩王，故此書具有一定的規範意義，而他羅列聖皇帝王制樂之事，也隱含著提升樂之地位的作用，由是樂府的地位也將隨之提升。故如王驥德《曲律》即言：「曲，樂之支也。」（4-55）將曲之源繫於樂，其中也應隱含著振體的觀念。而樂府是合樂歌詩的代表，故是曲家建構起源的重要對象。

四、結　語

33 劉勰著，周振甫譯注：《文心雕龍譯注》（臺北：五南圖書出版有限公司，1993年），頁88。

34 明・吳訥、徐師曾等著：《文體序說三種》（臺北：大安出版社，1998年），頁31。

35 明・吳訥、徐師曾等著：《文體序說三種》，頁52。

在曲論中會單用「樂府」一詞，亦會於「樂府」一詞前增添加詞，組合成另外一個新詞。無論構詞形式如何，其概念內涵指涉約可歸納為五類，包含：樂府機構、樂府詩、曲與合樂文學、作為書名、曲中較佳者等。在這些不同的概念內涵中，可以進一步發掘隱含其中的文體論及文學史論意義。

由於以「漢樂府」文體特徵的「樂府」，與曲的文體特徵相去甚遠，但曲論仍將「樂府」建構為曲之起源，甚者把曲稱之為「樂府」，如周德清在《中原音韻》的〈序〉中即說道：「樂府之盛、之備、之難，莫如今時。」（1-175）直接將曲歸為「樂府」一體，而且認為在「樂府」的文學史發展歷程中，以元代之曲最盛、最備、最難。由是，即可看出曲家藉由連結「樂府」來提振曲之地位的現象，雖然曲家仍然會區辨兩者之差異，如王驥德《曲律》中云：

> 其名則自宋之詩餘，及金之變宋而為曲，元又變金而一為北曲，一為南曲，皆各立一種名色，視古樂府，不知更幾滄桑矣。（4-57）

王驥德建立了從宋詞到南曲的文學史發展關係，並認為每種文體各有其特徵，最後王驥德並與「古樂府」相比，這隱含著兩層意義，其一，「漢樂府」為曲之起源，故與之相對照；其二，兩者文體間有著明顯差異。由此可知，「曲」與「樂府」間有著明顯文體差異，曲家亦明白且可分辨之。可是由於「樂府」概念出現「泛化」及「典範化」兩個現象，因此曲家可將曲通過音樂性與「樂府」進行連結，構成由「樂府」到曲的文學史發展脈絡，也因為古代文學批評中往往將樂的起源上溯至上古聖王，因此藉由樂的溯源，取得了「樂府」的典範性，「樂府」也成為曲家經常建構文學史起源以及辨體的對象。

後記

從 1996 年進入中文系就讀，其後持續攻讀中文系碩、博士，並於相關系所任教迄今，已廿二年，這廿二年間社會經濟文化快速變遷，令人驚嘆、惶恐、迷惘。就在大一習讀古籍的 1996 年，賴利・佩吉和謝爾蓋・布林在史丹佛發明了谷歌引擎的雛形；十年後的 2006 年初，IPHONE 問世，這些發明帶領人們的生活跨進另一個世代。再十年後的今日，於通勤車班上，閱讀紙本書籍的乘客們早已到站離開，重慶南路上的書香味也散去多年，絕大多數的人不再提「筆」寫信，而是敲打著鍵盤將訊息通過空中訊號向另一端遞送。

從讀書到任教，不僅僅只是邁過 7700 多個日子，更是跨越了兩種不同生活形態、文化世代。置身其中，無可避免地受到時代洪流的衝擊、也無可迴避地需要回應時代的提問。學術研究工作與現世需求之間的距離，是在走向自我實現時的那一絲絲虛無感。然而，就在邁入不惑之年時，我雖然連自己是否真的不惑都不知道，但卻逐漸能夠掌握那來自心裡底層的焦慮——21 世紀古典文學研究的價值何在?

在這個世界上，每個人都是來去一回，莫不是回念過往、立足當下、指向未來。科學家們立足當下、指向未來，科技改變了生活；文學家及文學研究者們則是立足當下、回念過往，傳承文化足跡，標記出今日的文化座標，而延伸過往與當下兩個座標所連成的線條，也將勾勒出指向未來的軌跡。這個社會不需要人人是科學家，當然也不必人人是文學家、研究者，但正因為有了多元領域的發展、探索與承變，世界為之多彩。由是，順應自己的興趣與才性，著力於通感古典時代文人們的喟嘆，為他們的思想、文學留下印記，即是此時的我對這個問題的回應。只有記得，他們才將真正存在，就如同我們的存在也須鏤刻於他人的念想之中。記憶與記憶的串接，是一種前世今生式的循環，即存在的本質。而研究考索與學教承傳，是讓這條相連不斷的文化串珠不致離散、讓人／我／古／今彼此記得而共同存在的方法之一。

由是，在不惑之年，將明代辨體論系列研究修改整理出版，不僅是考辨古典時代文人所留下的文化思維，更是承繼並開展前行學者們的知識體系。試圖在文化發展脈絡中，留下「到此一遊」的題刻。

——2018 年春日記於深坑寓所

引用書目

一、古籍文獻

漢・毛亨傳，漢・鄭玄箋，漢・孔穎達等正義：《毛詩正義》（臺北：藝文印書館，影印清嘉慶二十一年阮元校刻《十三經注疏》本，2000 年）。

漢・許慎著，清・段玉裁注：《說文解字注》（臺北：黎明出版社，1974 年）。

晉・陳壽撰，宋・裴松之注：《三國志・魏書》（北京：中華書局，1997 年）。

梁・劉勰著，周振甫譯注：《文心雕龍譯注》（臺北：五南圖書出版有限公司，1993 年）。

唐・孔穎達疏：《周易正義》（臺北：藝文印書館，2001 年）。

唐・王叡《炙轂子詩格》，收於張伯偉著：《全唐五代詩格彙考》（南京：江蘇古籍出版社，2002 年）。

唐・司空圖：《司空表聖文集》，引自羅聯添編，《隋唐五代文學批評資料彙編》（臺北：成文出版社，1978 年）。

唐・段安節：《樂府雜錄》，收於《中國古典戲曲論著集成》第 1 冊（北京：中國戲劇出版社，1982 年）。

唐・崔令欽：《教坊記》，收於《中國古典戲曲論著集成》第 1 冊（北京：中國戲劇出版社，1982 年）。

唐・張為：《主客圖》（臺北：藝文印書館，1968 年，百部叢書集成——據清乾隆李調元輯刊涵海本）。

宋・王灼：《碧雞漫志》，收於《中國古典戲曲論著集成》第 1 冊（北京：中國戲劇出版社，1982 年）。

宋・周弼編：《三體唐詩》，收於清・紀昀等總纂，臺灣商務印書館編審委員會主編：《景印文淵閣四庫全書》（臺北：臺灣商務印書館，1983-1986 年），集部・總集類，第 1358 冊。

宋・陳師道：《後山詩話》，收於清・何文煥，《歷代詩話》上冊（北京：中華書局，1981 年）。

宋・魏泰：《隱居詩話》，收於明・胡震亨輯：《唐音統籤・第 9 冊》（上海：上海古籍出版社，2003 年）。

宋・嚴羽：《滄浪詩話》，收於清・何文煥輯：《歷代詩話》（北京：中華書局，2004年，第2版）。

元・周德清：《中原音韻》，收於《中國古典戲曲論著集成》第1冊（北京：中國戲劇出版社，1982年）。

元・夏庭芝：《青樓集》，收於《中國古典戲曲論著集成》第2冊（北京：中國戲劇出版社，1982年）。

元・燕南芝庵：《唱論》，收於《中國古典戲曲論著集成》第1冊（北京：中國戲劇出版社，1982年）。

元・鍾嗣成：《錄鬼簿》，收於《中國古典戲曲論著集成》第1冊（北京：中國戲劇出版社，1982年）。

明・王世貞，陸潔棟、周明初批注：《藝苑卮言》（南京：鳳凰出版社，2009年）。

明・王世貞：〈胡元瑞傳〉，收於《弇州山人續稿》（北京：商務印書館，景印文淵閣四庫全書，2005年），冊1283（集部222）

明・王世貞：《曲藻》，收於《中國古典戲曲論著集成》第4冊（北京：中國戲劇出版社，1982年）。

明・王世貞：《藝苑卮言》，收於《弇州山人四部稿》第13冊（臺北：偉文圖書出版社，1976年，中央研究院歷史語言研究所藏明萬曆五年吳郡王氏世經堂刊本）。

明・王驥德：《曲律》，收於《中國古典戲曲論著集成》第4冊（北京：中國戲劇出版社，1982年）。

明・朱權：《太和正音譜》，收於《中國古典戲曲論著集成》第3冊（北京：中國戲劇出版社，1982年）。

明・何良俊：〈曲論〉，收於《中國古典戲曲論著集成》第4冊（北京：中國戲劇出版社，1982年）。

明・吳訥、徐師曾等著：《文體序說三種》（臺北：大安出版社，1998年）。

明・呂天成：《曲品》，收於《中國古典戲曲論著集成》第6冊（北京：中國戲劇出版社，1982年）。

明・宋緒編：《元詩體要》，收於清・紀昀等總纂，臺灣商務印書館編審委員會主編：《景印文淵閣四庫全書》（臺北：臺灣商務印書館，1983-1986年），集部，第1372冊。

明・李之用輯：《詩家全體》（國家圖書館藏明萬曆 26 年李氏邵武刊本）。
明・李開先：《詞謔》，收於《中國古典戲曲論著集成》第 3 冊（北京：中國戲劇出版社，1982 年）。
明・沈寵綏：《度曲須知》，收於《中國古典戲曲論著集成》第 5 冊（北京：中國戲劇出版社，1982 年）。
明・祁彪佳：《遠山堂曲品》，收於《中國古典戲曲論著集成》第 6 冊（北京：中國戲劇出版社，1982 年）。
明・祁彪佳：《遠山堂劇品》，收於《中國古典戲曲論著集成》第 6 冊（北京：中國戲劇出版社，1982 年）。
明・胡震亨輯：《唐音統籤》（上海：上海古籍出版社，2003 年）。
明・胡應麟：《少室山房曲考》，收於任訥編：《新曲苑・第 1 冊》（臺北：臺灣中華書局，1970 年）。
明・胡應麟：《詩藪》（臺北：廣文書局，1973 年，影國家圖書館藏明崇禎五年本）
明・胡應麟：《詩藪》，收於蔡鎮楚編，《中國詩話珍本叢書》第 11 冊（北京：北京圖書館，2004 年影印明刻本）。
明・凌濛初：《譚曲雜劄》，收於《中國古典戲曲論著集成》第 4 冊（北京：中國戲劇出版社，1982 年）。
明・徐師曾：《文體明辨序》，收於《文體序說三種》（臺北：大安出版社，1998 年）。
明・徐復祚：《曲論》，收於《中國古典戲曲論著集成》第 3 冊（北京：中國戲劇出版社，1982 年）。
明・徐渭：《南詞敘錄》，收於《中國古典戲曲論著集成》第 4 冊（北京：中國戲劇出版社，1982 年）。
明・賈仲明：《錄鬼簿續編》，收於《中國古典戲曲論著集成》第 2 冊（北京：中國戲劇出版社，1982 年）。

明・魏良輔：《曲律》，收於《中國古典戲曲論著集成》第5冊（北京：中國戲劇出版社，1982年）。

清・毛先舒：《南曲入聲客問》，收於《中國古典戲曲論著集成》第 7 冊（北京：中國戲劇出版社，1982年）。

清・王正祥：《新定十二律京腔譜》，收於《古典戲曲序跋彙編・第 1 冊》（濟南：齊魯書社，1989年）。

清・王德暉、徐沅澂：《顧誤錄》，收於《中國古典戲曲論著集成》第 9 冊（北京：中國戲劇出版社，1982年）。

清・李漁：《閒情偶寄》，收於《中國古典戲曲論著集成》第7冊（北京：中國戲劇出版社，1982年）。

清・李調元：《雨村曲話》，收於《中國古典戲曲論著集成》第 8 冊（北京：中國戲劇出版社，1982年）。

清・李調元：《劇話》，收於《中國古典戲曲論著集成》第8冊（北京：中國戲劇出版社，1982年）。

清・姚燮：《今樂考證》，收於《中國古典戲曲論著集成》第 10 冊（北京：中國戲劇出版社，1982年）。

清・紀昀等：《欽定四庫全書總目》，臺北：藝文印書館，1997年。

清・徐大椿：《樂府傳聲》，收於《中國古典戲曲論著集成》第 7 冊（北京：中國戲劇出版社，1982年）。

清・秦武城：《聞見瓣香錄》，收於《叢書集成續編》第24冊（臺北：新文豐出版社，1989年）。

清・梁廷枏：《曲話》，收於《中國古典戲曲論著集成》第8冊（北京：中國戲劇出版社，1982年）。

清・焦循：《劇說》，收於《中國古典戲曲論著集成》第8冊（北京：中國戲劇出版社，1982年）。

清・費錫璜：《漢詩總說》，收於《四庫全書存目叢書》集部第409冊（山東：齊魯書社，1997年）。

清・黃周星：《製曲枝語》，收於《中國古典戲曲論著集成》第 7 冊（北京：中國戲劇出版社，1982 年）。

清・黃圖珌：《看山閣閒筆》，收於《中國古典戲曲論著集成》第 7 冊（北京：中國戲劇出版社，1982 年）。

清・楊恩壽：《續詞餘叢話》，收於《中國古典戲曲論著集成》第 9 冊（北京：中國戲劇出版社，1982 年）。

清・劉熙載：《藝概》，收於《中國古典戲曲論著集成》第 9 冊（北京：中國戲劇出版社，1982 年）。

清・錢謙益：《列朝詩集小傳》（上海：上海古籍出版社，2008 年）。

清・錢謙益：《初學集》，收於清・錢謙益著，清・錢曾箋注，錢仲聯標校：《錢牧齋全集》（上海：上海古籍出版社，2003 年）。

清・錢謙益：《牧齋外集》，收於清・錢謙益著，清・錢曾箋注，錢仲聯標校：《錢牧齋全集》（上海：上海古籍出版社，2003 年）。

陳增傑：《唐人律詩箋註集評》（杭州：浙江古籍出版社，2003 年）。

二、現代論著

丁功誼：《錢謙益文學思想研究》（上海：上海古籍出版社，2006 年）。

王明輝：《胡應麟詩學研究》（北京：學苑出版社，2006 年）。

王國維：《王國維戲曲論文集：〈宋元戲曲考〉及其他》（臺北：里仁書局，1993 年）。

王運熙：《樂府詩述論》（上海：上海古籍出版社，1996 年）。

王嘉川：《布衣與學術——胡應麟與中國學術史研究》（北京：商務印書館，2005 年）。

朱立元：《接受美學導論》（合肥：安徽教育出版社，2004）。

何文匯：《雜體詩釋例》（香港：中文大學出版社，1986年）。

吳宏一：《清代詩學初探》（臺北：臺灣學生書局，1986年）。

吳承學：《中國古典文學風格學》（北京：北京大學出版社，2011年）。

呂斌：《布衣與學術——胡應麟文獻學研究》（北京：中國社會科學出版社，2006年）。

沈德潛：《說詩晬語》，收於《清詩話》（臺北：西南書局，1969年）。

周振甫、冀勤：《錢鍾書《談藝錄》讀本》（北京：中央編譯出版社，2013年）。

林安梧：《人文學方法論》（臺北：讀冊文化，2003年）。

柯慶明、蕭馳編：《中國抒情傳統的再發現——一個現代學術思潮的論文選集》（臺北：臺大出版中心，2009年）。

胡幼峰：《清初虞山派詩論》（臺北：國立編譯館，1994年）。

孫尚勇：《樂府文學文獻研究》（北京：人民文學出版社，2007年）。

徐復觀：《中國文學論集》（臺北：臺灣學生書局，1985年，6版）。

馬建智：《中國古代文體分類研究》（北京：中國社會科學出版社，2008年）。

張煜：《新樂府辭研究》（北京：北京大學出版社，2009年）。

張永剛：《明末清初黨爭視閾下的錢謙益文學研究》（南京：鳳凰出版社，2012年）。

畢寶魁：《韓孟詩派研究》（瀋陽：遼寧大學出版社，2000年）。

章培恒、駱玉明主編：《中國文學史》（上海：復旦大學出版社，1996年）。

許世瑛：《中國文法講話》（臺北：臺灣開明書店，1998年，24版）。

許總：《唐詩體派論》（臺北：文津出版社，1994年）。

郭英德：《中國古代文體學論稿》（北京：北京大學出版社，2005年）。
陳國球：《胡應麟詩論研究》（香港：華風書局有限公司，1986年）
陳國球：《唐詩的傳承：明代復古詩論研究》（臺北：臺灣學生書局，1990年）。
陳寅恪：《柳如是別傳》（上海：上海古籍出版社，1959年）。
曾永義：《戲曲源流新論》（臺北：立緒出版社，2000年）。
童慶炳：《文體與文體的創造》（昆明：雲南人民出版社，1994年）。
楊文雄：《李賀詩研究》（臺北：文史哲出版社，1983年，再版）。
楊世明：《唐詩史》（重慶：重慶出版社，1996年）。
楊蔭瀏：《中國古代音樂史稿》（北京：人民音樂出版社，2004年）。
楊燦：《胡應麟詩歌理論探微》（山東大學碩士論文，2006年）
葉嘉瑩：《葉嘉瑩說漢魏六朝詩》（北京：中華書局，2007年）。
葉慶炳：《中國文學史》（臺北：臺灣學生書局，1987年）。
葛曉音：《詩國高潮與盛唐文化》（北京：北京大學出版社，1998年）。
詹鍈：《文心雕龍的風格學》（臺北：木鐸出版社，1988年）。
廖可斌：《復古派與明代文學思潮》（臺北：文津出版社，1994年）。
臺靜農：《中國文學史》（臺北：國立臺灣大學出版中心，2007年）。
劉大杰：《中國文學發展史》（臺北：華正書局，2011年，三版）。
鄭亞薇：《胡應麟詩藪之研究》，政治大學中國文學系碩士論文（1977）。
鄭柏彥：《中國古典戲曲文體論》（新北市：花木蘭文化出版社，2012年）。
蕭占鵬：《韓孟詩派研究》（臺北：文津出版社，1994年）。

蕭滌非：《漢魏六朝樂府文學史》（臺北：長安出版社，1976年）。
蕭滌非：《蕭滌非說樂府》（上海：上海古籍出版社，2002年）。
錢志熙：《漢魏樂府的音樂與詩》（鄭州：大象出版社，2009年）。
錢鍾書：《談藝錄》（臺北：書林出版有限公司，1988年）。
謝鶯興：《胡應麟及其圖書目錄學研究》（臺北：花木蘭文化出版社，2007年）
顏崑陽：《六朝文學觀念叢論》（臺北：正中書局，1993年）。
顏崑陽：《反思批判與轉向——中國古典文學研究之路》（臺北：允晨文化出版公司，2016年）。
顏崑陽：《李商隱詩箋釋方法論——中國古典詮釋學例說》（臺北：里仁書局，2005年，修訂1版）。
顏崑陽：《詩比興系論》（臺北：聯經出版事業公司，2017年）。
顏崑陽：《詮釋的多向視域——中國古典美學與文學批評系論》（臺北：臺灣學生書局，2016年）。
羅根澤：《樂府文學史》（北京：東方出版社，1996年）。
蘇雪林：《中國文學史》（臺中：光啟出版社，1980年，四版）。
龔鵬程：《詩史的本色與妙悟》（臺北：臺灣學生書局，1993年，增訂版）。
日・橫田俊輝：《詩藪》（東京：明德出版社，1975年）。
德・H. R. 姚斯著，周寧、金元浦譯，《走向接受美學》，收於周寧、金元浦編譯，《接受美學與接受理論》（瀋陽：遼寧人民出版社，1987）。

三、單篇論文

丁功誼：〈錢謙益與晚明宋詩風〉，《江漢論壇》4期（2006）。
丁功誼：〈靈心、學問、世運、性情——論錢謙益的詩學思想〉，《江西社會科學》第5卷6期

（1976）。
王明輝：〈《詩藪》撰年考〉，收於《江漢大學學報（人文科學版）》第24卷4期（2005.08）。
王明輝：〈關於《詩藪》創作過程中的幾個問題〉，《北京科技大學學報（社會科學版）》第 24 卷 3 期（2008.09）。
王明輝：〈《列朝詩集小傳》「胡應麟條」辨析——兼談胡應麟的歷史評價〉，《殷都學刊》1 期（2006）。
王琳、孫之梅：〈《列朝詩集》述要〉，《山東師大學報（社會科學版）》第5期（1995）。
王鐿容：〈文學批評有情天：錢謙益對鍾惺之情誼與攻排探微〉，《清華中文學報》3期（2009.09）。
仲曉婷，〈《文章辨體》的文體分類數目考〉，《上饒師範學院學報》第25卷5期（2005.10）。
朱莉美：〈明代詩論的總結和重建——論錢謙益的別裁偽體〉，《空大人文學報》20期（2011.12）。
朱莉美：〈論錢謙益詩學的世運說〉，《文學新鑰》9期（2009.06）。
何錫光：〈韓愈以賦為詩論（上）〉，《周口師範學院學報》第23卷第4期（2006.07）。
何錫光：〈韓愈以賦為詩論（下）〉，《周口師範學院學報》第23卷第6期（2006.11）。
吳宏一：〈錢謙益詩論初探〉，《中外文學》第5卷6期（1976）。
吳承學：〈明代文章總集與文體學——以《文章辨體》等三部總集為中心〉，收於《文學遺產》第 6 期（2008）。
吳相洲：〈學科視野下的樂府學〉，收於《光明日報》（2014年1月28日）。
呂斌：〈吳晗《胡應麟年譜》補正舉隅〉，收於《古典文學研究》第00期（2004）。
李依晴：〈胡應麟《詩藪》的格調論，收於《時代文學》第1期，總第178期（2004）。
李慶立、崔建利：〈《詩藪》文論視野新探〉，收於《齊魯學刊》第8期（2011）。

李慶立、崔建利：〈胡應麟詩論研究述評〉，收於《中國文化研究》冬之卷（2005）。
李鋒：〈《文章辨體》的尊體意識〉，《長江學術》第3期（2012.07）。
李樹軍：〈《文章辨體》與《文體明辨》的歌行與樂府研究〉，《貴州文史叢刊》第2期（2008）。
李樹軍：〈王世貞「才、思、調、格」的文體意義〉，《江漢論壇》第3期（2008）。
汪正章：〈王世貞文學思想論析〉，《廣西大學學報（哲學社會科學版）》第4期總第61期（1995）。
周建渝：〈《列朝詩集小傳》的明詩批評及其用意〉，《復旦學報（社會科學版）》第6期（2008）。
周效柱：〈《詩藪》中的神韻論〉，收於《求索》第4期（2008）。
周效柱：〈《詩藪》中的辨體論〉，收於《蘭州學刊》第3期總186期（2009）。
周效柱：〈《詩藪》的詩學研究述評〉，收於《湖北社會科學》第1期（2008）。
周效柱：〈略論《詩藪》之詩學思想〉，收於《江蘇廣播電視大學學報》第18期（2007.06）。
季伏昆編著：〈論學書之途徑與方法〉，《中國書論輯要》（南京：江蘇美術出版社，2008年）。
侯丹：〈從《列朝詩集小傳》看錢謙益的隱曲心態——以七子派四大代表人物為對象〉，《凱里學院學報》31卷2期（2013）。
侯丹：〈論《列朝詩集》的編纂始末及託意微旨〉，《西安建築科技大學學報（社會科學版）》第34卷2期（2015.04）。
胡幼峰：〈錢謙益的「弇州」晚年定論說質疑〉，《中外文學》21卷1期（1992）。
唐玉雄：〈王世貞詞、曲理論研究評述〉，《劍南文學》第1期（2013）。
師雅惠：〈錢謙益的詩體正變觀〉，《北方論叢》1期（2009）。
徐志嘯：〈論明代詩話《詩藪》之品評楚騷〉，《漳州師範學院學報（哲學社會科學版）》第67期（2008年）。

張永剛：〈靈心、世運、學問——論錢謙益的詩學體系〉，《大連大學學報》29 卷 5 期（2008.10）。

張首進：〈雅俗之辨——以吳訥《文章辨體》為例〉，《職業時空》第 5 卷 2 期（2009.02）。

張高評：〈破體與宋詩特色之形成——以「以文為詩」、「以議論為詩」、「以賦為詩」為例〉，《成大中文學報》第 2 期（1994.02）。

張高評：〈破體與創造性思維——宋代文體學之新詮釋〉，《中山大學學報（社會科學版）》第 3 期 49 卷（2009）。

張爽：〈錢謙益排擊「竟陵鍾、譚」與《列朝詩集》編纂旨意〉，《故宮學刊》1 期（2013）。

張爽：〈錢謙益對明代「後七子」詩派態度發微——錢謙益《列朝詩集小傳》和朱彝尊《靜志居詩話》之比較〉，《明史研究》13 期（2013）。

張連第：〈錢謙益之詩學理論〉，《聊城師範大學學院學報》2 期（1998）。

張智華：〈從《唐三體詩法》看周弼的詩學觀〉，《文學遺產》第 5 期（1999）。

陳衛星：〈《胡應麟年譜》補正〉，收於《浙江師範大學學報（哲學社會科學版）》第 2 期（2006）。

陳衛星：〈《詩藪》撰年新證〉，《中國韻文學刊》第 20 卷 3 期（2006.09）。

陳穎聰：〈論王世貞對唐宋詩的態度〉，《陰山學刊》第 25 卷第 2 期（2012.04）。

陳彝秋：〈四庫本《元詩體要》辨證與補佚〉，收於張伯偉、蔣寅等主編：《中國詩學》第 14 輯（北京：人民文學出版社，2010.03）。

陳彝秋：〈宋、元「義山體」《無題》詩風及其東傳〉，《阜陽師範學院學報（社會科學版）》第 5 期（2009.07）。

曾守仁：〈錢謙益晚期詩論探析：真詩、劫火與世運剝復〉，《輔仁國文學報》40 期（2015.04）。

馮曄：〈韓愈尚怪詩新探〉，收於《洛陽大學學報》，第 14 卷第 3 期（1999.09）。

馮韻：〈《列朝詩集小傳》「胡舉人應麟」條辨析〉，《巢湖學院學報》15卷2期（2013）。
黃雅莉：〈「辨體」與「破體」兩種尊詞指向的交融——宋代詞體觀的建構〉，《國文學誌》第12期（2006.06）。
黃雅莉：〈「辨體」與「破體」異流同歸於「尊體」——論清代詞體觀的建構歷程〉，《國立中央大學人文學報》第40期（2009.10）。
楊連民、李華文：〈錢謙益對前後七子的批評（上）〉，《聊城大學學報（社會科學版）》6期（2005）。
楊連民、李華文：〈錢謙益對前後七子的批評（下）〉，《聊城大學學報（社會科學版）》2期（2006）。
楊道偉，雷磊合著：〈略論《文體明辨》對《文章辨體》的發展——以詩歌為中心〉，《懷化學院學報》第30卷1期（2011.01）。
葉嘉瑩：〈論詞的起源〉，收於葉嘉瑩、繆鉞合著：《靈谿詞說》（臺北：正中書局，1993年）。
詹杭倫：〈宋代辭賦辨體論〉，《逢甲人文社會學報》第7期（2003.11）。
廖美玉：〈錢牧齋論學杜在建構詩學譜系上的意義〉，《文與哲》15期（2009.12）。
趙娜：〈錢謙益唐宋兼宗的詩學宗尚及其理論根基〉，《內蒙古大學學報（哲學社會科學版）》40卷5期（2008.09）。
劉德重：〈格調、風神、神韻——胡應麟《詩藪》的理論特色〉，收於《上海大學學報（社會科學版）》第8卷1期（2001）
歐明俊、陳堃：〈論王世貞的詞學觀〉，《中文自學指導》第6期（2007）。
潘星輝、馬雲駸：〈錢謙益與「茶陵詩派」的建構〉，《東吳歷史學報》21期（2009.06）。
蔡振念：〈論唐代樂府詩之律化與入樂〉，收於《文與哲》15期（2009.12）。
鄧新躍：〈王世貞對前七子詩學辨體理論之發展〉，《船山學刊》第3期（2006）。

鄭柏彥：〈《藝苑卮言》辨體方法論〉，《文與哲》第24期（2014年6月）。
鄭柏彥：〈中國古代文學史論述中的文統與道統〉，《興大人文學報》第45期（2010.12）。
鄭柏彥：〈古代曲學文獻資料中「樂府」一詞的概念義涵及其隱含在辨體論與文學史論中之意義〉，《應華學報》第16期（2015.12）
鄭柏彥：〈論「韓孟詩派」在文學史論述中的建構方法及其意義〉，《東華人文學報》第14期（2009.01）
魯茜、姚紅衛：〈20世紀以來王世貞研究述評〉，《湖南第一師範學院學報》第12卷第2期（2012.04）。
薛蕾：〈王世貞的詞學觀〉，《中文自學指導》第5期（1997）。
謝鶯興：〈胡應麟《詩藪》板本述略〉，《東海圖書館館訊》第65期（2007.02）。
簡錦松：〈胡應麟詩藪的辨體論〉，收於中國古典文學研究會主編：《古典文學》第1集（臺北：臺灣學生書局，1979年）。
顏崑陽：〈中國古代原生性「源流文學史觀」詮釋模型之重構初論〉，《政大中文學報》第15期（2011.06）。
顏崑陽：〈六朝文學「體源批評」的取向與效用〉，《東華人文學報》第3期（2001年7月）。
顏崑陽：〈文學創作在文體規範下的經緯結構歷程關係〉，收於《文與哲》第22期（2013.06）。
顏崑陽：〈從〈詩大序〉論儒系詩學的「體用」觀——建構「中國詩用學」三論〉，收於政治大學中文系主編：《第四屆漢代文學與思想會議論文集》（臺北：新文豐出版股份有限公司，2003年）。
顏崑陽：〈論「文類體裁」的「藝術性向」與「社會性向」及其「雙向成體」的關係〉，《清華學報》第35：2期（2005.12）。
顏崑陽：〈論「文體」與「文類」的涵義及其關係〉，《清華中文學報》第1期（2008.09）。
顏崑陽：〈論文心雕龍「辯證性的文體觀念架構」〉，收於《六朝文學觀念叢論》（臺北：正中書局，

1993 年）。

顏崑陽：〈論宋代「以詩為詞」現象及其在中國文學史論上的意義〉，收於《東華人文學報》第 2 期（2000.07）。

顏崑陽口述，鄭柏彥記錄：〈開拓中國古典文學研究的新視域——顏崑陽教授的學思歷程〉，收於《反思批判與轉向——中國古典文學研究之路》（臺北：允晨文化，2016 年）。原刊載於《國文天地》第 27 卷 8 期（2012.01）。

羅仲鼎：〈王世貞的作家評論——《藝苑卮言》研究之三〉，《杭州師範學院學報》第 5 期（1989.10）。

嚴志雄：〈自我技藝與性情、學問、世運——從傅柯到錢謙益〉，收於王瑷玲主編：《明清文學與思想之主體意識與社會》，（臺北：中研院文哲所，2004 年）。

嚴志雄：〈錢謙益攻排竟陵鍾、譚側議〉，《中國文哲研究通訊》14 卷 2 期（2004.06）。

嚴迪昌：〈蒙叟心志與《列朝詩集》之編纂旨意〉，《古代文學研究》第 4 期（2007）。

龔鵬程：〈文心雕龍的文體論〉，收於中央日報副刊，1987 年 12 月 11-13 日。

韓・洪瑞妍：〈《원시체요（元詩體要）》에 대한 문헌적 고찰〉，中國文學學會（高麗大學中國文學社）編《中國語文論叢》第 49 期（2011）。

四、學位論文

朴均雨：《王世貞詩文論研究》（政治大學中文系碩士論文，1989 年）。

李曉紅：《中國古代詩歌文體研究》（廣州：中山大學博士論文，2010 年）。

卓福安：《王世貞詩文論研究》（東海大學中文系博士論文，2002 年）。

卓福安：《熟讀涵泳以合神境：論藝苑卮言的復古主張》（淡江大學中文系碩士論文，1997 年）。

金光：《胡應麟詩學研究》（江西師範大學碩士論文，2007年）。

張首進：《吳訥《文章辨體》研究》（南京大學文藝學碩士論文，2009年）。

許建崑：《王世貞評傳》（東海大學中國文學系碩士論文，1976年）。

黃志民：《王世貞研究提要——以其生平及學術為中心》（政治大學中國文學系博士論文，1976年）。

黃慧禎：《王世貞詞學研究》（東吳大學中文系碩士論文，1996年）。

國家圖書館出版品預行編目資料

明代辨體觀念析論

鄭柏彥著. – 初版. – 臺北市：臺灣學生，2018.08
面；公分

ISBN 978-957-15-1775-9 (平裝)

1. 明代文學 2. 文學評論 3. 文體

820.906　　107012189

明代辨體觀念析論

著 作 者　鄭柏彥
出 版 者　臺灣學生書局有限公司
發 行 人　楊雲龍
發 行 所　臺灣學生書局有限公司
地　　址　臺北市和平東路一段 75 巷 11 號
劃撥帳號　00024668
電　　話　(02)23928185
傳　　眞　(02)23928105
E-mail　student.book@msa.hinet.net
網　　址　www.studentbook.com.tw
登記證字號　行政院新聞局局版北市業字第玖捌壹號
定　　價　新臺幣四八〇元
出版日期　二〇一八年八月初版
I S B N　978-957-15-1775-9

82052